GEORG HERMANN

WERKE
UND BRIEFE

Herausgegeben
von Gert und Gundel Mattenklott
im Auftrag des Fachbereichs Germanistik
der Freien Universität Berlin
und des Moses Mendelssohn Zentrums
für europäisch-jüdische Studien
an der Universität Potsdam

Band 1

GEORG HERMANN

SPIELKINDER

Roman

Verlag Das Neue Berlin

Herausgegeben
und mit einem Nachwort
von Gert Mattenklott

Seinem lieben alten Jungen
L. W.
Mit herzlichem Gruß.

MOTTO:

Was je dem Menschen schwer gefallen,
Eins ist das Bitterste von Allen:
– – – – – – – – – – – – –
– – – – – – – – – – – – –
Nachdem man sterben sich gesehn,
Mit seiner eignen Leiche gehn.

Grillparzer.

Vor mehr als zwanzig Jahren saßen im Berliner Börsencafé zwei Männer. Der eine von ihnen, klein und untersetzt, hatte den Kopf mit dem fleischigen, faltigen Nacken zwischen die Schultern gezogen. Er mochte fünfzig Jahre alt sein. Sein starres, volles Haar war grau meliert, sein Bart kurz und am Kinn ausrasiert. Auf den ersten Blick konnte der Ausdruck seines Gesichts sogar als gutmütig gelten, aber wer ihn genauer beobachtete, bekam bald heraus, daß dem nicht so war. Die Nase war bis an den Rand der Lippen heruntergezogen, die grauen Augen klein und beinahe freundlich, aber wenn er sich unbeachtet glaubte und Zahlen auf Zahlen in sein Notizbuch kritzelte, nahmen die Augen einen so niederträchtigen, gaunerischen Ausdruck an, als wollten sie sagen: »Wen unser Herr in die Hände bekommt, den läßt er nicht locker, den saugt er aus bis auf den letzten Blutstropfen.«

Der andere war ein fünfzigjähriger Jüngling, geschniegelt und gebügelt, kein Stäubchen an ihm. Er trug ganz enge Beinkleider, ein kurzes, bis an die Lenden reichendes gelbes Paletötchen; auf seinem feisten Gesicht gähnte die adeligste Langeweile, auf der hohen, wulstigen Stirn thronte eine erhabene Gedankenlosigkeit und Selbstzufriedenheit, wie sie nur die wahre Aristokratie zur Schau trägt. O, er war auch gebildet! war in Rom, Neapel, Paris gewesen, hatte überall in den ersten Hotels gewohnt und er erweiterte sogar noch seine umfangreichen Kenntnisse! So hatte er zu Haus beim Zeitungslesen stets das Fremdwörterbuch neben sich liegen, in dem er alle ihm unbekannten Ausdrücke nachschlug. Er protegierte auch als Mäcen einen Maler, indem er seine Bilder billig kaufte und hielt, natürlich nur der Protektion halber, eine junge, ebenso hübsche wie leichtsinnige und talentlose Schauspielerin aus.

»Meinen Se, der Kerl kommt?«

»Ich glaub's, Geiger ist ein Mann von Wort«, sagte gelangweilt der Aristokrat und legte auch sein linkes Bein auf das rote Peluchesofa. »Piccolo, eine Limonade!«

»Und wenn uns der Geiger doch durch de Finger geht?« sagte Rewald, indem er den Aristokraten von der Seite anblinzelte.

»Ich sage Ihnen, er kommt – sehen Sie, da ist er schon!«

Er wies auf einen cirka fünfundvierzigjährigen Herrn mit schwarzem Vollbart. Es war ein hübscher Mensch, der dort kam: groß, kräftig gebaut, ruhige, klare, ebenmäßige Züge, braune, ehrliche Augen, die Nase gerade, wenn auch für eine Mannsperson etwas zu klein, die Stirn hoch und stark gewölbt. In seinem Gesicht lag der Ausdruck einer rückhaltlosen, fast groben Offenheit und Ehrlichkeit. Die ganze Gestalt schien überhaupt zu sagen: Seht, das bin ich! Mit nichts habe ich angefangen, und heut hab ich hier eines der besten Geschäfte, bin fast Millionär; durch meine eigene ehrliche Arbeit bin ich es geworden, durch eigene ehrliche Arbeit!

Rewald erhob sich und drückte den Kopf noch mehr wie sonst nach vorn, selbst der Aristokrat winkte gnädig mit seiner behandschuhten Rechten, dann erhob auch er sich und klopfte dem Ankömmling vertraulich auf die Schulter.

»Nun, lieber Geiger, es ist nett, daß Du kommst!« – Er hatte das Recht ihn zu duzen, denn er war sein Schwager.

Rewald nickte dem Aristokraten zu, als wollte er sagen: Kitzle Du nur erst das Schäfchen unter dem Hals, damit's hübsch still hält, ich werde schon im geeigneten Augenblicke zustoßen. Nicht einen Muck mehr soll's tun, das Schäfchen!

»Piccolo, einen Sherry Tobler für den Herrn!«

»Aber Herr Rewald, ich trinke vormittag nie etwas, ich kann es nicht vertragen, vormittag etwas zu trinken.«

»Herr Geiger, Se werden mir doch gestatten, daß ...« sagte Rewald im liebenswürdigsten Tone seines Registers.

Der Aristokrat unterbrach ihn.

»Nun, wie gehts Annchen, wie geht's den Kinderchen? Den Jüngsten müßten Sie wirklich mal sehen, Herr Rewald – ein kluger Junge – sag ich Ihnen – ein hübscher Junge – sag ich Ihnen!«

»Das hat er nur vom Vater, so etwas vererbt sich stets.« Rewald lachte.

Der Sherry Tobler kam. Man sprach über die politische Lage, über Bismarck, über Strousberg, über die Bochumer, Norddeutsche Lloyd, Differenzgeschäfte und ihre Unmoral, Familienangelegenheiten, Stadtklatsch, ja sogar auch über die Oper und die Kunstausstellung, für welche beide der Aristokrat ein scharfsinniges Urteil und ein tiefes Verständnis zeigte. Besonders lobte er jene herrliche, ja herrliche Oper, wie hieß sie doch gleich? Ja, der Freischütz von Meyerbeer und pfiff sogar nicht ohne Gehör aus ihr mehrere besonders schöne Stellen, welche sicher gepaßt hätten, wenn sie nicht aus dem Troubadour gewesen wären. Dann sprach er noch über Kaulbach und über die Bildhauerei der italienischen Renaissance, die besonders unter Dante, Petrarca und Claude Lorrain geblüht hätte. Und die andern, die wirklich blutwenig von derartigen Dingen verstanden, hörten diesem Wortschwall zu, mit Gesichtern, auf denen deutlich zu lesen war: Ja, ein kluger Mensch! Ja! Ein gebildeter Mensch! Und welche rednerische Begabung! Der wird es doch noch bis zum Stadtverordneten bringen!

Plötzlich kam Rewald ganz unvermittelt auf Geschäfte zu sprechen; daß doch jetzt der Grund und Boden so billig sei und man leicht soviel – soviel verdienen könne, und –:

»Ich habe Ihnen ein Geschäft, ein Geschäft – « er spitzte die Lippen wie ein Weintrinker, legte den Kopf auf die Tischplatte und schlug die Arme zurück, daß er wirklich in diesem Augenblick an einen auffliegenden Geier gemahnte.

»Verdienen, verdienen könnten Se daran vierzigtausend Mark, sag' ich Ihnen, fünfzigtausend Mark, sag' ich Ihnen, hunderttausend Mark, sag' ich Ihnen!«

Und er wies mit Zahlen haarscharf nach, welchen ungeheuren Vorteil man nur mit einem verhältnismäßig geringen Anlagekapital aus diesem Unternehmen ziehen könnte.

»Das wär ä Geschäft! Das wär ä Geschäft!« schloß er wieder lippenspitzend seine Rede.

»Nun, Herr Rewald, weshalb machen Sie es dann nicht?«

»Warum? Warum? Nu, weil Sie's machen sollen, lieber Geiger!« Er klopfte ihm vertraulich auf die Schulter. »Sehen Se, diese beiden Häuser lassen Se einfach niederreißen und bauen darauf ein neues, großes Haus auf – «

»Sie wissen, Herr Rewald, so gut wie ich, daß ich mich auf derartiges nicht einlassen kann, ich habe schon die anderen Häuser. Meinem Geschäft, wenn es sich auch ganz gut rentiert, kann man nicht soviel zumuten.«

»Ich sag' Ihnen, es wird Ihnen leid tun, greifen Se ßu, greifen Se ßu, eh's zu spät ist. 's wird Ihnen leid tun, sag' ich Ihnen, und warum sollen Se's nicht nehmen, warum nicht? Ä junger Mann muß Glück im Leben haben! Was haben Se dabei zu riskieren?! Hä – so ä reicher Mann wie Sie – hä – nachher werden Se sagen, der Rewald, das ist einer, der meint's noch gut mit mir.«

»Herr Rewald, Ihr Reden nützt augenblicklich gar nichts, ich werde darüber einmal mit meiner Frau sprechen!«

»Mit Ihrer Frau?« schrie Rewald, lachte, als ob jener einen ausgezeichneten Witz gemacht habe und schlug mit der Hand auf den Tisch.

»Entschuldigen Se, lieber Herr, aber das hätt' ich Ihnen doch wirklich nicht zugetraut. Ein Mann soll mit seiner Frau von Geschäften sprechen!«

Er hielt sich den Bauch vor Lachen.

»Kostbar, kostbar! Das beste, was ich seit langem gehört habe! Kostbar! Kellner, noch einen Sherry Tobler! Nun gut, ich will Sie ja nicht dazu bestimmen, was hab' ich für'n Nutzen oder Schaden davon? Aber ich sag' Ihnen, Se schneiden sich in Ihr eigenes Fleisch, wenn Se das Geschäft nicht machen! Piccolo, ein paar Zigarren!«

Und wieder begann das Gespräch.

Man stritt über die Größe Bismarcks, sprach über die Bedeutung des Krieges von siebzig-einundsiebzig, über Moltke, Roon, Mac Mahon, Napoleon, Eugenie, Rochefort. Der Aristokrat hielt eine feurige Ansprache, lobte das energische Vorgehen Bismarcks, welchen er persönlich zu kennen vorgab, sprach von Beziehungen Deutschlands mit denen des Auslands, besonders mit Central- und Süd-Amerika – dann von der Zukunft der Wissenschaft im Dienste der Industrie, und dieses alles mit einer so wichtigen Miene, als ob jedes Wort der Nachwelt überliefert werden müßte, dieses alles mit einem liebenswürdigen, gezierten Lächeln, das einer Primadonna Ehre gemacht hätte, dieses alles mit einer solchen stolzen Bestimmtheit, als ob er, er, der Aristokrat und niemand anders, die Fäden des Weltgetriebes leite.

Grade wie ein Blutegel, den man einmal abgestreift, von neuem lautlos auf sein Opfer losschießt und sich festzusaugen versucht, so begann Rewald plötzlich unvermittelt wieder von Geschäften zu reden. Wie der Grund und Boden so billig, so billig sei, und wie man jetzt auf so leichte und anständige Art und Weise, – dies betonte er besonders – viel, viel, sehr viel Geld verdienen könne, er ging sogar noch einen Schritt weiter:

»Und sehen Se, hier habe ich die Pläne. Diese günstige Lage, kein Winkelchen, kein Eckchen, direkt beim Rathaus. Ä Million, ä Million ist damit zu verdienen, und als ob fünfhunderttausend Mark für ä Millionär wie Sie«, – er wußte nur zu genau, daß jener es nicht war – »Geld ist! Hunderttausend Mark zahlen Sie an, die erste Hypothek dreihunderttausend, die zweite hunderttausend. Vier Prozent sechzehntausend Mark, als ob sechzehntausend Mark für Sie ä Geld ist! Für's Baugeld lassen Sie mich nur sorgen. Und wenn's sich nicht rentiert – es ist nur ein Fall, den ich hier annehme, verkaufen Sie's wieder. Riskieren tun Se keinesfalls etwas – verlieren können Se nischt dran, es ist unmöglich – unmöglich sag' ich Ihnen!«

»Ich will mit meiner Frau darüber sprechen!«

»Aber lieber Geiger, ein Mann soll nicht einmal soviel Urteilskraft haben, allein ohne seine Frau etwas beschließen zu können? Ich begreife Se nicht, Se sind doch sonst so'n verständiger, gescheuter Mensch!«

»Herr Rewald, ich werde erst mit meiner Frau sprechen.«

»Nu, sprechen Sie mit Ihrer Frau«, sagte Rewald in einem Tone, als ob ihn diese ganze Sache nichts anginge.

»Piccolo, drei Echte!«

»Aber Herr Rewald, Sie wissen – «

»Aber Herr Geiger, Sie werden mir doch gestatten, ich nehme es Ihnen wirklich übel, wenn Sie mir – Sie können sich ja immer wieder revanchieren.«

Und wieder begann das Gespräch. Der Aristokrat

zeigte erstaunliche landwirtschaftliche Kenntnisse, sprach über die Bereitung des Rohzuckers aus Mohrrüben, über die Angoraschafzucht in Spanien, Australien und der Lüneburger Heide, dann über die Victoria Regia, die er – was schadet es – mit der Königin der Nacht verwechselte, den Peloponnesischen Krieg, den er in das sechste Jahrhundert vor Christus legte, versicherte den andern mit ausgezeichneter Liebenswürdigkeit, daß er, er persönlich, gegen den Grafen Arnim gar nichts hätte, und daß derselbe sogar ein sehr lieber, anständiger Mensch sei – er hätte früher einmal das Vergnügen gehabt, seine intimere Bekanntschaft zu machen –. Dann ließ er sich, leider nur etwas zu orakelhaft über die Zukunft der deutschen Textil-Branche aus, die mit der finanziellen Lage Australiens auf's engste zusammenhinge.

»Herr Geiger, wir gehen.«

Man wollte zahlen.

»Aber bitte, bitte, bemühen Sie sich nicht, meine Herren, wir können es ja ein anderes Mal regulieren. Ich werde mir gestatten –«

»Adieu, Schwager, adieu Herr Rewald!«

»Aber Herr Geiger, Sie werden doch noch nicht nach Hause gehen. Kommen Sie, Herr Geiger, wir wollen uns einmal das Haus ansehen, kommen Sie!«

»Herr Rewald, ein anderes Mal, meine Frau wartet mit dem Mittag.«

»Sie kommen doch sowieso schon zu spät. Sie essen doch sonst immer um halb drei und jetzt ist es schon ein Viertel auf vier.«

»Eben deswegen muß ich schnell nach Haus.«

»Ach, sie werden doch auch zu Hause einmal ohne

Sie fertig werden. Kommen Sie nur, wir sind ja gleich dort.«

»Ja«, setzte der Aristokrat hinzu, »ansehen können wir es uns ja!«

Geiger gab nach.

* *
*

Als er endlich am Spätnachmittag heim kam, fühlte er einen eigentümlichen, dumpfen Druck zwischen den Augen, und die Geschehnisse begannen sich in seinem Kopf zu verwirren. Er wußte nur, er war noch irgendwo gewesen, hatte sich irgend etwas angesehen, und irgend etwas so halb und halb zugesagt; was es aber war, um was es sich handelte, darauf konnte er sich trotz aller Anstrengung nicht besinnen. Als er die Treppe hinaufstieg, versagten die Füße, er begann zu taumeln und wäre sicher gefallen, hätte er nicht noch schnell das Geländer umklammert. Dann schloß er auf und wankte, indem er sich bemühte möglichst leise aufzutreten, den Flur entlang zum Schlafzimmer. Dort fiel er angezogen, wie er war auf das Bett, wühlte sich in die grüne Steppdecke und das weiße Kantentuch und lag nun da mit großen, offenen Augen, nachsinnend, was eigentlich mit ihm passiert sei.

»Was war denn das nur? Was war denn das nur?«

Seine Frau, die ihn hatte kommen hören, trat zu ihm. Als sie die verglasten, stieren Blicke sah, als der scharfe Bier- und Weindunst, den er ausatmete, ihr entgegenschlug, da wurde es ihr klar.

Ihr Mann, zu dem sie aufblickte wie zu einem Heiligen, der ihr ein und ihr alles war, betrunken, betrunken wie ein Arbeiter, der Sonnabend seinen Wochenlohn bekommen! Wenn das die Mädchen erführen! Wenn das die Kinder sähen! Die Schande, die Schande!

Was blieb ihr anderes übrig, sie mußte ihren Mann ausziehen, zu Bett bringen wie ein Baby. Es war ein schweres Stück Arbeit, und wie sie das anekelte!

Als sie endlich damit fertig war, setzte sie sich ans Bett, hörte auf sein ruhiges, tiefes Schnarchen und das erste Mal in ihrer Ehe, das erste Mal seit acht Jahren weinte sie, sie schämte sich für ihren Mann. Er, der sonst so enthaltsam, war betrunken!

Die Geburt ihrer drei Kinder hatte ihr nicht solchen Schmerz bereitet, wie das. Ihr Mann, ihr Heiliger – ihr – ihr – ihr – ein und ihr – alles – getrunken – Pfui!

Wir Kinder wurden heut früher zu Bett gebracht und wunderten uns, daß wir nicht wie sonst den Gutenachtkuß bekamen. Mutter, die kleine, dicke, lustige Frau war überhaupt in der letzten Zeit für uns wenig zu sprechen gewesen, ja, es war sogar uns aufgefallen, daß sie schlecht aussah und dicke, verschwollene, rotgeweinte Augenlider hatte. Heut abend hatte sie in allen Fächern ihres Mahagoni-Spindes umhergekramt und war dann mit einem Packet weggegangen. Wohin? Das wußte selbst Luise Lademann nicht – selbst Luise Lademann! Das mußte etwas ganz Außergewöhnliches sein.

Auch in der Küche war alles wie umgewechselt. Ulrike, die mich sonst immer auf den Schoß nahm und sich sogar noch freute, wenn ich sie in die Nase kniff, hatte mich heute gar nicht beachtet, trotz all meiner Anstrengungen, mich bemerkbar zu machen, und mich endlich sogar wieder zu meiner Luise hinaufgeschickt, und die brachte mich einfach in's Bett.

Ins Bett – aber – ich war ja noch gar nicht müde?!

»So Georg, jetzt legst Du Dich auf die andere Seite und schläfst!« Und ich zog die Decke über das eine Ohr, lag mäuschenstill, tat als ob ich schlief, stupfte nur manchmal den großen Zeh vom linken Fuß gegen das Bettende, um zu prüfen, ob ich noch wach wäre. – –

Nach einer halben Stunde hörte ich draußen eine Tür gehen. Luise ging hinaus. Ich horchte scharf auf, man sprach ziemlich laut im Nebenzimmer, aber trotzdem konnte ich nicht verstehen, um was es sich handelte. Ich hörte nur deutlich Luisens Stimme:

»Madame, Sie wollen mir wohl beleidigen?! Ich nehme et nicht, det können Sie doch nu besser brauchen! Ne, un ich nehme et nicht!«

»Aber Luise, Du siehst doch, wir müssen uns jetzt aufs äußerste einschränken, ich kann unmöglich zwei Mädchen halten.«

»Un ich nehme et nicht! Un glauben Sie vielleicht, Frau Geiger, ich werd hier wegjehn, wo ich mir hier so an die Kinder jewöhnt habe? Ne!«

»Aber Luise, Du mußt doch selbst einsehen – – «

»Un ich sage Ihnen, ich nehme et nicht! Ne, det wär' ja wirklich –, wo ich mir so an die Kinder gewöhnt habe« – – – – – – – – – – – mehr konnte ich nicht verstehen.

Luise kam wieder herein, setzte sich vor mein Bett und weinte.

»Sie wollte mir beleidigen! Uh! Sie wollte mir beleidigen, uh – und wo ich dabei so gut zu die Kinder bin – uh – sie wollte mir beleidigen – uh – «

Luise Lademann, unsere Luise weinte! Aus drei Betten erklang plötzlich ein Jammergeheul.

»Na, stille, schlaft man weiter. – Uh! Sie wollte mir beleidigen!«

Aber ich konnte nicht einschlafen.

– –

Nach einiger Zeit hörte ich vorn meinen Vater sehr heftig sprechen.

»Diese Lumpen! Ich schlage ihn über'n Kopf! Nicht wert sind sie von mir – – die – – – – – – mit dreißigtausend ist die Sache noch zu machen – er hat's genau gewußt, wie ich mich da hereinreite. – Red' nicht, Frau, genau hat er's gewußt, der Lump!! Ich halt's nicht aus, ich halt's nicht aus! Ich glaube, ich werde verrückt – nein – nein – nein – ich halt's nicht aus!

»Mit dreißigtausend wär alles zu retten gewesen. Du weißt, wie ich mich gemüht habe, wie ich gearbeitet habe, mein Lebtag!

»Annchen, ich kann's nicht mehr, ich halt's nicht aus! Ängstige Dich nicht, ich werde ja wieder ruhig werden. Hab' keine Angst Kind, ich bin nur augenblicklich so erregt, – dieser – dieser, dieser Lump, dieser Gauner!«

– – – Leises Weinen. – – – – – – – – – – – Von da an wurde das Gespräch gedämpft geführt. Ich lauschte, lauschte, aber ich verstand nichts mehr und schlief ein. –

Nach einigen Stunden saß mein Vater allein vorn im Arbeitszimmer, vor ihm ein Blatt Papier, über und über mit Zahlen bekritzelt. Da war multipliziert und dividiert, addiert und subtrahiert und immer, immer das Defizit, wie es gedreht und gewendet, welche Möglichkeit auch angenommen, immer, immer das unregulierbare Defizit auf dem Grundstückkonto. Unabwendbar!

Und da lagen sie nun vor ihm die letzten zwei Jahre und mit einem Blick übersah er sie, als ob sie eine Seite seines Hauptbuchs wären. Seit jenem Tag, seit jenem unglückseligen Hauskauf, keine ruhige Stunde mehr.

Der plötzliche Umschlag: Grund und Boden verlieren den Wert, niemand wagt mehr ihn zu beleihen und an Käufer ist gar nicht zu denken.

Woher Geld nehmen? Das, was noch geblieben, reichte nicht aus. Es mußte vermehrt werden. Er beteiligte sich an Gründungen und verlor, er spekulierte in scheinbar sicheren Papieren und verlor.

Gutwillig opferte der Aristokrat hunderttausend. Sie wurden verschlungen.

Gutwillig gaben Freunde und Verwandte, was in ihren Kräften stand. Es verrauchte im Augenblick, wie Wassertropfen, die auf einen heißen Stein fallen.

Aber er konnte nicht mehr zurück, es war für ihn zur Existenzfrage geworden; es müßten ja auch hellere Zeiten kommen, und dann wäre ja alles gerettet, dann könnte er ja an dem Haus wieder zum reichen Mann werden.

In seiner Herzensangst hatte er sich an Rewald gewandt, trotzdem er vor ihm ein geheimes Grauen hatte, und Rewald hatte ihm wider Erwarten drei Mal mit kleinen Summen ausgeholfen aber dann war auch diese Quelle versiegt.

Oh – wie war er umhergelaufen in den letzten Tagen von einem zum andern; fast überall buchstäblich verschlossene Türen, und die wenigen, die ihn vorließen, zuckten mitleidig die Achseln. – Ja, wenn sie ihm helfen könnten, sie würden es ja gern tun – und hundert Gründe.

Mit dem Aristokraten war er aufs heftigste zusammengeraten – er konnte ihn retten und warum tat er's nicht! – und er bedachte gar nicht, daß jener schon ein Vermögen an ihn gewandt hatte, sondern ging in seinem Jähzorn soweit, handgreiflich zu werden. Der Aristokrat verwies ihn, schäumend vor Wut, aus der Wohnung.

Überall verschlossene Türen! Überall verschlossene Herzen!

Und dann hörte er, daß Rewald einen Teil der Forderungen an sich gebracht habe, um als Hauptgläubiger gegen ihn aufzutreten. Er stürzte zu ihm – Rewald wäre verreist, hieß es.

Unabwendbar bankerott! Was nun? Was nun?

Vielleicht ist doch noch die Möglichkeit, es zu regulieren, und wenn auch nur für einige Tage.

Er rechnet, rechnet wieder und wieder, immer das Defizit. – Er öffnet den eisernen Schrank. Fast leer! Nur ein Zahlbrett, eine Mappe, das Geheimbuch! Er schlägt es auf. Per Kassa-Konto an Grundstück-Konto: immense Summen. Er rechnet und rechnet. Der Schweiß steht ihm auf der Stirn; keine Möglichkeit – das Defizit!

Er zerknittert wütend das Blatt, reißt es in Fetzen, wirft sie zur Erde und stampft mit dem Fuß darauf. Umsonst! Das Defizit bleibt. Wo er hinsieht Zahlen, Zahlen, nichts wie Zahlen. Das Defizit!!!

– Was nun?

»Gott, ich hab' ja mein Leben gearbeitet, wie'n Hund, und jetzt – – – – – Wozu? Wozu? Alles zu nichte!!«

– Was nun? –

Er sieht in das obere Fach des Spindes. Leer die Tasche, wo sonst die Wechsel darin waren, alle schon zu

Geld gemacht! Nicht einen Pfennig! – Da in der Ecke der Revolver!

»Was hab' ich denn noch zu verlieren? Aber so wie ein Dieb sich fortstehlen, ohne Abschied zu nehmen?«

Er schreibt:

»Da ich geistig und körperlich zu sehr angestrengt und eine gefährlich ausgehende Krankheit befürchte, so ist es das Beste, wenn ich so von Euch gehe. Wenn Ihr diese Zeilen lest, meine Lieben, bedauert mich nicht, wenigstens nicht meinen frühen Tod. Ich habe furchtbare Sorgen bei Tag und bei Nacht gehabt, und manche schlaflose Nacht verbracht, doch eine solche wie die vergangene noch nie, die wünsche ich dem niedrigsten Verbrecher nicht – Lebt wohl, meine Lieben! Du vor allem, mein liebes, gutes Annchen! Wenn ich Dich manchmal gekränkt, verzeih mir, ich war stets gut und aufopfernd für Dich und unsere Kinder.

Was vermag nicht Sorge?! Adieu! Ich wünsche mehr Frohsinn und Heiterkeit allen, die mir lieb und teuer sind!!!

Hermann Geiger.«

Plötzlich schien es ihm, als stände hinter ihm eine graue, vermummte Gestalt und reiche ihm die Waffe über die Schulter. Er wandte sich um, seine Frau stand hinter ihm.

Sie sagte kein Wort, aber dem Gesicht sah man es an, daß sie wußte, um was es sich hier handelte. Und seit langer Zeit wieder das erste Mal beugte sie sich über ihren Mann und küßte ihn.

Ja, er war mit einem Schlag eine traurige Berühmtheit geworden, der große Geiger!

– – – – Das Geschäft, das wäre ja überhaupt niemals zu ruinieren gewesen, aber da mußte sich dieser Mann natürlich in großartige Spekulationen einlassen, Grundstücke kaufen, Häuser bauen, ausbauen, sich an faulen Aktiengesellschaften beteiligen, ein großes Haus führen, ja, ja, lieber Geiger, die Bäume wachsen nicht in den Himmel, dafür ist gesorgt! – – –

Sogar die Börse, die doch damit gar nichts zu tun hatte, war darüber in Aufregung.

»Wissen Sie schon, der Geiger ist pleite!«

»So? Der hübsche?«

»Ja!«

Rewald trat herzu.

»Er hat sich in verfehlte Spekulationen eingelassen, mit dem Haus da bekauft. Wissen Se, was hab' ich mit ihm gered't! Geiger, hab' ich gesagt, Geiger lassen Se sich nicht auf sowas ein, Geiger, Se ruinieren sich, Se ruinieren Ihre Familie! Er hat nicht auf mich hören wollen. Nu hat er's!«

»Ich denke, er hat wohlhabende Anverwandte, konnten die ihm denn nicht mehr helfen?«

»Was glauben Sie, haben die schon verloren?!«

»Aber, ich denke, es ist nur ein geringes Defizit von fünfzigtausend?«

»Fünfzigtausend?! Ich sag Ihnen zwei mal hunderttausend reichen nicht.«

Rewald ging achselzuckend weiter. Die beiden anderen blickten ihm nach.

»Ich möcht darauf schwören, der alte Lump hat wieder seine Hand mit im Spiel. Es ist nicht der erste, den er auf dem Gewissen hat, dieser Gurgelabschneider!«

Bei der Subhastation erstand Rewald das Haus um einen Spottpreis, da außer ihm fast niemand zu bieten wagte.

- -

Einige Wochen gingen so hin. Man versuchte mir klar zu machen, daß ich einmal ein tüchtiger, das heißt reicher Mann werden müsse, daß ich es von jetzt an nicht mehr so haben könnte wie früher, und daß ich nicht weinen sollte, wenn ich nicht jeden Morgen meinen Kakao bekäme. – Ein reicher Mann wollte ich gern werden, denn dann brauchte ich ja nichts zu tun!

Luise war freundlich wie immer, aber Ulrike hantierte mürrisch in der Küche umher. All meinen Annäherungsversuchen gegenüber verhielt sie sich ablehnend, nur einmal orakelte sie.

»Siehst Du, kleiner Lumpenprinz, so geht's: erst will man auf Gummirädern fahren und nachher freut man sich noch, wenn man auf Stroh liegen kann. Das ist so im Leben wie in 'ne russische Schaukel, ruff – – und denn wieder runter!«

Zu uns kam auch jetzt öfter ein großer, hübscher Mann, in braunem Rock und blauer Mütze, mit dem Mutter lange sprach. Er zeigte weitgehendes Interesse für unsere Möbel, die er alle – nun mal seine Eigentümlichkeit – hinten mit blauen Stückchen Papier beklebte. Sonst war er sehr höflich und freundlich, und besonders unterhielt er sich mit mir und sagte, daß er auch solchen Jungen hätte wie ich wäre, mit dem ich einmal spielen könnte.

Vater war wenig zu Haus, und wenn er es war, entweder entsetzlich erregt, oder er saß mäuschenstill und brütete vor sich hin. Wir trauten uns schon gar nicht mehr zu ihm. Jedes Geräusch erbitterte ihn, und er schrie uns an, daß wir laut heulend aus dem Zimmer liefen. Mutter war freundlich wie sonst, küßte uns viel und kümmerte sich überhaupt mehr um uns, zog uns manchmal sogar an, da das Kinderfräulein, eine hochnäsige Gans, die viel an mir herumerzogen, mich oft in die Ecke gestellt, gestupft und geschlagen hatte, entlassen war.

Indessen wurde es immer ungemütlicher bei uns. Papa kam spät nach Hause, und dann war er entsetzlich matt und abgespannt. Sowie Mutter etwas zu ihm sagte, wurde er aufgebracht und faßte jedes Wort als einen Vorwurf auf.

»Ja, ja, ich weiß ja, daß ich alles verbracht und verliedert habe, laß mich zufrieden, ich weiß es ja schon, ich weiß es ja schon!«

Besonders einmal, – ich erinnere mich noch, wie wenn es heute gewesen wäre, – wurde er furchtbar erregt, als er des Abends hungrig heimkam und noch nichts zum Essen vorfand. Er brüllte wie ein wildes Tier und schlug mit dem Spazierstock derart auf den Tisch, daß er den Griff in der Hand behielt. Mutter redete ihm gut zu, überhaupt wurde sie um so ruhiger, je aufgeregter Vater wurde.

Ich war hinter die Sofalehne gekrochen und saß dort zitternd, mit angehaltenem Atem. Endlich ging Vater wieder fort, um anderwärts etwas zu essen, wie er sagte, nicht ohne sich vorher von Mutter, – Gott allein weiß, wo sie damals das Geld her bekommen hatte – eine Mark dafür geben zu lassen.

Als er fort war, sank Mutter, die bis dahin die Ruhe und Liebenswürdigkeit selbst gewesen, weinend auf das Sofa.

– – – – Nicht, armes kleines Frauchen, das hättest Du Dir nicht träumen lassen, das war Dir nicht an der Wiege gesungen worden! Du hattest nie gedarbt. Es war Dir stets das Leben so glatt wie ein gestrichenes Butterbrot, und jetzt die paar Pfennige zum Teufel! Alles zum Teufel! Die eheliche Liebe, die verwandtschaftliche Zuneigung, die Freunde! Alles! Alles!

Nicht, armes kleines Frauchen, das ist ein trauriges Dasein!! – – – – – Endlich jedoch, als ich mich vollkommen sicher glaubte, kroch ich aus meinem Versteck hervor. Mutter bemerkte mich und nahm mich auf den Schoß.

»Du hast Dich wohl sehr geängstigt?«

»Ja!«

»Du fürchtest Dich wohl jetzt vor Papa?«

»Warum denn? Er ist doch kein böses Tier!«

»Nein, Du darfst Dich auch nicht vor Deinem Papa fürchten, er ist ein seelensguter Mann und hat sein kleines Uschchen sehr lieb. Er ist nur jetzt sehr unglücklich, weil er durch böse Menschen sein ganzes Geld verloren hat.«

»Da sind wir wohl jetzt ganz arm?«

»Ja, ganz arm!«

»So arm, wie unten die Kinder von Frau Dornack, denen du mein rotes Kleid geschenkt hast?«

»Ja, mein Uschchen.«

»Uh, dann werde ich wohl keinen Kakao mehr bekommen, Mama?«

»Ja, Kakao sollst Du bekommen und auch ein neues Wiegenpferd und Zinnsoldaten, denke nur, denen man ordentlich die Arme bewegen kann! Und einen großen, großen Hampelmann, größer wie das ganze Uschchen!«

»Bekomme ich den morgen?«

»Ja! – – Soll ich Dir etwas erzählen, Uschchen?«

»Ach ja, ach ja, ach ja!«

»Du mußt aber stille sein! Also Onkel Ferdinand, Du kennst doch Onkel Ferdinand? Der taube Onkel, der immer mit Papa Schach gespielt hat –, der war, als er noch jünger war, Seesoldat, und da war er auch in Indien, wo es so heiß ist, daß die Menschen ganz braun aussehen, und da fährt er nun Mittags mit seinem Freund auf die Jagd – –, solch leichtes Wägelchen, so eins wie der Hauptmann drüben auch hat. Das Pferdchen läuft so hübsch im Trab durch den schönsten Wald, lauter schlanke, hohe Palmen und so große bunte Blumen und prachtvolle handgroße Schmetterlinge, wie meine türkische Morgenhaube so bunt. Und die Vögel fliegen so von Ast zu Ast, grüne und goldene, mit langen, roten Schwänzen und blauen Schnäbeln. Und die Affen, die spielen Zeck oben!«

»Ei!«

»Und das ist alles so hübsch und so lustig – Aber mit einem Mal da zieht dahinten solch dicke, schwarze Wolke auf – – und es wird ganz dunkel – – uiih – – uiih – – geht der Wind durch die Bäume – – da – – ein Blitz zuckt quer übern Himmel, knatteraderadat, ein mächtiger Donnerschlag!«

»Mutter, ich muß doch zu Bett, ich bin so sehr müde!«

»Und da brüllt links im Gebüsch ein Löwe und springt mit einem mächtigen Satz quer über den Weg. – – «

Länger hielt ichs nicht aus. Ich sprang von Mutters Schoß, lief heulend zu meiner Luise und drückte meinen Kopf an ihre Schürze.

*

Den nächsten Morgen war niemand zu finden, der mich anziehen wollte. Alles lief draußen in großer Aufregung durcheinander. Türen wurden aufgerissen, zugeworfen, wieder aufgerissen. Ulrike rief fortwährend »man« möchte doch Kaffee trinken, ehe »man« ihn kalt werden ließe, denn kalter Kaffee wäre gesundheitsschädlich und schwäche die Sehkraft, wie »man« ihr von ärztlicher Seite mitgeteilt hätte.

Meine Schwestern mußten zur Schule. Da waren Arbeiten noch nicht gemacht, Bücher verlegt, Schuhknöpfer verworfen. Frühstück gab's nicht, sie könnten schon einmal bis Mittag so aushalten! Endlich stürzten sie fort. Luise setzte sich nun, anstatt mich anzuziehen vor mein Bett und jammerte.

»So'n Unglück! So'n Unglück! Die arme Frau, die arme Frau.«

»Luise!« – »Ja?«

»Wer ist denn die arme Frau?«

»Das verstehst Du nicht!«

»Ich weiß es ja!«

»Soo?«

»Die Waschfrau von unten aus dem Haus!«

»Die meint' ich auch, Usche. So'n Unglück! So'n Unglück! Die arme Frau!«

»Luise?« – »Ja?«

»Hast Du auch Geschwister? Machen die auch ihre Schularbeiten nicht?«

»Fünf Brüder und fünf Schwestern! Die eine muß ich sogar mal aufsuchen, die ist hier mit 'nem Schlosser verheiratet. Sie hat mir früher immer angepumpt, und ich glaube, sie wird mir wohl wieder anpumpen wollen, deswegen bin ich auch noch nicht zu ihr hingegangen.«

*

Am Vormittag spielte ich auf dem holprigen, spitzsteinigen Hinterhofe mit den Kindern der »armen Frau« und hielt ihnen gerade eine naturwissenschaftliche Vorlesung mit Demonstrationen über ein Spatzengerippe, das ich in der Ecke unter dem Balkon gefunden, als Luise mich heraufholte und sagte, sie müsse mich fein anziehen – die Sammetjacke mit den goldigen Ankerknöpfen, – ich sollte mit Papa und Mama mitfahren. Droschke würden wir fahren! Ulrike wäre schon fort eine zu holen, eine niegel-, nagelneue mit 'nem Vorreiter! –

Papa wartete schon mit einem kleinen Handkoffer auf uns. Er war ruhiger wie sonst, ja sogar, was in der ganzen letzten Zeit nicht vorgekommen war, freundlich zu mir, klopfte mir mit der Hand auf den Kopf und sagte, ich sollte ein braver Mensch werden und viel in späteren Jahren an ihn denken.

Ich begriff durchaus nicht den Sinn dieser Worte. Es war doch ganz selbstverständlich, daß ich an ihn denken würde, da ich doch alle Abende für ihn mitbetete und ihn dann auch alle Tage zu sehen bekam.

Als Mutter kam, wurde Papa plötzlich ernster,

sprach nichts mehr, sein Blick wurde scheu und er vermied es ängstlich, Mama anzusehen.

Draußen hielt schon die Droschke; auf dem Bock der alte, weißköpfige Kutscher, den ich wie einen Dreier kannte.

»Wohin, Herr Geiger?«

»Schlesischer Bahnhof.«

Und wir fahren. Es ist sonntäglich still auf den Straßen, greller Frühjahrssonnenschein, weißblauer Himmel, die Scheiben blinken. In den Vorgärten gucken die Hyacinthen neugierig aus den schwarzen Beeten hervor; einige überwinterte Gelblinge haben sich bis in die Straßen verirrt. Kinder, die aus der Schule kommen, jagen ihnen nach und werfen jubelnd die Mützen nach ihnen.

Wir schweigen.

Trotz des frohen Sonnenscheins wird mir so beklommen zu Mute. Erst traue ich mich kaum aufzublicken. Papa sitzt ganz steif und sieht nach der andern Seite hinaus. Ich sehe Mama an. Sie ist sehr blaß, die Augen sind heftig gerötet, dicke Tränen rennen ihr fortwährend über die Backen.

Wir fahren, fahren; keiner spricht ein Wort. Papa blickt scheu aus den Wagen, Mama schluchzt still vor sich hin, ich blicke abwechselnd beide an. Ach – ich habe solche Angst! Was ist denn nur los? – Ich habe solche Angst – solche – solche – solche Angst.

Plötzlich wendet sich Papa um.

»Diese Lumpen! Ich bin doch wahrlich mein Lebtag ein ehrlicher Mensch gewesen, mein Lebtag! Du weißt, wie ich gearbeitet habe, um meinen Kindern mal eine gesicherte Existenz zu schaffen – und nun kann ich wieder von vorne anfangen! Alles – alles zum Teufel! – Aber – wir halten noch mal Abrechnung!«

»Und was soll hier aus uns werden?«

»Du hast reiche Verwandte, die werden sich Deiner annehmen. Ich muß fort, ich halt's hier nicht länger aus, ich werd' sonst wirklich noch verrückt! Ich kann nicht zusehen, wie mir abgepfändet wird, was ich mir mühsam Stück für Stück zusammengekauft habe! Ich werde dabei verrückt – – ich werde dabei verrückt!«

»Und was soll hier aus uns werden, aus mir und Deinen drei Kindern?«

»Gott wird für euch sorgen!«

Das klang nicht schön.

»Ich halt's nicht mehr hier aus. Die Leute weichen mir ja auf der Straße aus, als ob ich geächtet wäre – ich will meinen ehrlichen Namen wieder haben, den sie mir genommen haben. Meinen ehrlichen Namen –« brüllte er, verstummte aber plötzlich, vermied es uns anzusehen und blickte starr und steif auf die Straße, als ob er Löcher ins Pflaster gucken wollte. Mutter weinte. Ihre Nase war jetzt auch rot geworden; die grauen Äugelchen kniff sie ein; ich weiß, es machte auf mich einen sehr putzigen Eindruck und trotzdem weinte ich auch, aber ich gab mir Mühe, es zu unterdrücken, denn ich schämte mich vor Kindern, die dort lärmend auf einem Sandhaufen spielten. Ich dachte, alle Leute sähen mich an und ich schämte mich, weil ich so ungezogen war und weinte.

Wir stiegen aus. Die kalte, öde Bahnhofshalle gähnte uns an. Verrußte, rauchgeschwärzte Wände.

Zischend, pustend fahren Züge ein und aus. Oben in dem Eisenwerk verfängt sich der Rauch; durch die geweißten Scheiben brechen nur trübe die Sonnenstrahlen.

Mama weint heftiger als vorher, ich weine immer noch. Papa schenkt mir eine Mark – ich sollte den Schwestern auch ja etwas davon abgeben – gibt mir flüchtig einen Kuß, Mama einen längeren. Der Zug fährt ein; hält; Türen werden lärmend auf- und zugeschlagen. »Adieu!« »Adieu!« Ein Pfiff! – fort – ich winke und trockne mir abwechselnd die Augen mit dem Taschentuch. – Und da stehen wir nun beide allein! – Ich klammere mich an Mutters Rock.

»Wo reist denn Vater hin?«

»Komm, Georg.«

Bis zum heutigen Tag ist mir sowohl Zweck wie Ziel dieser Reise ein Rätsel geblieben.

Drunten auf der Straße laufen die Menschen durcheinander, stoßen sich mit den Ellenbogen. Alles hat sich heute herausgewagt, selbst Greise und Kranke; tausende von Kindern lungern auf den Straßen, spielen Murmeln, Ball, Zeck, Verstecken. Weiter unten singt ein Kreis von kleinen Mädchen:

»Wir fahren auf der grünen See,
Wo die Fischlein springen,
Freuet sich mein ganzes Herz
Vor lauter Lust und Singen.«

Da und da und da – – alles lustig!

»Ich habe Hunger, Mutter!«

Mutter sucht im Portemonnaie, klaubt ihre letzten paar Groschen zusammen und kauft für zehn Pfennige Schrippen und für fünfzehn Pfennige Wurst. Dazu reicht es noch.

»Ach, ich habe solchen Hunger, Mutter!«

Aber auf der Straße darf ich noch nicht essen, das schickt sich nicht für ein anständiges Kind, ich muß noch warten, bis wir in den Tiergarten kommen. –

Weiter! Ein Schaufenster reizt mich besonders! Au – da liegen so hübsche Sachen! Schinken und Wurst und Weintrauben und Apfelsinen kullern aus einem Faß, aber nicht durch die Scheiben. Jetzt kommt ein Dienstmädchen mit einem wohlgefüllten Korb aus der Tür.

»Mutterchen, ich habe solchen furchtbar großen Hunger.«

Weiter! Endlich der Tiergarten! So viele Droschken.

»Sieh' mal, Mutter, ich glaube da vorn fährt Onkels Wagen!«

Die Wege trocken, im Gebüsch die blanken, grünen Scharbocksblätter, und da schon ein kleiner Fleck weißer Anemonen. Eine Drossel wühlt und kratzt würmersuchend im dürren Laub. Wir setzen uns hin. Schrägüber schläft ein junger Mensch auf einer Bank. – Ich denke an unseren Moppy, der nie ungeschmiertes Brot aß. Er war auch so verwöhnt, grad so wie ich! Und heute! Wie froh bin ich, daß ich überhaupt etwas bekomme! Wie gierig schlinge ich die großen Happen! Ein Stückchen fällt herab, ich hebe es auf und stecke es, fast ohne es abzuschütteln, noch sandig, in den Mund. Ich begreife nicht, weswegen Mutter gar nichts ißt!

Zwei Semmeln und die Hälfte der Wurst steckt sie ein, um sie meinen Schwestern mitzubringen.

»Aber doch herrliches Wetter heute – paß nur auf, Usche, bald ist alles wieder grün, dann pflanzen wir uns auch wieder Erbsen!«

*

Daheim liefen meine Schwestern schon umher und suchten gleich hungrigen Ratten in einer leeren Teekiste, in allen Winkeln nach etwas Eßbarem. Endlich entdeckten sie irgendwo Butter und alte Semmeln, und Luise mußte ihnen eine Wassersuppe kochen. Ich wette, sonst hätte keins von ihnen sie angerührt und da, wie sie löffelten!

Als Mutter ihnen erzählte, daß Papa verreist sei, ergriff sie diese Nachricht gerade nicht zu sehr, auch von der Mark bekamen sie nichts, denn zehn Pfennige nahm ich und neunzig mußte ich an Mama geben.

Am Nachmittag spielte ich auf dem Hof und sah grad' durch die offene Haustür nach irgend etwas Wunderbaren, als zwei Möbelwagen vorfuhren.

Was wollten die denn nur? Ich wußte doch nicht, daß jemand ins Haus zöge? Dann kam mein Freund mit der blauen Mütze. Ich sprang ihm vergnügt entgegen und fragte nach seinem Hänschen, und ob es mich nicht mal besuchen käme! Aber da trappelten schon zehn bis zwölf riesige Kerle in den Hausflur, daß der Fußboden zitterte; mächtige Gestalten, mit alten, schmutzigen, schiefgesetzten Soldatenmützen ohne Kokarde, barhäuptig, in Hemdsärmeln, hanfene Seile über den Schultern, und alle stampften die Treppe herauf und blieben vor unserer Tür stehen.

Sie gehen hinein und da – kommen auch schon drei mit unserem schönen, großen Flügel an.

»Weg Junge! Nich kanten Willem! halt mal, Ede, ich will den Strick unterziehen!«

Da kommt schon ein anderer mit 'nem Tisch auf dem Rücken, da einer mit einem Polsterstuhl und zwei großen Kupferstichen, ein kleiner, breitschultriger mit Mutters Silberspindchen und einer Konsole.

Ich gehe hinein. Wie sie da räubern! Ich wunderte mich nur, daß mich nicht einer am Kopf und ein anderer an den Beinen nahm und mit hinaus auf den Wagen trug.

Und mein Freund mit der blauen Mütze steht wie ein Feldherr und befiehlt den Leuten, grad, als ob er bei uns zu Haus wäre!

Mutterchen trocknet sich fortwährend die Augen und verfolgt jedes Stück mit sehnsüchtigen Blicken.

Luise läuft mit einem Lappen in der Hand geschäftig hin und her und wischt den Staub von den Ecken und Kanten.

»Mama, wozu nehmen denn die Leute das alles heraus?«

»Es soll neu aufpoliert werden.«

Neu aufpoliert? Ich hätte es so leicht nicht geglaubt, aber es mußte doch wahr sein, Mutter hatte es ja gesagt!

Ich ging wieder auf den Hof.

»Getsch, Getsch, bei euch werden doch die Möbel abgeholt und bei uns nicht!« rief das Kind der armen Frau.

»Ja, meine Mama hat gesagt, sie werden aufpoliert.«

»Getsch, die werden euch ja weggenommen, das hat mir meine Mama gesagt.«

»Deine olle Mama! Meine Mama hat aber gesagt,

sie werden aufpoliert und wir bekommen sie bald wieder.«

»Ach, das hast Du Dir ja nur einreden lassen.«

Da wir durchaus hierüber nicht einig werden konnten, brauchte ich mein Recht des Stärkeren, aber da kam ich schlecht an. Die Kleine wackelte auf ihren O-Beinen heulend die Kellertreppe hinunter und sofort stürzte die Mutter, ein schlampiges Frauenzimmer, das fast immer, wie die meisten Waschweiber, die Röcke aufgeschürzt trug, heraus wie ein Hamster aus seiner Höhle, stieß mich und schlug mich und schrie, daß ich eine ganz ekelhafte, rotznäsige Range wäre; wie ich nur dazu käme, ihr Goldkindchen anzurühren! Und das Befreundetsein, das hätte jetzt überhaupt ein Ende!

Ich weinte nicht, aber – ich ärgerte mich über diese Pöbelhaftigkeit!

Die Frau! Gott was hatten wir ihr alles geschenkt! Was sie und die Kinder auf dem Leibe trugen, hatte sie von uns. Mit Waschkörben waren sie zur Weihnachtsbescherung bei uns erschienen. Wie untertänig hatten sie Mutter die Hand geküßt! Und alle Segenswünsche eines gütigen Himmels auf mein unschuldiges Haupt herabgefleht! Und jetzt, wo nichts mehr von uns zu erwarten, da – ja da – »hat das Befreundetsein überhaupt sein Ende!« –

Aber ich verwand meinen Ärger schnell und ging ein wenig in den Garten, freute mich, daß der Flieder und die Stachelbeeren schon trieben, suchte leere Schneckengehäuse und vorjährige Kastanien, sah mir den blauen Himmel an und wurde bald so recht vergnügt, sang und sprang.

Als ich wieder nach oben ging, war ich erstaunt, die Tür angelehnt und die ganzen Vorderzimmer leer zu finden. Aber es war doch sehr hübsch, die Zimmer waren so hell und groß! Und ich schlidderte jubelnd auf dem Parkettfußboden.

Da kam Mutter herein. Sie war vollkommen aufgelöst, sogar der hohe Lockenbau war ihr in Unordnung geraten. Sie winkte mir, nach hinten zu kommen ins Berliner Zimmer. Auch hier waren die Wände kahl. Große, hellere Flecken an der Tapete zeigten, daß dort einmal Möbel gestanden. Das Büffet, der große, eichene Tisch, das Sofa, alles fort; nur einige Stühle waren belassen worden. Jetzt kam Luise mit einem Küchentisch herein und stellte ihn in die Mitte des Zimmers. Sie weinte, mir unerklärlich, wie ein Sprengwagen. Dann kamen auch meine Schwestern. Jeder von uns stellte sich hinter eine Stuhllehne und alle sehen wir starr auf den Küchentisch, als ob darauf ein Wundertier zu sehen wäre und doch war nichts zu sehn wie eine ganz einfache, weiße, hölzerne Platte. Dann küßte Mama uns der Reihe nach, sagte, wir sollten alle tüchtige, ordentliche, gesetzte Menschen werden, die es einmal in der Welt zu etwas brächten und dem Namen des Vaters wieder einen guten Klang verschaffen sollten.

Mir wurde so eigentümlich beklommen zu Mute. Ich fühlte ein Zucken in den Mundwinkeln und am liebsten hätte ich laut losgebrüllt, doch ich bezwang mich. Jetzt schickte man Luise fort, um etwas zu holen, und ich war stolz, denn das Geld dazu war das, was mir Papa zum Abschied gegeben hatte. – – –

An diesem denkwürdigen Tage strich der Aristokrat seine Schwester, deren Mann und Kinder von der Liste der Courfähigen.

* *
*

In der nächsten Woche kam ein großer Korb mit Eßwaren.

Irgendwelche entfernten Verwandten hatten von unserer Notlage gehört und beeilten sich, uns nach Kräften zu unterstützen. Millionäre waren's ja nicht, auch besaßen diese Leute durchaus keine Bildung, aber es waren doch, Gott sei Dank, keine Aristokraten. Ich weiß, wir hatten früher nie zu ihnen gehalten und es war sogar von ihnen wenig oder nie gesprochen worden. Es waren die sogenannten »armen Verwandten«, von denen man, wenn man Geld hat, nicht gern etwas wissen will. Und da – mit einem Mal waren sie da, wie gerufen! Sie sahen überall nach dem rechten, luden mich zu Mittag, schenkten mir Bücher und Zinnsoldaten, steckten mir, wenn ich wegging, die Taschen voll Obst und so fort.

Ja, fein gebildete Menschen waren's nicht! Sie verwechselten sogar mir und mich, aber es war eine gemütliche, gutherzige Gesellschaft, und wenn sie sich auch manchmal untereinander zankten, daß die Leute im ganzen Hause zusammenliefen, so waren sie doch nachher wieder eine Liebe und Freundschaft und hingen aneinander wie die Kletten.

Die Familie bestand aus einer Mutter und vier erwachsenen Töchtern, welche im Hause für Geschäfte schneiderten und viel Geld verdienten. Die Mutter war eine etwas schwerhörige, hübsche Matrone. Alma, die jüngste, klein, dick und quabblich, recht hübsch und von einem unerschöpflichen Berliner Humor; Clara, groß, stattlich, eine Rubensschönheit; Bertha, klein, häßlich, dürr und verblüht; Emma hatte ein gewöhnliches Gesicht, auch war sie zänkisch und launenhaft, und da sie sich mit ihren Angehörigen nicht zu stellen wußte, gab es ihretwegen oft heftige Szenen, aber nachher gingen sie doch alle wieder friedlich zusammen ein Glas Bier trinken, wenn auch Emma ihre Mutter mit einem Kohlkopf auf die neue Haube gestukt hatte: – »Siehst Du, mein Mutterchen, so gefällst Du mir, siehst Du mein Mutterchen, det bekommt Dir denn so jut!« – und Clara der Schwester dafür eins mit dem Feuerhaken übern Arm versetzt hatte. – – – –

Also mit einem Mal waren sie da, die guten Leute, nicht aufdringlich, keinen Dank wollten sie. Als ob es selbstverständlich, brachten sie uns Kindern irgend etwas mit, gaben in der Küche ganz still ein paar Pfund Fleisch ab, ohne auch nur ein Wort darüber zu verlieren. Nur wenn sich meine Mutter bedankte, wurde die alte Dame ärgerlich, stellte sich erst gänzlich taub und sagte dann, wenn dies auch nicht mehr nützte:

»Ach was, hab' Dir doch man bloß nich so, mein Kind!«

Jetzt wurde es mit Macht Frühling. Es gab bei uns alle Tage weißen Käse und dicke Milch. Die Tage wurden länger und die Dämmerung, die Schummerstunde zog sich dann noch bis neun Uhr hin.

Ich wollte stets ungern zu Bett gehen. Der Himmel war so schön weißblau, und die Laternen, – warum wurden die denn überhaupt schon angesteckt, es wollte ja noch gar nicht Nacht werden. Es wurde beinahe widerwillig dunkel.

Erbsen hatten wir wieder gepflanzt, auch Kürbis und bunte Bohnen, und die trieben kleine, gelbgrüne Spitzen.

»Paß' auf, noch ein, zwei Tage, und der Flieder und der Weißdorn blüht in dem Vorgarten.«

Zwei Tage darauf, richtig! der ganze große Fliederbusch voller Blüten! dicke, schwere Trauben, Blüte an Blüte! Traube an Traube!

Es sind die ersten in der ganzen Straße, die sich geöffnet, tausende von Bienen und Fliegen umsummen den Busch. Ich klettere an den ziemlich starken Zweigen empor, setzte mich im Wipfel in eine kräftige Astgabel, schlenkere vergnügt mit den Beinen und sauge den Duft ein.

Da rollt eine Droschke die Straße entlang. Ich beachte sie nicht. Plötzlich hält sie vor der Haustür. Ein Herr mit einem Handkoffer.

»Papa!!!«

Sofort springe ich herab, ihm entgegen.

»Papa!!!«

Er sieht so ruhig und freundlich aus, so hübsch!

»Papa!!!«

Er streichelt mich, nimmt meine Hand, und wir gehen hinein!

»Ei! Da wird sich Mama aber freuen!«

Und wie sie glänzte! Als ob sie sich mit Speck eingerieben hätte. Wie sie sich freute! Ja wirklich, sie machte ein ganz anderes Gesicht wie vor vier Wochen in der Droschke.

Da saßen wir nun und Papa erzählte, was er begonnen, und Mama plauderte, wie es uns ergangen. Sie sprach von der Subhastation, von Ulrike, Luise, der alten Dame, und Papa saß da und hörte zu mit einem so lustigen Gesicht, als ob Mutter die komischsten Sachen von der Welt erzählte.

Aber plötzlich sagte man mir, es wäre höchste Zeit, daß ich zur Schule käme, und ich sollte nicht *immer* so dumm und spielrig bleiben.

Dann kam Luise herein, auch sie glänzte vor Freude über das ganze Gesicht. Sie gab verlegen dem Herrn die Hand und winkte mir dann, ich möchte mit hinausgehen.

»Laß se man alleine, Usche, die haben gewiß sich was zu sagen, wat Du nich hören sollst!«

*

Von heut an war Herr Geiger, er, der große Geiger, einfacher Häusermakler! Sein Lebtag ist er nichts anderes mehr geworden als – Häusermakler! oder besser, so eine Art Fliege, der man die Flügel ausgerissen, solch unglückliches, krabbelndes Wurm!

Ja, durch dreizehn Jahre ist er es geblieben! Zuerst ging's ja leidlich, aber dann – tagaus, tagein auf der Straße herumlungern, um etwas zu verdienen oder zu borgen – – wir mußten doch leben!

Das war ein trauriges Dasein!

Ja, wenn *ich* Maler wäre, und ich sollte die Hoffnung darstellen, so würde ich Dich als Modell nehmen, wie Du des Abends nach Haus kamst und ermüdet auf einen Stuhl sankst. Den ganzen Tag warst du umhergelaufen, um einen Käufer für das großartige

Eckgrundstück – es war leider etwas stark belastet – zu finden, von Pontius zu Pilatus! Der war nicht zu Haus, ins Café gegangen, der hatte heute seine Kegelpartie, der hatte keine Zeit und reiste morgen ins Bad, und dieser Gauner hatte Dich schon mal um Deine Provision betrogen.

»Nun, Hermann, wie steht's, wird's?«

»Morgen, morgen, bestimmt!«

Und seine Augen blitzten, als ob er das Geld dafür schon in der Tasche hätte, als wären er und seine Familie schon für zwei, drei Monate ohne Nahrungssorgen.

Tausendmal hab ich's gesehen, tausendmal hab ich das »Morgen, morgen!« gehört.

»Ja, morgen wird die Angelegenheit bestimmt perfekt!« Knapp Brot, Kartoffeln und Salz zu Haus und immer der Mut, immer die Hoffnung, durch lange Jahre; dabei flügellahm, am Boden kriechen, sehen, es wird nichts, ich komme nicht hoch.

Ja Vater, nimm's mir nicht übel, wenn ich es jetzt so bedenke, Du warst doch ein richtiges, großes Kind, gläubig, gutherzig – aber doch ein Spielkind!

* *
*

Ich kam zur Schule. Ich kann nicht behaupten, daß mir's da irgendwie gefallen hätte; ich war nicht dumm, aber faul und paßte nicht auf, sah und hörte während des Unterrichts nicht auf meinen Lehrer, sondern auf »das große Ereignis« – auf den Sperling, der draußen im Sonnenschein auf dem Fensterbrett sprang, oder blickte nach den blühenden Kastanien im Hintergarten. Außerdem war ich trotz meiner Kleinheit ein gefürchteter Raufer, und mehr als einmal kamen Mitschüler weinend zum Lehrer, ich hätte sie in der Pause oder auf dem Schulweg geschlagen. Das setzte mich natürlich in der Gunst meiner Erzieher bedeutend herab. Daß ich gut, sogar bei weitem am besten aus meiner Klasse rechnete, kam bei dem Mangel anderer Fähigkeiten nicht zur Geltung.

Ganz anders entfaltete sich meine Begabung im Spielen. Das Haus, in dem wir jetzt wohnten, hatte einen großen, grauen, holprigen Hof. Hinten Pferdestallung und Remise, zu der eine morsche Holztreppe emporführte, eine Senkgrube mit fauligen Brettern darüber, die schwankten und wippten, wenn man sie betrat. Ein übermäßig hoher Zaun trennte uns von dem unentdeckten Land eines Nebengartens, welches wir nur neugierig, mit Zittern und Zagen, sozusagen im Husch zu betreten wagten, wenn uns ein Ball hinübergeflogen oder ein Reifen drüben an einem Baum hängen geblieben war. Dort ragte die riesige, lehmgelbe Hinterwand einer immerfort pustenden und stampfenden Fabrik empor: in der Wand ein geheimnisvolles Fenster, durch das man in ein ungewisses, reizvolles Dunkel hineinsehen konnte, wenn man auf dem Aschenkasten gestiegen war, und aus dem sich auch oft ganz unerklärlicherweise ein Wasserstrahl über uns ergoß.

Das war meine Welt! Da war ich daheim! Jeden Winkel kannte ich! Und diese dumpfen, feuchten Keller, wo die Nacktschnecken an den Wänden lange, glänzende Streifen gezogen hatten, und die graue Katze dort oben in der Kiste ihre Jungen säugte. Lauter kleine Katzen! Graue, schwarze, weiße, plieräugig, mauzend und krabbelnd. –

Da so des Abends, in den Schummerstunden umherzukriechen, schmutzig, staubig, bespinnwebt; wenn jemand kam, mich mäuschenstill hinter einen Pfeiler zu ducken. Ja – – – !

Und alle die Freunde! Der Albert, der Ernst, der Eugen, der Walter, die Grete Schramm – Lies Weise, Lenchen Felgow.

Ja, das war ein Leben!

Und der Portier, der Brauer, der hagere Mann, mit dem großen, grauen Bart! Er ging stets in roten Morgenschuhen, schlich wie eine Katze und roch auf zehn Schritte nach Portierstubentabak. Ein vielseitig begabter Mensch! Er war Schuhmacher, Gerichtszeuge, Laternenanstecker, Leichenbitter und Sonntags Nachmittag sogar Musikus bei Kreideweis in Tempelhof.

Wo wir ihm nur einen Schabernack spielen konnten, da waren wir alle einig, wir mochten uns eben noch so sehr geprügelt haben. Wenn er gerade den Hof gefegt hatte, konnte er versichert sein, daß wir ihn mit Papierschnitzeln bestreuten; nachher war es natürlich keiner gewesen! Oder wir blendeten ihn mit einem Spiegel, wenn er mit wichtigster Amtsmiene seine Zeitung las.

Aber wirklich, er war ein niederträchtiger Kerl. Er schlug seine Frau und klatschte mehr als sämtliche Dienstmädchen aus dem Hause zusammen genommen.

Einst, als wir ein Billard, Gott mag wissen, wo wir es her hatten, verkaufen wollten, da wir wieder einmal sehr notwendig Geld brauchten, hielt er unten in der Haustür die Käufer an und sagte: »Jeh'n Se man erst garnich zu Geigers ruff, das Billard is überhaupt nich zum ansehn, da essen se Mittag druff, weil se keinen Tisch haben und des Nachts schlafen de Jöhren druff, denn Betten haben die Geigers doch nicht, aber zwei Dienstmädchen müssen sie sich immer halten.«

Schlimm war es ja bei uns, aber nicht so, wie diese »ausgestunkenen Lügen«.

Meinen Vater ließ Brauer einmal des Nachts nicht in das Haus; er hätte nicht die Verpflichtung, ihm zu öffnen. Auch erzählte er überall als neuste Neuigkeit, Herr Geiger hätte keinen Wahlzettel bekommen, das heißt er wäre ohne bürgerliche Ehrenrechte. –

– Und da war Albert Nickel; ein hübscher Bengel mit großen Augen, der Abgott seiner älteren Schwestern. Er war zwar dumm wie Bohnenstroh, aber er ging doch auf die hohe Schule. ›Albatchen, Albatchen‹ war das erste und letzte Wort der Schwestern. Wenn auch Vater nur Briefträger war, ›Albatchen mußte uff de hohe Schule‹. Wenn er fleißiger gewesen, hätte er wohl eine Freistelle bekommen, aber ›Albatchen‹ war nicht fleißig. Doch trotz alledem, er war eine gutmütige, ulkige Kruke und wenn er auch nur den Omnibuslinien, gestürzten Pferden, der Feuerwehr und dem Essen Aufmerksamkeit widmete: er war doch ein Kerlchen mit dem sich auskommen ließ.

– Da – der Eugen Salle, wohlerzogen! Er sprach, dienerte, scherwenzelte wie ein Erwachsener. Er war pfiffig, berechnend, wohl auch verlogen und hatte einen starken Hang zum Nichtstun. Er pflegte sich Cigaretten zu kaufen oder aus Kastanienblättern zu fabrizieren, indem er diese zerrieb und aus einem Blatte seines Notizbuches die Hülle bildete.

Er war der einzige Sohn einer Witwe, die mit ihrer ganzen Liebe an ihm hing, ihn verzärtelte und sehr gern aus ihm einmal etwas Großes gemacht hätte, aber da er kein Lumen war, nur von ihm viel hermachte.

– Der Walter Schneider! Ein außergewöhnlich begabter Junge, ernst und hübsch, ein kleiner Goethe, artig und fein, durch und durch von nobler Gesinnung, jedoch schwächlich und zaghaft. Auch er war das einzige Kind – sehr vornehmer Leute, ein richtiges verzogenes Muttersöhnchen. Er konnte mehr Geschichte als sein Lehrer und schrieb die gescheitesten Aufsätze, nur Rechnen und später Mathematik fielen ihm sehr schwer.

– Und Ernst – Ernst Sauer, das Kind einer armen, schwindsüchtigen Frau, der einzige von uns, der nur eine Kommunalschule besuchte, aber dort stets unter den ersten, ein liebenswürdiger, freundlicher Junge; nicht ohne Stolz. Er konnte ausgezeichnet Ball werfen und zwar mit der linken Hand; rannte wie ein Wiesel; schlug tadellos Rad; zeichnete nicht ohne Begabung und sang mit Gehör, aber ohne Stimme.

– Grethe Schramm, Marie Schramm, Hanne Schramm die Kinder einer Waschfrau, arme, verknubbelte Kellerwürmer, mit Kartoffelgesichtern, aber gutmütig und zu allen Dummheiten aufgelegt, stets erbärmlich gekleidet, trotzdem die Mutter von allen Seiten Sachen geschenkt bekam, die aber sofort weiter verkauft wurden; stets verhungert.

Als der Milchreis einst bei uns angebrannt war, aßen die drei Kinder zusammen fünfzehn Teller voll.

»Habt ihr denn nicht gemerkt, daß er angebrannt war?«

»Milchreis muß immer ansebrennt sein, sonst smekt er nich, sagt Mutter.«

Die Alte war ein häßliches, schlampriges Frauenzimmer. Tat jemand ihren Kindern etwas, machte sie einen Heidenlärm. Sie selbst schlug aber ganz grundlos oft auf sie ein, wie auf kaltes Eisen. Besonders Marie, ein kleines Geschöpf mit übermäßig großem Kopf, von ehrpußligem Wesen – sie führte zu Haus die ganze Wirtschaft – besaß ihre Mißgunst, und oft schlug sie das arme Ding braun und blau.

– Lenchen Felgow und Lieschen Weise, zwei reizende, wunderhübsche Mädelchen, armer Leute Kinder, niedlich, graziös. Die beiden mußte man tanzen sehn! Diese unbewußte Grazie!

Aber sie sollten auch in die Balletschule kommen.

– So! – das waren sie alle! Ja – das war mal ein Leben! Und wenn wir alle oben auf dem Futterboden saßen, vollkommen zugedeckt mit Heu und Stroh und Märchen lasen oder um die Wette – auch die Mädchen – Kobolz schossen!

Wie ungezwungen harmlos war unser Verkehr. Mit welch bitter-ernsten Gesichtern wir über die unglaublichsten Dinge sprachen, wie ich naturgeschichtliche Vorträge über den inneren Bau des Menschen hielt, den ich mir so vorstellte, daß sämtliche Eingeweide im Blut umherschwämmen. Und wie Walter uns die Kirchenväter zitierte, den Stammbaum des Limburgschen Grafen hersagte, oder Albert deklamierte:

»Was steht der nordschen Fechterschar« – –

das einzige Gedicht, das er in seinem Leben auswendig gelernt hat.

Oft auch sprachen wir verständig über das, was wir werden wollten.

»Ich werde Historiograph!« sagte Walter.

»Ich werde Arzt!« meinte ich.

»Und dann werde ich Kutscher bei Dir«, sagte Albert, dessen Wünsche nie weit gingen.

»Und ich, ich werde einmal ein reicher Bankier, heirate eine reiche Frau und rauche dann wirkliche Cigaretten, das Stück für eine Mark«, sagte Eugen.

Ja, so sprechen Kinder! – Spielkinder!

* *
*

Mit den Jahren war bei uns das Leben immer unerfreulicher geworden, Geld war selten vorhanden, Papa verbittert, Luise, seitdem sie einen Bräutigam hatte, vollkommen ungenießbar, Mutter noch die einzige, die den Kopf oben und stets gute Laune behielt. Mit Essen war ich nicht sehr verwöhnt. Wenn eben einmal nichts da war, dann bekam ich einfach nichts und tröstete mich auch so gut es ging. Ich arbeitete für die Schule wenig oder gar nichts und war auch selten daheim, sondern spielte oft bis in die späte Nacht hinein auf dem Hof oder lief im Tiergarten umher. Es war meine Eigenart dort nie auf gebahnten Wegen zu gehen, sondern durch Gebüsche zu kriechen, über Rasenflächen zu laufen, unter Brücken durchzuhuschen, über Bänke zu springen, stets in tausend Ängsten vor den Schutzleuten und Parkwächtern, jeden Baumstamm und jeden Maulwurfshaufen als Dekkung benutzend.

Meist versuchte ich auch sofort nach dem Essen mich von Haus fortzustehlen, denn nun trat die schwierige Aufgabe an mich heran, mit Papa mitzugehen und Geld nach Haus zu bringen, das Vater jemand abborgte. Wirklich, ich hing an meinem Vater, ich hätte für ihn tun können, was man nur für einen Vater tun kann, aber wenn mir etwas in meinem Leben unangenehm gewesen, so waren es diese Wege. Wie oft liefen wir stundenlang umher, von Hinz zu Kunz, immer wieder auf meinen fragenden Blick das stereotype: »'s ist nichts, mein Söhnchen!«

Endlich mußte ich mitkommen, wurde irgend einem mir wildfremden Herrn vorgestellt, und Vater erfand eine sinnreiche Mausefallengeschichte, daß ich mitgekommen wäre, um mir ein paar Stiefel zu kaufen, daß er aber sein Portemonnaie vergessen hätte, und ob der Herr nun so freundlich sein wollte, ihm vielleicht hierzu zehn Mark zu leihen, er bekäme sie morgen, dann und dann, da und da sicher wieder. Und ich stand dabei wie auf glühenden Kohlen, wagte nicht aufzublicken; in die Erde hätte ich sinken mögen!

Wenn ich so neben meinem Vater herging und in dieses angenehme, aber verzerrte Gesicht sah, sah, wie er erregt mit den Händen in der Luft herumfuhr, wie er vor sich hinsprach, dann hatte ich oft ein derartiges Mitleid mit ihm, daß ich ihm beinahe auf offener Straße um den Hals gefallen wäre.

– Sieh, Papa, Du bist ja nicht schlecht! Ich weiß genau, wie Du Dich mühst, um uns anständig durchzubringen, aber es glückt Dir eben nicht. Du darfst Dir das nicht so zu Herzen nehmen, Vater! –

Aber ich sagte nichts! Mein Lebtag habe ich davor Furcht gehabt, irgend jemand meiner Angehörigen auch nur eine Spur von Liebe zu zeigen, aus Angst, sie könnte nicht erwidert werden oder lästig fallen.

Frieda und Grethe, meine Schwestern, Zwillinge, ähnlich wie ein Ei dem andern, waren nun mit der Schule fertig. Sie hatten es ernst mit ihr genommen und wahren sehr fleißig gewesen. Jetzt wollten sie Lehrerinnen werden.

Sie hielten zusammen wie Kletten, trotz ihrer recht verschiedenen Gemütsart. Die eine von ihnen, sehr begabt, anscheinend ruhig, aber doch sanguinisch und ehrgeizig; die andere von jener glücklichen, leichtsinnigen, vielleicht sogar unfeinen Veranlagung, die sich keine tieferen Gedanken macht, von ihrer eigenen Güte und Vollkommenheit fest überzeugt ist und sich gerade deshalb in allem auf ihre Mitmenschen verläßt, ja, sogar im Notfalle lügt und augenblicklichen Fleiß wohl, aber keine Ausdauer besitzt. Trotzdem waren die zwei unzertrennlich und verstanden sich, ohne auch nur ein Wort zu reden, schon durch ein Augenzwinkern oder Kopfnicken. Ja, sie waren für uns sogar schon zu einer Person geworden, daß wir nie einen Namen, sondern nur immer beide zusammen, Frieda und Grethe, wohlzumerken nie Grethe und Frieda, sondern stets nur Frieda und Grethe nannten.

– –

Ulrike war immer noch bei uns. Ihr starres Gesicht war mit den Jahren noch ausdrucksloser geworden.

Und trotzdem konnte ich mich des Gedankens nicht erwehren, daß sie irgend eine schiffbrüchige Existenz sei, denn viele ihrer Äußerungen ließen auf frühere Bildung oder wenigstens auf Bildungsdrang schließen.

*

»Georg, was willst Du 'mal werden?«
»Schauspieler!«
»Theologie oder Mathematik?«
»Wie?«
»Theologie oder Mathematik?«
»Wie? – Schauspieler!!«
»Also doch Theologie?«

*

Wenn kein Geld da war, um etwas holen zu können, hantierte sie wie wild in der Küche umher, warf alles durcheinander. Darüber, daß sie vielleicht schon ein halb Jahr keinen Lohn bekommen hatte, verlor sie aber kein Wort. Mit den Jahren wurden ihre großen hervorquellenden Augen auch noch immer kurzsichtiger, und sie schlug viel Geschirr entzwei.

»Aber Ulrike, was ist denn das, hier fehlt doch schon wieder der Henkel von dem Topf!«

»Aber was woll'n Se denn, er hat ja noch 'ne Tülle.«

*

»Aber Ulrike, hier haben Sie doch schon wieder die Tülle vom Topf abgeschlagen.«

»Na, wat woll'n Se denn, er hat ja noch 'en Henkel!«

*

Der Hauptzug ihres Charakters war aber Niedertracht. Gewohnheitsmäßig pflegte sie die Nachbarn zu verleumden, und ihre Erfindungsgabe kannte hier keine Grenzen.

*

Als ich eines Mittags von der Schule heimkam, war Ulrike verschwunden, und ich habe sie nie wiedergesehen.

In einer Ecke der Küche lag aber ein großer Scherbenhaufen. Sie hatte einen Teller nach dem andern, eine Tasse nach der andern genommen, zerschlagen und war dann wie toll – wie es sich später herausstellte, war sie es auch – um den Haufen herumgesprungen, johlend und singend! Niemand hatte früher an ihr musikalische Regungen wahrgenommen. Sie war auf jeden, der sich ihr zu nähern suchte, mit gekrallten Fingern losgegangen, sodaß man sie hatte fortbringen müssen. Nach drei Monaten bekamen wir Nachricht, daß sie gestorben sei.

Luise war nun, bis wir ein neues Mädchen bekommen konnten, unser ein und alles, aber Mutter mußte sich schnell nach einer anderen Hilfe umsehen, denn Luise wollte kontraktbrüchig werden, das heißt Hochzeit machen. Ihr Bräutigam, Wilhelm Bergemann, war ein hübscher, dreißigjähriger Mensch. Er war Maurer und hatte unbedingt etwas Vornehmes in den Bewegungen und seiner Sprechweise. Er bediente sich, sogar nicht ohne Geschick, verschiedener Fremdwörter. So wandte er in jedem Satz wenigstens zweimal das Wort »absolut« an.

Ich hatte ihn gern, denn er war stets höflich und

freundlich zu mir, nannte mich sogar »Sie«, was mich unendlich ehrte und mir einen hohen Begriff von meiner Wichtigkeit beibrachte.

*

Sonnabend – wir haben wieder bis in den späten Abend auf dem Hof gespielt, und nun schleiche ich mich leis die Hintertreppe hinauf, um möglichst unbemerkt in die Tür zu wutschen, da höre ich in Luisens Zimmer hinter der Küche ein unartikuliertes Brüllen. Ich drücke mich in die Türöffnung.

»Na jib Dir doch man, Bergemann, sei doch man stille, sei doch man stille, wenn det de Frau hört! Jib Dir man zufrieden, ja, ich will Dir auch allens –«

»Uh, Uh!« Ein dumpfes Poltern, als ob jemand gegen ein Spind fällt.

Erschreckt laufe ich zur Mutter.

»Mutter, da hinten ist ja Bergemann, besoffen wie – – 'ne Radehacke.«

»Na, ich werde ihr aber ernstlich Vorstellungen machen, daß sie solchen Kerl nicht heiratet.«

Bald kam Luise.

»Nun, ist er fort?«

»Ach, Frau Geiger, ich bitte ja vielmals um Entschuldigung, nehmen Sie's doch ja nich übel, er ist ja sonst so'n nüchterner Mensch, aber die Freunde, die haben ihn nu jebeten mitzugehen, und da haben sie ihn betrunken jemacht. Aber ich hab' ihm auch den Ring abjezogen, er könnte ihm doch unterwegs jestohlen werden von solche schlechten Menscher. Ganz ruhig is er jewesen. Ich versteh ja mit Betrunkenen umzugehen, von Vater her.«

»Ja, Luise, ich finde es sehr recht von Dir, daß Du einen Trunkenbold nicht heiraten willst!«

»Frau Geiger!«

Ihr Gesicht wurde lang wie der Tag vor Johanni. »Ich weeß nich, wie Sie Bergemann mit so 'en Menschen vergleichen können. Wenn Sie mir absolut« – sie hatte dieses Wort auch schon angenommen – »na ick jeh auch schon so, Frau Geiger, aber denn brauchen Sie auch jarnich zu meine Hochzeit kommen. Wo ich mir hier so mit die Kinder – – –« sie begann heftig zu weinen, und Mutter hatte wirklich Mühe, sie zu trösten und ihr klar zu machen, daß sie es ja ganz anders gemeint hätte.

*

Es wurde immer trüber und öder bei uns; Mutter sprach meist französisch – sie tat es stets, wenn Luise es nicht verstehen sollte – und die Bedeutung der Worte prêter, vis-à-vis de rien, dix marcs, pas un pfenning, avoir besoin, werde ich mein Lebtag nicht vergessen.

»Mama, Mama, meine Hosen sind schon wieder ganz durch, und ich habe auch immer noch keinen Wintermantel, dieses Jahr sollte ich doch einen bekommen, es ist ja schon so kalt!«

»Usche, nächstes Jahr so Gott will! Ach – Deine Sachen sind ja auch noch ganz leidlich!«

Luise kam herein – »tu sais donc, Georges, nous avons rien à manger, tu n'as pas encore besoin des habits, l'année prochaine, l'année prochaine, Georges!«

*

Oktober! – Das Wetter ist noch schön, aber es wird schon frühzeitig dunkel, auf den Straßen schwimmen dann die gelben Lichter der Laternen in der scheinbar dunkelblauen Luft – still – kein Wagen – nur eine Equipage, die einen feisten Geheimrat zu einer Abfütterung bringt, hier und dort ein einsamer Passant, auch wohl ein Briefbote oder ein Schutzmann.

Im Tiergarten reiften jetzt die Kornelkirschen, und die Jasminruten waren holzig geworden.

»Die Drosseln streichen durchs Gehege,
Die Buchen färben sich karmin,
Das welke Laub liegt auf der Wege,
Und leise Sommerfäden ziehn.«

Da war ich wieder umhergestrolcht, bis es fast gänzlich dunkel war – aber nicht allein, ich hatte eine treue Gefährtin, die mich überall wie ein wohlerzogener Hund begleitete – Lieschen Weise.

Gott, wie war das Kind hübsch geworden und wie anmutig ihre Bewegungen! Sie liebte es, den Kopf halb schräg zu halten, die Augen schelmisch ein wenig einzukneifen und mich gutmütig anzublinzeln, als sollte sie sagen: ›nicht wahr, wir verstehen uns?‹

Ich war dreizehneinhalb Jahr, sie zwölf, außergewöhnlich groß für ihr Alter, schlank und elastisch wie eine Weidengerte.

Das arme Ding hatte es daheim – sie wohnte im Keller des Hinterhauses – recht schlecht. Vater und Mutter pufften und schlugen sie oft grundlos – der Vater war Steinträger, ein roher, brutaler Mensch, der nur gemeine Worte im Mund führte, trank und spielte – Sonnabend kam er stets betrunken heim. Die Mutter nähte für ein Geschäft Kravatten – eine schlechtbezahlte Hundearbeit. Sie mußte früher einmal hübsch gewesen sein, aber der Umgang mit dem rohen Gatten hatte auch ihr den Zug der Pöbelhaftigkeit aufgedrückt, einen ganz bestimmten Zug, der sich gerade wie Kohlgeruch in unsere Zimmer, selbst in die vornehmsten Gesichter einnisten kann, und dann, wie dieser auch sehr schwer wieder herauszubringen ist.

Auch munkelte man von ihr, daß sie während der Dämmerstunden, in Abwesenheit ihres Mannes, Herrenbesuch empfinge, welcher, trotz seines decenten Aussehens sich nicht scheute, mit gebeugtem Kopf die steinerne Kellertreppe hinabzuhuschen.

Naturgemäß fühlte sich Lies in dieser Umgebung sehr unglücklich. Daheim bekam sie ja kein freundliches Wort zu hören, und niemand nahm sich im Guten ihrer an. Aber gerade das hatte ihrem Charakter etwas Geschlossenes, Bestimmtes und Selbstbewußtes gegeben. Sie war gewohnt, sich alles allein zu besorgen, überhaupt zu tun, zu lassen, was sie wollte. Züchtigungen von seiten ihrer Eltern ließ sie ohne Murren, wie selbstverständlich über sich ergehen. Sie bekam durchschnittlich alle zwei Tage ihre gehörige Tracht Prügel und war daran anscheinend derart gewöhnt, daß sie beinahe mißgestimmt war, wenn sie zur rechten Zeit noch keine erhalten hatte.

Unbegreiflich war es mir stets, wie unter diesen Verhältnissen sich eine derartige Schönheit und natürliche Anmut entwickeln konnte, denn Hunger, Prügel und Laster der Eltern sind doch hierfür selten ein guter Nährboden.

Ich fühlte mich trotz alledem durch Bildung, Alter

und Stand über Lies erhaben: lag doch über uns das Bewußtsein vergangenen Reichtums! Aber da ich stets freundlich zu dem Mädchen war, so hatte sie sich mit der Zeit eng an mich geschlossen und hing an mir wie eine Klette. Sie tat alles, was sie mir an den Augen ablesen konnte, und ich glaube, mir zu Gefallen hätte sie sogar gestohlen.

Ich nahm diese Huldigungen als mir gebührend hin, und nie auch nur im Traum fiel es mir ein, sie zu erwidern.

* *
*

Herbstabend! – Ich eile, um heimzukommen. Lies bleibt etwas zurück.

»Lies!«

Sie antwortet nicht. Ich drehe mich um.

»Lies?«

»Uh – Uh – «

»Lies, warum weinst Du denn, Mädchen? Hast Du Dich vorhin beim Fallen geschlagen?«

»Uh – «

»Friert Dich in Deinem dünnen Kattunkleid?«

»Uh – «

»Laufe ich Dir zu schnell?«

»Uh – Uh – «, aber keine Antwort.

Ich trete zu ihr hin. »Lies, sage mal, was ist Dir? Warum weinst Du denn?«

Sie sieht mich verächtlich an, beißt trotzig die Lippen aufeinander, so daß sich an der Nase zwei Fältchen bilden – jener verdammte Zug, den ich auch bei der Mutter bemerkt hatte – und schweigt.

»Lies, was soll denn das?«

Sie schweigt. – »Lies!!!«

Ich bin leider sehr jähzornig, ich greife sie an der Schulter und schüttle sie.

»Siehst Du, Du bist gerade so schlecht zu mir, wie die andern; pfui, Georg, ich bin mit Dir böse!«

Sie läuft einige Schritte von mir fort.

»Lies!!«

Sie bleibt stehen, sieht mich fragend von der Seite an und kommt wieder zu mir. Sie zittert vor Kälte oder vor Aufregung. Sie wagt es nicht mehr mich anzusehen, steht vor mir wie ein begossener Pudel.

»Komm' Lies!« und ich nehme sie bei der Hand, »komm!« – –

»Sag 'mal, Lies, weswegen hast Du denn vorhin geweint?«

»Weil Du so schlecht zu mir bist!«

»Aber Lies, wie soll ich denn zu Dir sein?«

»Anders!«

»Aber, was hast Du denn heute, Du heulst ja schon wieder?«

»Ach, sie sind alle so schlecht zu mir! Du glaubst wohl, ich weiß das nicht, wie sie von Muttern im Haus reden – – – ich weiß das wohl nicht – – und wenn Vater heute wieder betrunken nach Hause kommt, wie er dann schimpft!«

»Was schimpft er denn?«

»Olle Schlampe, sagt er zu Muttern.«

»Was ist denn das?«

»Das weiß ich nicht, aber was Böses ist es, denn was Gutes sagt Vater nicht!«

»Lies, weswegen bin ich aber denn auch schlecht zu Dir?«

»Weil Du mich nicht lieb hast!«

»Wie?«

»Ja, Du hast mich auch gar nicht lieb!«

»Nein!«

Sie weint schon wieder.

»Aber – Lies, was soll ich denn tun?«

Keine Antwort. Ich nehme ihren Kopf zwischen beide Hände: »Aber Lies, Du mußt doch nicht so traurig sein«, und rede ihr gut zu, wie man mit einem kranken Tier spricht. Sie sieht mich wehmütig an, schlägt dann die Augen nieder und öffnet die Lippen, gleich einem Fisch, den man aus dem Wasser nimmt.

Plötzlich drückt sie den Kopf langsam nach vorn, sieht mir starr in die Augen, ganz starr und küßt mich. Ich springe entsetzt zurück und wische mir den Mund ab.

»Georg, mein Alter is ein Suffkopp, meine Mutter kann mich nich ausstehn', die is falsch auf mich wie Galgenholz. Ich muß doch irgend jemand gern haben dürfen!«

Sie weint immer noch. Ich bin ratlos, das Kind tut mir leid, ich verstehe sie ja vollkommen, aber – – Gott, wie hübsch sie aussieht! Diese wunderbaren großen, grauen Augen, die welligen, dunkelbraunen Haare.

»Lies«, sage ich, nur um etwas zu reden, »wart' nur, als meine Frau sollst Du es besser als zu Hause haben, da kriegst Du alle Tage –«

»Georg, willst Du mich heiraten?!«

»Ja!«

»Au, das wird hübsch! Wann willst Du mich denn heiraten?«

»Wenn ich groß bin!«

Ihr Gesichtchen wird ernst und lang.

»Ach – – ich dachte, Du wolltest mich gleich heiraten, damit ich von Haus fortkäme!«

»Lies, sieh' mal, eigentlich kann ich Dich ja gar nicht heiraten, Mutter hat gesagt, ich müßte einmal eine sehr reiche Frau bekommen, denn ich hätt' nichts!«

Oh weh! Sie weint schon wieder! Wie bekomme ich sie nur zur Ruhe! Ich rede beschwichtigend auf sie ein, es nützt nichts! Ich weiß nicht, wie es kam, plötzlich fühlte ich solch unbeschreibliches, eigensüchtiges Mitleid mit der Lies, und ehe ich mich versah, hatte ich sie geküßt, eins, zwei, zehn zwanzigmal!

*

Diesen Tag und die nächsten Tage machte ich gar keine Schularbeiten, ging früh zu Bett und lächelte noch im dunkeln selig und verständnisinnig vor mich hin, spitzte die Lippen, schloß die Augen und ließ die wohltätige Bettwärme auf mich einwirken.

Und von nun an bestand zwischen uns beiden ein unsichtbares Band, das uns beim Versteckspielen »absichtslos« in dieselben Winkel zusammenführte, wo wir im Halbdunkel oft viertelstundenlang still zusammen kauerten, kein Wort sprachen – was hätten wir uns auch zu sagen gehabt? – aber uns nach Herzenslust abküßten.

Jedoch Eugen Salle schien von meiner Liebe etwas zu ahnen und sofort begann er mich zu überbieten. Er hatte jetzt Tanzstunde und allsonntäglich war eine andere die Dame seines Herzens. Ja, er machte sogar Gedichte, schöne Gedichte, welche, wie ich später bemerkte, eine beängstigende Ähnlichkeit mit denen eines gewissen Lyrikers hatten. Die Gedichte wurden von mir, sowie von allen, besonders aber von seiner Mutter, andachtsvoll bewundert.

Heute schwärmte er für die holde »Herzenskönigin« »Fräulein« Schulz; sie war schon beinahe vierzehn Jahre alt, hatte rosa Tanzschuhe und rosa Haarschleife und unterhielt sich mit den jungen Herren nur noch über Schillers Frauengestalten; nächsten Sonntag für der »Herzenskönigin« Schwester, Gretchen Schulz, auch nur Gretchen genannt, welche elf Jahr alt war, blaue Tanzschuhe und blaue Haarschleife trug und noch so reizend naiv war, sich mit einigen der »Herren« Schüler der Quarta bis Obertertia hiesiger höherer Lehranstalten, zu duzen.

Er saß mit Rosenbouquets auf Gartenzäunen und ließ sich von zornigen Dienstboten Hintertreppen hinunterwerfen.

Wenn er mir seine Herzenserlebnisse beichtete, lachte ich ihn aus, sagte, daß ich ihn nicht begriffe und war im Innern stolz darauf, meine Geheimnisse so gut bewahren zu können.

In der Klasse erreichte ich in diesem Jahre mein Ziel nicht und blieb sitzen.

*

Nun wollte Luise von uns fort. Das war ein schwerer Schlag für mich, denn sie war noch das einzige Wesen, an dem ich wirklich hing.

Als sie den letzten Abend bei uns war, kam der Bräutigam – die »beliebig ordinären« Kollegen hatten ihn wieder einmal »absolut« verführt – stark angetrunken zu uns, setzte sich in der Küche auf einen Stuhl, stürzte ein Glas Wasser nach dem andern hinunter und schimpfte, daß Luise noch nicht fertig wäre, wie lange man denn eigentlich warten müsse, es wäre eine Rücksichtslosigkeit von die Herrschaft – – und – – und – – eine Pöbelhaftigkeit – – eine »absolute« Pöbelhaftigkeit!

Dann trug er Luisens Reisekorb hinunter, und ich nahm indessen von ihr Abschied. Wirklich, es fiel mir schwer, es schnitt mir ins Herz, ich hätte beinahe geweint, besonders da Luise, bei der überhaupt die Tränen ein wenig lose saßen, sehr gerührt war. Jedoch mir merkte niemand auch nur die leiseste Regung an.

»Adieu, Luise, laß es Dir gut gehn!«

»Tut es Dir nicht leid, daß Luise von uns fortgeht«, sagte Mutter.

»Warum? Sie konnte doch nicht ewig bei uns bleiben!«

Als sie aber herausgegangen, und ich allein, da nahm ich scheu mein Taschentuch und wischte mir ganz verstohlen die Augen.

»Luiseken, eine die es so gut mit mir gemeint hat, wie Du, werde ich wohl nicht noch mal finden.«

* *
*

Und wieder war ein Halbjahr verstrichen, ohne daß es etwas in unserer Lage geändert hätte.

Lies und ich hielten immer noch zusammen, trotzdem es mir schien, als ob sie zu Eugen wohl etwas zu freundlich wäre.

Auch wußte sie jetzt schon ganz genau, wie hübsch sie war, stellte sich gern vor den Spiegel, suchte alle möglichen Lappen hervor, um sich zu putzen und war stolz wie ein Pfau, als ich ihr einmal einen kleinen unechten Ring mit einem roten Stückchen Glas schenkte, den sie von nun an nicht Tag noch Nacht vom Finger ließ.

*

Mutter, die früher kaum eine Nadel angerührt hatte, hatte mit den Jahren so ausgezeichnet Strümpfe stopfen gelernt, daß man sie hierin sogar eine Künstlerin oder wenigstens Virtuosin hätte nennen können. Auch hatte sie sich allerhand kleine Geheimnisse der sparsamen Kochkunst zu eigen gemacht. Sie verstand es galvanische Butterüberzüge über die Brotschnitten zu machen, mit einem Ei vier Stullen zu belegen, eine Apfelsine in dreißig Teilchen zu schneiden, so daß keiner etwas von ihr bekam. Ferner sorgte sie dafür, daß ihre wirklich guten französischen Kenntnisse nicht einrosteten und die Worte *pas un pfenning* schien sie stets mit besonderer Liebe zu behandeln.

Der Aristokrat war mit den Jahren noch reicher geworden; ich glaube, er hielt sich zwei Männer, die ihm täglich das Geld umschippten, damit es nicht schimmlig würde. Er lebte vergnügt in den Tag hinein und war fest von seiner eigenen Herzensgüte und Unfehlbarkeit – jener Geistesgröße der Reichen – überzeugt. Er kümmerte sich blutwenig um seine armen Anverwandten, um seine arme Schwester, die jetzt das Strümpfestopfen so ausgezeichnet erlernt hatte. Nein, um die kümmerte er sich durchaus nicht. Er ließ seine überflüssigen Mittel lieber einer andern Dame angedeihen, die mehr durch Schönheit als durch Bildung sich auszeichnete, aber trotzdem aristokratischen Gewohnheiten nicht abhold war. Auf allen Rennen war sie zu finden, interessierte sich für *vingt et un*, Pharao und Unionklub, konnte mit bewunderungswürdigem Scharfsinn von Menükarten die feinsten Speisen und Weine auswählen und konnte von den skandalösen Liebschaften anständiger Bürgerfrauen mit einer leichtsinnigen Geschwätzigkeit sprechen, deren Zungenfertigkeit wahrlich einem Rechtsanwalt Ehre gemacht hätte.

Aber was verfängt das alles bei der Summe ihrer sonstigen guten Eigenschaften?! Sie konnte lieben, – und das genügt doch jedem Aristokraten von hervorragenden Geistesgaben!

Unrecht wäre es nun, zu sagen, daß der Aristokrat vollends rücksichtslos gegen seine andere Frau gewesen wäre. Nein, ihr mußte er ja sogar dankbar sein, denn von ihr hatte er das Geld, das ihm Klugheit, Rang, Titel, Ehren und ein hübsches Verhältnis gegeben!

Nein, das konnte ihm niemand nachsagen, er war stets gegen seine Frau höflich gewesen, hatte mit ihr Bälle, Konzerte, Theater, Bäder besucht, hatte mit ihr zwei Kinder gezeugt und sie schon Jahrzehnte hindurch hintergangen.

Sie war nicht hübsch, etwas verwachsen – sie wollte es zwar nicht wahr haben –, geistig wenig begabt und sehr gutmütig. Sie hatte endlich jegliche eigene Meinung verloren und war vollkommen in der Liebe zu ihrem Gatten, in dem sie den Inbegriff edler Männlichkeit und neuer Moden sah, aufgegangen. Man hatte eigentlich nie von ihr etwas gehört oder gesehn, sie war wie der Schatten neben dem Aristokraten hergegangen und auch wie dieser von ihm mit Füßen getreten worden.

Und dieser Schatten, der ihm nun treulich über zwanzig Jahre gefolgt war, der nie sich irgendwie unangenehm bemerkbar gemacht hatte, wollte mit einemmal kontraktbrüchig werden und nicht weiter mitspielen!

Man zog die größten Ärzte zu Rate – umsonst. Sie unterhielten sich lateinisch – und alle einigten sich endlich auf ein hübsches Wort, welches dem deutschen Wort »Auflösung« gleichbedeutend ist. Nur wann diese höhere Verordnung in Kraft treten würde, darüber konnten die Herren durchaus nicht schlüssig werden. Tage, – Wochen, – ja, einer behauptete sogar, Monate könnte es sich noch hinziehen, er hätte schon einmal einen ähnlichen Fall gehabt.

Der Aristokrat härmte sich ab. Nicht einmal mehr Gänseleberpasteten fanden seinen Beifall!

Es ist doch wirklich traurig, wenn man so ein altes, treues Stück seines Hausinventars verlieren soll, an das man sich so gewöhnt hat – traurig – traurig – wahrhaft traurig!

Die Kranke war sehr freundlich und ruhig, bedankte sich für die kleinste Handreichung, konnte sich aber durchaus nicht darüber klar werden, zu welchem Zweck sie hier auf der Welt noch Menschen quälte.

Jede Nacht mußte, da sie keinen Schlaf finden konnte, einer der Angehörigen bei ihr wachen, denn sowie sie mit der Wärterin allein war, fürchtete sie sich und hatte Todesgedanken.

Zwei Nächte tat es der Aristokrat, zwei Nächte der

Sohn, zwei Nächte die Tochter, und dann waren die Kräfte aller drei erschöpft! –

Da plötzlich erinnerte der Aristokrat sich zufällig wieder seiner Schwester; nicht der Frau Rätin, sondern der anderen, die jetzt so gut Strümpfe stopfen gelernt hatte, und man ließ ihr zu verstehen geben, daß es doch wirklich reizend von Annchen wäre, wenn sie vielleicht eine oder die andere Nacht bei der Kranken wachen würde – sie wären schon zu erschöpft!

Und da zog das kleine dicke Frauchen seinen alten Regenmantel an – der Wintermantel begann sich schon in seine einzelnen Bestandteile aufzulösen und war beim besten Willen nicht mehr salonfähig – und ging zu ihrer kranken Schwägerin: wir sollten uns einrichten, so gut es ginge, es wäre fraglich, wenn sie wiederkäme! »Adieu!«

– Mittag – Nachmittag – Abend – – wo bleibt sie denn nur?

Ich gehe ein wenig auf die Straße, ihr entgegen. Es dunkelt schon, an der Ecke bleibe ich stehen, sehe nach der Richtung, von welcher sie kommen müßte. – Niemand! –

Plötzlich in der Ferne: Halloh, Lärmen, Gejohle; ein Menschenknäul wälzt sich die Straße herunter, auf mich zu taumelt ein Betrunkener, dem wie ein Kometenschweif eine Hetze Kinder folgt. Der Mann singt laut, schwankt von der einen Seite auf die andere. Zeitweise dreht er sich um und taumelt, drohend einen Knittel schwingend, einige Schritte rückwärts zwischen die Kinder, die mit lautem Kreischen auseinanderstieben.

»Ihr verfluchte Lausebande«, schallt es zu mir herüber, »ich bezahle meine Steuern, ich bin ein ehrlicher Mann, – ein Ehrenmann – weg sag' ich – weg – ja, ihr denkt wohl, weil ich heute so lustig bin, daß ich keine Steuern bezahle, aber – und det sag' ick euch – – «

Er fiel und lag der Länge nach da; regungslos streckte er alle Viere von sich und niemand getraute sich ihn anzufassen oder gar aufzurichten.

Die Kinder, die vorher so gejohlt, standen still und scheu in ehrfurchtsvoller Entfernung, und eines nach dem andern begann sich heimlich fortzustehlen.

Ich lief herzu und rüttelte ihn an der Schulter, versuchte ihn umzuwenden, um zu sehen, ob er sich etwas getan hätte, da sprang er auf – er hätte mich beinahe umgerissen – Blut rieselte ihm von der Stirn über das Gesicht.

Herrgott – Weise – der Steinträger! Lies' Vater!

»Wartet, Lausebande, verfluchte Mistfinken verdammte, ich bezahle meine Steuern – « und wieder taumelte er zwischen sie – »und sonst pfeife ich auf den ganzen Schwindel – laßt doch 'nen anständ'gen Mann ruhig gehn – ihr rotznäsige Kröten!«

»Etsch, etsch!« johlten die Kinder, »oller Suffkopp – etsch – oller Suffkopp – etsch – «

Besonders aber ein kleines Mädchen kreischte wie toll:

»Oller Suffkopp – oller Suffkopp – «

»Lies! – Lies! – Mädchen schämst Du Dich denn nicht?«

Sie sieht mich an und lacht frech. Wieder jener Zug um die Nase, der mir schon oft aufgefallen.

»Ach wat, wat jeht Dir denn det an, wat ich hier mache!«

»Komm mit!«

»Brauch ich ja nich! soll ich ja nich! muß ich ja nich!«

»Komm Lies!«

Ich greife ihre Hand und ziehe sie trotz ihres Sträubens mit mir. Sie drückt mit der Linken gegen meinen Unterarm, versucht sich loszureißen – sie weint und bittet, ich solle sie loslassen –

»Nein!«

Endlich beruhigt sie sich ein wenig.

»Sag' mal, Lies, wie konntest Du denn nur Deinen Vater schimpfen, liebst Du ihn denn gar nicht?«

»Nee!!«

»Lies! Aber es ist doch Dein Vater –«

»Ach wat, det Aas!«

»Und er sorgt doch für Dich, giebt Dir Kleider und Essen, sorgt für Deine Mutter –«

»Ach, wat verstehst Du Aalooge denn von de Ehe!«

»Mädchen, werd' nicht frech!!«

Ich bin kaum noch Herr meiner selbst, will sie bei der Kehle fassen, beherrsche mich aber noch und ziehe gleich wieder die Hand zurück.

»Siehst Du, Du bist ooch so einer, wenn man Dich küßt, det is Dir recht – aber –«

Ich beiße mir auf die Lippen, mir zuckt's in den Fingerspitzen –

Anerzogene Pöbelhaftigkeit läßt sich abgewöhnen, angeborene nie verleugnen!

Lies war nicht schlecht. – Das Kind hatte einen goldenen Charakter, – bloß jetzt hatte sie viel mit Straßenkindern verkehrt, hatte allerhand gelernt, was sie eigentlich noch nicht hätte wissen dürfen und sich den rohen, frechen Ton der Berliner Straßenjugend angeeignet.

Eine Weile gehen wir stillschweigend nebeneinander. Ich bin etwas ruhiger geworden, trotzdem es mir immer noch in den Schläfen hämmert.

Wohin wir wollen, weiß ich selbst nicht.

»Komm, Lies, wir gehen wieder nach Haus!«

Ich kehre um. Sie bleibt stehn und beginnt zu weinen.

»Aber Lies, es bleibt Dir doch nichts anderes übrig, wo willst Du denn hin?!«

Sie sieht mich groß an. Wieder jener verdammte Zug um die Nase.

»Nun Lies?«

»Ins Wasser!«

Das hatte ich nicht erwartet! Ich bin starr vor Schrecken, sehe sie scheu an, sie weint nicht mehr. Ihr Gesicht ist vollkommen bewegungslos, ernst und spöttisch. Ich hätte nie gedacht, daß diese hübschen, großen Augen einen so kalten Ausdruck annehmen könnten.

Ich traue mich kaum nach dem Kanal hinüberzusehen, der da hinten so braungelb und träge dahinschleicht, fast lautlos; nur zeitweise gurgelt oder plätschert es leise, wenn ein Schiffer das Stoßruder aus dem Wasser zieht.

»Lies, willst Du denn wirklich ins Wasser gehn?«

»Ja!« – »Weshalb denn?«

Ich fasse sie unwillkürlich etwas fester um das Handgelenk.

»Ach, es ist so scheußlich, sie sind alle so schlecht zu mir!«

»Lies! Aber ich hab' Dich doch noch gern!«

»Du?! Ach kiek mal, Du würdest Dich ja auch freuen«, und sie sieht mich mit ihren ohnehin schon nicht kleinen Augen so an, als ob sie mir grad ins Herz sehen wollte.

»Ja, und dann würde sich mein Vater grämen, und siehst Du, das soll er, das ist seine Strafe, und Du würdest Dich auch grämen, und das wär Dir ganz recht!«

»Aber Lies, wie kannst Du nur solchen Unsinn reden, so aus freien Stücken macht man sich nicht tot – wenn man – «

»Ich will aber!« Und sie stampft mit dem Fuß auf.

»Aber, Lies, sieh' doch mal – «

»Nein, ich will von Dir nichts wissen!«

»Ich habe Dir doch gar nichts getan!«

»Nein, Du nicht! Aber ich habe solche Angst, nach Hause zu gehen!«

»Ach, komm nur, es wird Dir schon niemand was tun, dafür bin ich da! Sie sollen Dich nicht schlagen!«

»Au! Du schlägst sie dann wieder!«

Ja, aber mächtig!!!«

Lies schmiegt sich an mich und sieht vertrauensvoll zu mir empor.

Gott, was sollte ich Knirps wohl gegen diesen groben Lümmel von Steinträger ausrichten?

Lies zittert immer noch, ruckweise durchzuckt es ihren kleinen Körper. Ich fühle inniges Mitleid mit ihr und küsse sie auf die Augen. Wirklich, ich hatte es ja auch nicht gut und mich auch daran gewöhnt, dem Hunger und Mangel scharf ins Gesicht zu sehen, ohne auch nur mit der Wimper zu zucken, aber so schlimm hatte ich es doch nicht.

Ruhig ging sie wieder mit mir zurück; fest davon überzeugt, daß ich sie gegen sämtliche Unbilden schützen würde.

Armes Kind! Was sollte ich wohl tun?

Ich fürchtete ja selbst, Schelte zu bekommen.

Je näher wir unserem Haus kamen, desto erregter wurde Lies und ich fühlte durch das dünne Kattunkleidchen – noch dasselbe wie im vorigen Sommer; es war ihr aber schon so kurz, daß sie beinahe wie eine Balleteuse darin aussah – ordentlich das Puckern ihres Herzens.

Als wir in den Hausflur traten, scholl uns schon über den Hof ein wüster Lärm entgegen. Das Keifen einer Weiberstimme und das dumpfe Brüllen einer Männerstimme, die wie abgestimmt zu einander paßten. Im ganzen Hause hatten die Dienstboten die Küchenfenster weit geöffnet, so daß sich große Lichtquadrate auf die dunkeln, gegenüberliegenden Wände ergossen, lehnten sich über die Brüstungen und lauschten mit offenen Mäulern, daß ihnen nur kein Wort dieser zärtlichen Unterhaltung entginge.

»Ich glaube, der Kerl schlägt die Frau noch tot«, rief die von einer Treppe ihrer gegenüberliegenden Freundin von zwei Treppen zu.

»Wär' auch nicht schade darum«, rief diese zurück. Alle lachten. Ja, das war doch mal ein Witz.

Wir drückten uns fest gegen die Mauer. Drinnen tobten die beiden. Sie schrie, wo der Wochenlohn geblieben, und er meinte, sie solle sich das Geld von »dem« geben lassen; wenn er ihn aber träfe, würde er ihm sämtliche Knochen im Leibe kaput schlagen, das sage er und dafür zahle er seine Steuern, und die Lies würde genau mal so »Eine« werden – wo das Mensch sich schon wieder herumtriebe! – ja, die würde noch einmal im Rinnstein enden, trotzdem er ehrlich seine Steuern bezahle.

Das Kind neben mir weinte nicht. Sie war einen Schritt vorgetreten und blickte starr auf das erleuchtete Kellerfenster. Jener Zug trat noch schärfer wie früher hervor und im Gesichtsausdruck lag jetzt eine so spöttische Verachtung, wie man sie sonst nur bei Erwachsenen finden kann.

Wohl eine Viertelstunde standen wir so, lautlos; ich hörte nur die Schimpfworte, und wenn diese auf einen Augenblick verstummten, Lies' Atem, der so heftig ging, als ob sie stark gelaufen wäre; dann öffnete sich die Kellertür und der Steinträger Weise klotzte die Stufen herauf. Er war jetzt nüchtern genug, um wieder von neuem mit Trinken beginnen zu können.

Hinter ihm ergoß sich, wie schmutziges Wasser aus einem Eimer, eine Flut gemeiner Schimpfworte. Als Weise schon eine Weile verschwunden war, huschte Lies in den Keller, ohne mir auch nur gute Nacht zu sagen.

*

Bei uns ging es heute drunter und drüber. Man merkte doch gleich, daß die alles ordnende und leitende Hand fehlte. Frieda und Grethe liefen wie gescheuchte Hühner umher und wußten nicht Bescheid, wo irgend etwas zu finden sei. Papa saß verstört und hungrig am Tisch, sprach und gestikulierte vor sich hin. Luise war auch da und lag uns fortwährend in den Ohren, sie vertrüge sich mit ihrem Mann so schlecht, er hätte sie geschlagen, und wenn sie das gewußt hätte, wäre sie lieber bei uns geblieben.

Ich hätte nicht sehen mögen, wie es mit dem Abendbrot geworden wäre, hätte sich nicht Luise hilfreich meiner Schwestern angenommen. Im Englischen und Französischen waren ihre Leistungen ausgezeichnet, auch in Pädagogik und Ästhetik waren sie die besten des Seminars, aber im Brotschneiden und Stullenschmieren waren ihre Leistungen doch noch als recht mangelhaft zu bezeichnen.

Ich war erregt durch das Vorgefallene, sehnte mich danach, allein zu sein und versuchte, mich möglichst bald fortzustehlen. Nach einer Viertelstunde stand ich auch schon in meinem Zimmer, legte die Stirn gegen die Scheiben, stierte hinaus in die Dunkelheit und trommelte mit den Fingern, als Anna hereintrat und sagte, sie hätte mich schon überall gesucht, ich solle sofort meinen Hut nehmen und mit »dem Herrn« mitgehen, er warte schon ungeduldig auf mich.

Es war mir vollkommen unbegreiflich, wo mein Vater mit mir hinwollte, er war sonst nicht gewohnt, nächtliche Spaziergänge zu unternehmen, und es mußte heute wohl seine eigene Bewandtnis damit haben.

Er äußerte auch gar nicht, wo es hingehen sollte, und so trottete ich denn neben ihm her durch die nächtlichen Straßen der Vorstadt. Es war kurz nach zehn; kein Mensch mehr zu erblicken; alles wie ausgestorben; in einer Seitenstraße das Rollen einer Equipage, die kurzen, taktmäßigen Schläge der Traber auf dem Asphalt. In langen Reihen die Vorgärten mit den Flieder- und Rotdornbüschen, und hinter jedem konnte doch ein Räuber oder Mörder sitzen! Dort vor einer Haustür ein tuschelndes, zärtliches Pärchen. Und dann drüben schwarze, schwere Laubmassen, welche sich nach der Stadt hin in scharfer Linie gegen den leuchtenden Himmel abheben.

Mir war dies alles neu, ich war noch nie so spät auf der Straße gewesen. Diese lebendige Ruhe, die langen sich verjüngenden Lichterreihen, der glitzernde Asphalt, die toten Häuserfronten mit den schwarzen, grinsenden Fensterhöhlen. –

Nun eine breite, mit dicken Kastanien bepflanzte Straße entlang, vollkommen laubüberdacht; doch heller und belebter als die andern. Kutschen und Droschken fahren in fast ununterbrochener Reihe, Herren und Damen sitzen zurückgelehnt in den offenen Gefährten. Soviel ich beim Laternenlicht erkennen kann, haben die Gesichter der Insassen meist einen Zug angenehmer Lässigkeit, die Augen einen gutmütigen Glanz und scheinen mit Behagen auf dem Gesicht der Mitfahrenden zu ruhen.

Plötzlich stehe ich wie geblendet, tageshell! Ein Laufen und Drängen, ein Lärmen und Rollen! Diese Menschen, diese Wagen! Die schweren Omnibusse poltern über das Steinpflaster, die Passanten drängen auf dem Bürgersteig. Das Läuten der Pferdebahn, das Rufen der Kutscher! Vom Bahnhof flutet ein dicker, schwarzer Menschenstrom die breite Freitreppe hinab, wie Blut aus einem pulsierenden Herzen in die Ader.

Daß des Nachts doch soviel Menschen auf den Straßen sind! Jetzt sollten sie schon längst alle in den

Betten liegen; diese Menge einzelner Damen! Wie fein sie aber angezogen sind, wie hübsch sie sind! Diese frischen Farben! Die da mit den Brillantohrringen und dem großen, braunen Hut mit der blauen Feder, und die mit dem hellen Jaquet und den feinen weißen Unterröcken! Pfui! Sie hebt aber auch wirklich die Kleider etwas *zu* hoch!

Das läuft alles so eilig, als ob es Geld dafür bekäme. Nur die feinen Damen scheinen viel Zeit und Langeweile zu haben, sie bleiben oft stehen, sehen sich um, als ob sie etwas suchen, murmeln vor sich hin, gehen trällernd weiter und mustern die vorübergehenden Herren.

Sie beginnen meine Aufmerksamkeit zu fesseln; aber fein scheinen sie doch eigentlich nicht zu sein, denn manche haben so recht gewöhnliche Gesichter, breite Mäuler, breite Nasen. Und sieh nur mal, die da, die Rotblonde – so rotblondes Haar habe ich doch noch nie gesehen – hat ja auch den niederträchtigen Zug um die Nase, der einzige, der mir manchmal bei – ach ja, wie mag's dem armen Kind noch ergangen sein? –

Papa scheint all das, was um ihn vorgeht, durchaus nicht zu betreffen. In seinen Gedanken heimst er wohl wieder einen großen Verdienst ein, oder er versucht, sich irgendwo etwas zu borgen; er fährt mit den Händen in der Luft umher, bewegt fortwährend die Lippen, ohne auch nur ein Wort hervorzubringen, nimmt plötzlich den Hut ab, fährt sich über die Stirn, knöpft sich den Rock auf, als ob es ihm zu heiß wäre und eilt dermaßen, daß ich kaum mitkomme.

Die Läden sind schon fast alle geschlossen, doch

vor den Schaukästen der Photographen stehen immer noch die Menschen; trotzdem sie schwerlich etwas sehen können, drücken sie beinahe mit ihren Gesichtern das Glas ein.

Vor den Cafés lange Droschkenreihen mit schlafenden Kutschern. Aus den Kneipen kommen junge Leute, meist in heiterer Stimmung. Entweder unterhalten sie sich laut, singen wohl auch unmelodisch oder bleiben vor einer jener Damen stehen und versuchen, sie in ein Gespräch zu verflechten.

Plötzlich biegt Vater in einen spärlich erleuchteten Hausflur ein und zieht mich mit sich, einige steile Stufen hinauf. Er öffnet eine Tür. Ein entsetzlicher blauer Tabaksqualm schlägt mir entgegen, benimmt mir fast dem Atem. Blendendes Gaslicht läßt mich die Augen einkneifen. Holzgetäfelte Wände; eichene Tische und Stühle; und Menschen – Menschen, wie Radieschen in Bündeln. Breitschultrige alte Herren, von ernstem, vornehmen Äußeren; junge Leute mit bunten, dreifarbigen Bändern über der Brust und schwammigen, narbigen Gesichtern; einige stumpfsinnen vor sich hin, andere lachen ausgefallen, wieder andere politisieren mit vom Streit geröteten Köpfen.

Mir ist dieses Kneipenleben neu. Was machen all diese Leute nur? Warum gehen sie nicht in die frische Luft, wenn sie erholungsbedürftig, sondern sitzen hier eng zusammengekauert in dieser Menschen unwürdigen Atmosphäre, trinken dieses bittere Gesöff mit einem Wohlbehagen, als ob es Milch wäre?

Endlich finden wir noch einen Platz, gerade am Fenster. Nun hat man doch wenigstens Ableitung und kann hinaus auf die Straße sehen, wo es immer noch wogt und flutet, drängt und sich staut, wie eine brandende Welle. –

»Sieh einmal 'rüber, mein Sohn, Du hast ja gute Augen, ist da drüben eine Treppe das dritte Fenster offen?« begann Vater nach einer Weile.

»Ja, und ich glaube, es steht auch jemand am Fenster, solche kleine, dicke Frau, – wie Mama. Da – jetzt ist sie wieder fort!«

Papa wurde sichtlich unruhiger. Ich sah, daß irgend ein innerer Kampf sich in ihm abspielte. Es schien ihm unerträglich heiß zu sein. Die Zornadern an den Schläfen traten prall und blau hervor; den Atem stieß er ruckweise durch die Nasenlöcher und starrte wie geistesabwesend vor sich hin. All der Lärm, das Leben und Schwatzen um ihn schienen ihm nicht zum Bewußtsein zu kommen. Seine Cigarre war ausgegangen, und er kaute und lutschte an ihr, biß auf ihr umher, ohne auch nur zu wissen, was er tat.

Ich fühlte durchaus keine Lust, ihn zu stören oder mit Fragen zu belästigen. Es war mir wünschenswerter, auf die Straße hinauszusehen, das wechselvolle Getriebe an mir vorüberziehen zu lassen: Arbeiter, Kaufleute, Studenten, Soldaten, alte Herren mit großen Radmänteln und dicken Nacken, viel junges Volk, meist paarweise. –

»Georg!«

»Papa?«

»Spring mal rüber, mein Söhnchen, und erkundige Dich, wie es Deiner Tante geht; Du brauchst nicht zu sagen, daß ich Dich geschickt habe.« Er brachte diese Worte zögernd und unbestimmt hervor.

»Wo wohnt denn Tante Agnes?«

»Da drüben, wo vorhin Mama am Fenster war, das Haus bleibt ja offen.«

Ich ging, wenn auch ungern.

In der Portierloge schlief eine alte Frau.

Breite Marmortreppen, dicke, schalldämpfende Teppiche, Spiegel, Stuck, Holzschnitzereien. Eine schwüle Ruhe und Vornehmheit, daß man unwillkürlich das Rauschen seidener Kleider zu hören glaubte.

»O, die Leute, die hier daheim sind, müssen aber glücklich sein! Immer so schön gesättigt diese Treppen heruntergehen zu können, keine Sorgen, sich um nichts zu kümmern brauchen!«

Oben klopfte ich. Ein Dienstmädchen, ich hätte sie beinahe für eine richtige Dame gehalten. –

»Was wünschen Sie?« fragte sie so leise, als ob ihr die Zähne zusammengewachsen und ihr unmöglich wäre, sie auseinanderzubringen.

»Ich möchte meine Mutter sprechen!«

»Ihre Mutter?« und sah mich von oben bis unten an, als ob ich überhaupt ein Findling wäre.

»Ja, Frau Geiger.«

»Ah so, die Frau, die bei der Frau Rätin heut zur Nacht bleibt – «

Mir wollte die Galle übergehen, und schon wollte ich ihr grob antworten, als sich weiche schlürfende Schritte der Tür näherten.

»Johanna, wer ist dort?« flüsterte es.

»Der Sohn von Frau Geiger; er will seine Mutter sprechen«, klang es ebenso leise zurück.

Räuspern – Schweigen – nach einer Weile kaum hörbar: »Soll näher treten«, – dann etwas lauter:

»Komm nur herein, mein Kind! Nicht wahr, Georg heißt Du?«

Ein Vorraum, in dem jedes Geräusch zu ersticken scheint, dann ein großes Zimmer, eine Lampe mit rotem Schirm; alles dick und schwer verhangen.

»Sieht das hier hübsch aus! So ähnlich hat's ja bei uns auch 'mal ausgesehen! Solche Möbel müssen wir auch mal gehabt haben! Ach hier muß es sich doch schön wohnen, so heimlich, so gemütlich!«

Der Aristokrat richtet sich ganz grade auf und legt mir die Hand auf den Kopf. Er ist unbedingt ein hübscher Mensch. Trotz Schlafrock und rotseidener Morgenschuh hat er auch jetzt noch den Schnurrbart kokett hochgewirbelt. Er will etwas zu mir sagen, mich etwas fragen, scheint aber zerstreut keine Worte zu finden. Da klingt plötzlich aus dem Nebenzimmer – die Tür war nur angelehnt – ein langes, jammerndes, langgezogenes Stöhnen; es wurde wohl durch die Nasenlöcher ausgestoßen, ein Mittelding zwischen einem leisen Pfeifen und dem Wimmern eines kleinen Kindes. Ein Aufseufzen, wie ich es öfter gehört hatte, wenn wir Jungen uns rangen, und mein schwächerer Gegner nach langem, mühsamen Widerstand sich in das Schicksal des Unterliegens ergab.

Der Aristokrat springt hochauf wie ein Gummiball, hält sich beide Ohren zu und rennt aus dem Zimmer.

»Ich kann's nicht mehr hören, ich kann's nicht mehr hören!«

Ich stehe allein und wage nicht einen Fuß vorzusetzen. Im Nebenzimmer leise Mutters Stimme.

»Nun, Agnes, wie geht's Dir denn? Soll ich Dir etwas reichen? Wein?«

Dasselbe Stöhnen – dann ein schwaches, mir unverständliches Murmeln.

»Mama!«

»Georg!«

Sie tritt herein. Das Licht scheint sie zu blenden, sie überschattet mit der Hand die Augen.

»Was willst Du?«

»Mich erkundigen, wie es Tante Agnes geht.«

»Sag nur Papa – wo seid ihr?«

»Drüben im Lokal.«

»Es ginge« – ihre Stimme beginnt zu zittern, sie nimmt die Hand von den Augen, die voll dicker Tränen stehen – »schlecht – sehr schlecht – es handelt sich wohl jetzt nur noch um diese Nacht – «

Aus dem Nebenzimmer wieder das Stöhnen, dieses Mal leiser, aber durchdringender. – Ein ausklingender, nachzitternder Ton.

Mama eilt hinein. Ich gehe wieder.

Der große Spiegel im Treppenhaus, all dieser blitzende Schmuck, der mich vorhin so gefesselt.

»Ich möcht' doch nicht hier wohnen! Da gefällt mir doch meine Hintertreppe mit dem schadhaften Wandbewurf, den muldigen, ausgetretenen Stufen besser.«

Auf der Straße ist es schon etwas stiller geworden, der geschäftliche Trubel hat jetzt vollends aufgehört, der Wagenverkehr nachgelassen!

Vielen Passanten sieht man die Hast an, heimzukommen.

Vater sitzt immer noch, den Kopf auf die Rechte gestützt, genau in der Stellung, in der ich ihn verlassen habe, nur scheint die Widerstandsfähigkeit seiner Züge erschlafft, die Augen haben einen matten Glanz bekommen, als ob sie nächtelang sich nicht geschlossen hätten, und das erste Mal fehlte ihnen jener hoffnungsvolle Ausdruck, der sich bei den meisten energielosen Leuten findet. In seinem Gesicht lag der Ausdruck eines Stöhnens, desselben Stöhnens, das ich vorhin bei der Kranken gehört hatte, das der Aufgabe eines nutzlosen Widerstandes.

Vater bemerkte mich erst, nachdem ich wohl schon fünf Minuten neben ihm saß.

»Nun?«

Ich erzählte und dann sah ich wieder zum Fenster hinaus. – Dasselbe wechselvolle Einerlei! Jeder von denen da hat seine eigenen Gedanken, jeder glaubt etwas Eigenartiges zu sein, seinen unveräußerlichen inneren Wert zu haben und wirklich, jeder hat auch etwas Eigenes an sich, über das er spötteln würde, wenn er's selbst wüßte. Dieser eine ihm nur eigentümliche Handbewegung, der ein Kopfschütteln, der pflegt den Hut in den Nacken zu setzen, der bis auf die Augen zu rücken. –

Ich spürte noch keine Müdigkeit, trotzdem ich mich hin und wieder eines verhaltenen Gähnens nicht erwehren konnte. Nach einiger Zeit schickte mich mein Vater wieder hinüber, wie es ginge. Ein Achselzucken war die Antwort.

Der Aristokrat war in den hinteren Räumen, er wagte sich nicht mehr nach vorn, aus Furcht vor einer schrecklichen Erinnerung. Alles schlich leise und dumpf. Selbst in den Gesichtern der Dienstboten lag die Schlaffheit überreizter Nerven, selbst das Pendel der Stutzuhr schien vor Erwartung zu vibrieren.

Jeder ahnte: – jetzt – nein jetzt – und die Berührung zwischen Körper und Lebenskraft ist gelöst.

Keine Träne, keine Klagen; nur eine schwüle Spannung, wie Sonnenbrand an einem Augusttage!

Mutter allein behielt ihre vollkommene Geistesgegenwart und ruhige Geschäftigkeit. Sie dachte an alles und alle; nicht einen Blick verwandte sie von der Kranken. Jeden Wunsch schien sie ihr an den Augen abzulesen. Jetzt rückte sie ihr die Kissen gerade, jetzt reichte sie ihr Wein, kühlte ihr die brennende Stirn, deckte ihr die Füße warm zu, sorgte für die Angehörigen, ob der Bruder auch schliefe; man möchte für Ewald, Lene und die Wärterin Kaffee machen, möchte die Uhr anhalten – möchte – möchte – möchte – – – und wieder ging ich.

Jetzt war's schon fast ganz still auf der Straße. Die Beleuchtung war vermindert worden. In langer Reihe standen die Blechöfen der Asphaltarbeiter und stießen prasselnd dicke, braune, Qualmwolken in die stille Luft. Die Gasätherflammen zuckten hell auf, nun schienen sie ganz zu verlöschen. Hier stand eine riesige schwarze Gestalt – das wechselnde Licht ließ sie noch größer erscheinen – mit dem Rücken gegen eine Laterne gestemmt und rührte und stocherte mit einer langen Eisenstange den brodelnden Teer. Da rutschten andere auf umpolsterten Knien am Boden; aus Blechkannen gossen sie den flüssigen Asphalt, den sie mit Holzplatten glätteten. Eingehüllt in Dunst und Qualm verschwammen mir ihre Bewegungen. Hier tauchte ein Kopf auf – dort eine Mütze – dort ein nackter, nerviger Unterarm – dort ein gebeugter Rücken – dort eine Holzpantine und ein Fuß, um sofort wieder in dem sich ballenden Rauch verschleiert zu werden und dann ganz zu verschwinden. – – – – –

»Papa!«

In der Kneipe war es jetzt auch schon fast leer geworden, nur einige uralte Herren saßen noch dort und disputierten eifrig. Manchmal schlugen sie wohl auch, um ihrem Ausspruch größeren Nachdruck zu geben, mit der Faust auf den Tisch, daß die Gläser tanzten, oder lachten bei dem, was der andere sagte, so laut auf, daß die Wände dröhnten. Ich weiß nicht wie es kam, sie machten auf mich den Eindruck von Cyklopen, und ich sah fast ängstlich hin, ob sie nicht vielleicht einäugig wären.

Vater saß immer noch apathisch.

»Papa?«

»Nun?«

»Man hat mir nichts gesagt!«

»Schlimm!«

Wieder das beklommene Schweigen!

Plötzlich sehe ich, wie es drüben hell wird, ein Lichtschein huscht an den Scheiben entlang, kehrt um, läuft wieder nach vorn, wieder nach hinten, die Fenster in der Krankenstube werden aufgerissen, wieder geschlossen. Kurz darauf eilen ein Dienstmädchen und ein Mann, wohl der Portier, beide ohne Kopfbedeckung, das Mädchen sogar in der Nachtjacke, nur ein Tuch darüber geworfen, aus der Haustür, der Mann ruft eine Droschke und fährt fort, das Mädchen zieht die Glocke der Apotheke. – –

Vater schien dies alles nicht zu bemerken, und ich wagte nicht, ihn darauf aufmerksam zu machen; überhaupt fürchtete ich mich heute vor ihm.

Der Mann da neben mir, das war mein Vater. Er hatte mir im Leben noch nichts Böses getan, war zwar auch nie liebevoll oder auch nur freundlich zu mir gewesen, und doch liebte er mich. Er hatte für mich gearbeitet, gedarbt, gesorgt und gebangt.

Um mich, um uns zu ernähren, lief er Tag für Tag von morgens bis abends umher, duckte sich und kroch vor Lumpen und Schwindlern, zermarterte sein Hirn, überreizte seine Nerven, nur um uns den Fluch des Daseins möglichst wenig fühlen zu lassen.

Und ich fürchtete ihn, weil er nicht freundlich zu mir, weil er oft grob und barsch war, oder mich gar nicht beachtete.

Vater schien mir heut fremder denn je, da es mir unmöglich war, in den Kreis seiner Gedanken einzudringen. Er behandelte mich wie ein Kind, beachtete mich nicht, und ich wäre doch schon so gern der Große gewesen, hätte an allem Anteil genommen und nun gab es Fragen, die in meiner Gegenwart nicht erörtert wurden, einen wunden Punkt in der Geschichte meines Vaters, der, wenn ich dabei, nicht berührt wurde. Ich empfand es, aber was es war, darüber konnte ich nicht zur Klarheit gelangen. Ich wußte nur, daß wir viele sehr, sehr reiche Anverwandte hatten, aber mit niemandem verkehrten. Lag die ganze Schuld nur daran, daß wir arm wie Kirchenmäuse waren?

Möglich! Möglich, aber doch nicht wahrscheinlich.

Vater war ein Starrschädel, ein Mensch von großer Körperkraft, aber zu leidenschaftlich, um tatkräftig zu sein. Er ließ sich oft und leicht zu Dingen hinreißen, die ihm nachher leid taten, wagte aber dann aus Stolz nicht, sein Unrecht einzugestehen.

Es mußte etwas vorgefallen sein, und sein innerer Kampf jetzt mußte andere Gründe haben, als die Nahrungssorgen, denen er tagtäglich ins Gesicht sah.

Vater war schon in dem Alter, wo es langsam bergab geht. Die zehn, zwölf Jahre ohne bestimmten scharfbegrenzten Wirkungskreis, die fortgesetzten seelischen Aufregungen hatten das ihre getan, um seine Widerstandskraft zu schwächen. Die Krähenfüßchen um die Augen, die breiten Sorgenfalten auf der hohen Stirn begannen sich tiefer und tiefer einzugraben, und er sah noch nichts vor sich, was auch nur einer Hoffnung auf eine sorgenfreie Zukunft im entferntesten geähnelt hätte. Dasselbe nutzlose Ringen, das Leben von der Hand zum Munde, bis man eines Tages zusammenbricht und Frau und unmündige Kinder dem Elend oder der Wohltätigkeit reicher Verwandten überläßt.

Nein, lieber sich demütigen!

Es war auch damals unrecht von ihm, diejenigen, die vielleicht nicht daran schuld waren, die einsahen, daß jede weitere Hilfe den Ruin nur aufhalten, aber nicht verhindern würde, öffentlich zur Verantwortung zu ziehen. Seine sämtlichen Verwandten, die ganze vornehme Welt der Großstadt erklärte ihn in Verruf. Und das Urteil dieses dunklen Ehrengerichtes wurde mit unerbittlicher Strenge durchgeführt, schon über zehn Jahre.

Er war im Kampf gegen diese Welt, die ja im Recht war, das sagte er sich oft genug selbst, unterlegen. Er allein hätte ihn ja fortgeführt, aber um seine Frau, die so treu zu ihm hielt, nie klagte oder ihm Vorwürfe machte, um die Zukunft seiner Kinder wollte er sich jetzt – demütigen, so sauer es ihm auch fiel. Er wollte sich aussöhnen und von neuem beginnen, und war es auch nur, um endlich wieder auf festem Boden zu stehen, ein Feld zum Arbeiten vor sich zu haben.

Ja, er wollte dem Aristokraten zeigen, daß er an ihm und seiner Familie Anteil nehme. Er wünschte die Versöhnung, denn er war ja vielleicht – hm, vielleicht? – im Unrecht. Waren ihm denn diese Leute fremd? Hundertmal war er bei ihnen gewesen, hundertmal sie bei ihm, damals als es ihm noch gut ging, und alle Welt vor ihm und seinem Geldsack den Hut zog.

Die Frau, die da oben im Sterben lag, hatte viel auf ihn gehalten; er hatte aus Dank dafür ihrem Mann ins Gewissen geredet, wie er sich nur mit anderen Weibern abgeben könne, da er doch so ein gutes, liebes Weib daheim hätte. Und all diese Bande der Verwandtschaft sollten auf immer gelöst sein? Es sollte ihm nicht möglich sein, sich mit Hilfe der andern noch einmal emporzuraffen, sich die gesellschaftliche Achtung – mehr wollte er ja gar nicht – wiederzugewinnen? Lange genug hatte er sich ja belogen, hatte gehofft und geharrt. Es ging so nicht weiter, er kam zu nichts. Ja, wenn er noch jung gewesen wäre – aber heut mit vierundfünfzig Jahren! – – – –

Eine Droschke jagt die Straße hinab und hält drüben. Ein alter Herr und der Mann von vorhin eilen in das Haus.

Vater blickt auf, beißt sich in die Lippen, seine Mundwinkel zucken, als ob er weinen wollte.

Wir sitzen beide in atemloser Spannung. Auch

mich erfaßt jenes dumpfe, schwere Angstgefühl, ähnlich der Beklemmung, die ich empfinde, wenn ich des Nachts aufwache und sehe, daß die Tür, die ich geschlossen wähnte, weit offen steht und nun mit ihrer schwarzen Höhlung mich unheilverkündend angrinst.

*

Es ist ja kein Zweifel mehr, sie muß sterben! Das Unvermeidliche das mich erschaudern läßt, mir jede Regung betäubt – das große Rätsel, das Mysterium!

Plötzlich dämmert es in mir auf, alles drängt und ballt sich zusammen zu der einen Frage: »Was nun? Was nach dem Tode?«

In mir beginnt es zu wühlen und zu hämmern. Ich denke nicht mehr daran, daß sie sterben muß, sondern nur an das: »Was nun?« Mit dem ganzen Wissensdrang eines dreizehnjährigen stürze ich mich darauf. »Was nun?«

Ich denke und denke! Ich hatte einstmals an Gott und Unsterblichkeit geglaubt, ja, ich hatte sogar gebetet. Das tat ich schon längst nicht mehr.

Ich denke und denke – keine Antwort! Nur ein unbestimmbares, unbestimmtes, dunkles Etwas! Eine schwarze Türöffnung, ein grinsendes Nichts!

Immer langsamer, immer schwerer tropfen die Sekunden, eine bleierne Müdigkeit legt sich wie ein Mantel über mich, als ob sie mich erdrücken wollte. Dennoch scheinen alle meine Sinne sich verschärft zu haben. Trotz der mangelhaften Beleuchtung sehe ich jede Fuge, jeden Stein drüben am Haus. Ich höre jedes Geräusch, jedes Wort, welches die Arbeiter drunten sprechen. Ich versuche an etwas anderes zu denken – an Lies – an Nepos – an Brehm, und doch drängt sich alles zu dem einen Punkt zusammen: drüben nach dem erleuchteten Fenster! Schatten huschen an der Gardine vorüber, blitzschnell, und doch verfolge ich jede ihrer Bewegungen. Das ist Mutter, sie hat eine Medizinflasche in der Hand, das der Arzt, das die Wärterin: ich erkenne es an der Haube.

Plötzlich sehe ich keinen Schatten mehr – es wird auch etwas dunkler drüben im Zimmer, man hat wohl die Lampe niedergeschraubt. Nach einer Weile steigt unten der alte Herr wieder in den Wagen und oben werden die Fenster der Krankenstube geöffnet.

Im Augenblick ist die Spannung von mir genommen, die Müdigkeit verläßt mich, ich atme auf – es ist vorüber.

Und im Augenblick beginnen meine Gedanken von neuem zu spielen, eilen zu den Asphaltarbeitern, drüben zu dem Bäckerladen, der eben geöffnet wird, zu den verschlafenen Mägden und Milchleuten. Langsam klärt es sich auch schon im Osten, wohl erst in einer Stunde kann die Sonne aufgehn, aber dennoch ist's schon ganz hell, nur weiß man nicht, wo dieses Licht herkommt, ob von oben oder von der Erde. Man sieht nirgends Schatten, und alles ist auf's schärfste begrenzt. Die Luft scheint weißlich, und ein Streifen einzelner kleiner Wölkchen zieht sich über den Himmel, als ob ein Maler seinen Pinsel ausgespritzt hätte. Alles hat noch einen so verschlafenen Ausdruck; trotzdem sehen die Straßen so blank und frisch aus. Irgendwo kräht ein Hahn. Mich fröstelt. Meine Augenlider scheinen geschwollen, sie drücken und brennen.

Als ich mich umwende, sehe ich, daß außer uns niemand mehr im Lokal. Man hat das Licht ausgemacht, die Stühle auf die Tische gestellt, so daß ein Wirrwarr von Beinen emporragt, alles ekelhaft, grau und nüchtern.

Am Büffet stehen zwei Kellner, die uns mißtrauisch beobachten.

»Du Papa, wir wollen aber doch gehen?«

Vater fährt zerstreut auf.

»Ach so, ja – Fritz, zahlen!«

Dann nimmt mich Vater bei der Hand und geht mit mir hinüber.

*

Im Hausflur stehen tuschelnde Dienstboten und ein Kutscher in Stiefeln mit gelben Stulpen, Lederhosen, seidener Weste und Hemdsärmeln. Die Gasbeleuchtung kämpft mit dem kalten Tageslicht, das durch alle Ritzen und Fugen dringt. Man hört vom Hof her das Poltern von Pferden, die im Stall gegen die Barrièren schlagen.

Vater geht langsam die Treppe hinauf, trotzdem bleibt er oben stehen, gerade als ob er außer Atem wäre und nur mühsam Luft bekäme. Wohl erst nach einer Minute klopft er – leise und zaghaft – als ob er nicht wünsche, daß man es bemerke.

Das Dienstmädchen öffnet wortlos, nur mit einem stummen Kopfnicken. Man wagt nicht fest aufzutreten, kaum sich zu bewegen, aus Furcht, man könnte die da drin wecken. Man hört leise schlürfende Schritte, wohl auch schluchzende, gurgelnde Laute, ohne daß man weiß, wo sie herkommen. Jedes Geräusch scheint zu erstarren und in der Luft stehen zu bleiben.

Wir treten in das Zimmer. Grau bricht das Tageslicht durch die Scheiben und überzieht alles mit einem Staubschleier. Nichts regt sich, nur unser eigener Atem ist hörbar und ein ganz leises Knistern und Knacken.

All diese feinen Sachen und Sächelchen machen in tagesheller Nüchternheit einen so trivialen Eindruck, und jetzt sieht man erst, daß jedes an sich hübsch, alles im Gesamteindruck aber zusammengewürfelt, kalt und ungemütlich.

Vater steht wie festgenagelt, nicht einen Fuß setzt er vor- noch rückwärts. Wenn ich nicht irre, weint er – oder ich kann mich wohl auch täuschen. Ich verspüre Hunger und Müdigkeit, meine Stimmung ist weder lustig noch traurig. Verloren habe ich nichts mit der Toten, die ich ja nie gekannt habe, und das allgemein-menschliche des Sterbens hat mich nur augenblicklich ergriffen, ohne eine nachhaltende Wirkung auf mein Gemüt auszuüben.

Jetzt kommt ein junger, fünfundzwanzigjähriger Mensch herein. Er hat ein vornehmes, frisches Gesicht, kleine grade Nase, hohe Stirn, graue, gutmütige Augen und schwarzen, üppigen Schnurrbart. Seine Kleidung ist so tadellos, als ob er eben zu einer Gesellschaft gehen wollte.

Er sieht uns beide sehr ernst und erstaunt an, geht dann auf Vater zu und reicht ihm schweigend die Hand, die mein Vater herzlich drückt.

»Ewald –« Vater bleibt das Wort in der Kehle stekken, denn plötzlich wirft sich der junge Mensch über einen Polsterstuhl, beißt in die Kissen und beginnt zu schluchzen, zu weinen, zu jammern, wie ein Kind.

Ich habe nie mehr auch nur einen ähnlichen Schmerzensausbruch gesehen, nie mehr einen Menschen, der sich mit solch einer hingebenden Wollust dem Weinen überließ.

Vater tritt zu ihm und versucht ihn zu trösten, nicht mit Worten, nein, er streicht ihm nur leise über das Haar, als ob er sagen wollte: »Armer Junge, armer Junge!«

Ich stehe am Schreibtisch und bewundere eingehend all die Sächelchen, die da stehen, liegen, hängen: Kleine Vasen, Püppchen, Figuren, Kalender, Photographien, Porzellanhunde, Perlmuttschälchen, Notizbücher, Falzbeine, Aschbecher, chinesische Bronzen.

Endlich steht Ewald auf. Er scheint vollkommen gebrochen, erdrückt vom Schmerz, der auf ihm lastet, aber dennoch vergißt er nicht, sich mit einer raschen Bewegung die Hosen abzustäuben.

»Onkel – ich werde Papa rufen, entschuldige einen Augenblick! Er war so abgespannt, daß ich darauf gedrungen habe, er solle sich ein wenig hinlegen.« Und schon ist er aus der Tür.

»Hermann!«

»Annchen!«

Da haben wir sie ja, die kleine, feiste Frau. Ach, ihre Augen sind ganz verschwollen vom Weinen, und ihre Stirn glänzt noch mehr wie sonst. Sie geht auf Vater zu, bleibt einen Schritt vor ihm stehen und sieht ihn besorgt und ängstlich an. Sie scheint eingehend seine Züge zu studieren, und etwas an dem geröteten zerfurchten Gesicht scheint ihr neu und fremd vorzukommen.

»Hermann, fehlt Dir etwas? Bist Du vielleicht nicht ganz wohl?!«

»Nichts, nichts, mein Kind! Ich habe nur ein wenig Kopfschmerzen!«

»Na, das wird sich ja geben«, meint Mama und sieht trotzdem Vater immer noch so ängstlich von der Seite an.

»Wie ist sie denn gestorben?«

»Ach – ganz ruhig – schwächer und schwächer – und dann wurde ihr kalt – und dann plötzlich – ä – wie solch kleines Kind, und da legt sie sich auf die Seite – so lieb – ist sie – gewesen – so freundlich – so guut – wie sie sich – noch zuletzt – – –« Es schien Mutter offenbar sehr schmerzlich, und doch trieb es sie dazu, es ganz genau zu erzählen, aber ohne von Vater dabei auch nur einen Blick zu verwenden.

»Hermann, fehlt Dir auch wirklich nichts?!«

»Nein, nein, nur ein wenig Kopfschmerzen!«

Schlürfende Schritte nähern sich der Tür. Im Augenblick schweigen meine Eltern und sehen sich betroffen an. Jene Bangigkeit legt sich wieder auf mich.

Der Aristokrat im blauen, rotseiden gefütterten Schlafrock, – die eine Ecke hatte sich unten etwas umgeschlagen – mit hängender Kordel, ledergepreßten Morgenschuhen; der Scheitel ist mit einer bewunderungswürdigen Accuratesse gezogen, und die Haare an den Schläfen hinter die Ohren gebürstet. Der Schnurrbart starrt empor; der Aristokrat ist etwas blaß und übernächtigt, vielleicht hat er auch geweint. Er hat aber jetzt den Ausdruck eines Mannes, der sich darein ergeben hat und sein Geschick mit Würde und Anstand erträgt. Anders sein Sohn, der ihm folgt. Hat er auch viel von den Eigenschaften des Vaters geerbt, so doch nicht jene kalte, unnahbare Vornehmheit. Der Schmerz hat sein Antlitz zerwühlt, und so sehr er auch gegen ihn anzukämpfen versucht, rinnen ihm doch fortwährend Tränen über die Wangen und hängen sich an die Spitzen seines Schnurrbartes.

Er hatte ja seine Mutter von jeher mehr geliebt als seinen Vater, denn sie war trotz geistiger Unbedeutendheit doch gemütvoll und weich gewesen und ähnelte hierin vollkommen dem Sohn. Der war ja auch keine Leuchte der Wissenschaft, sondern nur ein gutmütiger, etwas beschränkter Mensch, mit einem Wort ein braver Kerl!

Der Aristokrat bleibt stehen und mustert Vater mit einem gleichgültigen Blick. Vater wird rot wie ein Krebs, die Adern der Stirn treten wieder prall und blau hervor. Mutter klammert sich an ihn und flüstert ihm leise etwas zu.

Jetzt geht Vater auf den Aristokraten ernst und ruhig zu und streckt ihm die Hand entgegen, wortlos, ohne jede Phrase, wie es unter Männern sein muß. Jener mustert ihn noch einmal, diesesmal etwas mißtrauisch und ängstlich und legt dann seine Hände auf den Rücken, als ob er die Bewegung ganz übersähe.

»Sie wünschen?« schnarrt er in blechernem, rasselndem Ton.

Vater fährt zurück und wird verwirrt. Auf eine derartige Anrede hatte er sich nicht gefaßt gemacht. Er will etwas sagen, stottert aber nur: »Ich – wollte – «

Er wußte nicht, sollte er nun »Dir« oder »Ihnen« sagen?

Die anderen stehen wie versteinert. Mama weint, Ewald kaut an den Nägeln.

»Ich wollte – ich komme um zu – ich – ich – «

»Ich begreife nicht, was Sie hier wünschen«, schreit der Aristokrat. »Glauben Sie vielleicht mit meinem gerechten Schmerze spekulieren zu dürfen? Das gesellschaftliche Tischtuch – « er sprach dieses Wort affektiert, stolz diesen guten Ausdruck gefunden zu haben – »ist zwischen uns zerrissen, und ich für mein Teil fühle mich nicht verpflichtet, es wieder – «

»Papa – « unterbrach ihn Ewald.

»Schweig! – Ja, und glauben Sie, daß man zugefügte Beleidigungen – «

»Nein – ich bin kein kleiner Junge, ich will nicht schweigen. – Bei meiner toten Mutter – «

Der Aristokrat und sein Sohn stehen sich gegenüber wie zwei fauchende Kater.

Da braust mein Vater los –

Er brauche sie nicht, und wenn er wie ein Hund im Rinnstein verrecken solle – und er brauche sie nicht – er sei sein Lebtag ein ehrlicher Mensch gewesen, ihm könne man nichts schlechtes nachsagen; dafür, daß er Gaunern in die Hände gefallen sei, könne er nichts! Almosen wolle er nicht haben und Mitleid lasse er sich auch nicht schenken. Er solle ja nicht glauben, daß er deswegen gekommen sei; er wäre aus Mitgefühl gekommen, aber da jener jegliches Gefühl verleugne, habe er keinen Grund, Beileid zu zeigen. Mit Gotteshilfe würde er auch ohne ihn auskommen; es wäre ja so lange ohne sie gegangen, und wenn er nicht bedächte, daß drin die Leiche läge, würde er noch ganz etwas anderes sagen.

Und er geht ganz dicht an den Aristokraten heran, der scheu zurückweicht.

»Du-u-u-u – « er sucht nach einem Ausdruck – »Lump!!!!« brüllt er hervor und in dieses eine Wort legt er die ganze Verachtung, die er gegen alle kokottenhafte, patschuliduftende Hohlheit in sich trägt. Dieses Wort gleicht einem kurzen, mit aller Kraft geführten Dolchstoß.

»Verlassen Sie sofort mein Haus!« kreischt der Aristokrat in der höchsten Fistellage seiner Stimme.

»Papa – « wirft sich Ewald dazwischen, »bedenke doch – meine arme tote – – «

»Aber Karl«, schluchzt meine Mutter.

»Schweigt! Soll ich mich in meinem eigenen Hause beleidigen lassen?«

»Nein, nein, ich gehe schon – ich – will – nicht – mehr – auch – nur – « vor Zorn scheint Papa zu ersticken – die Augen treten aus ihren Höhlen, er ist puterrot, so daß man fürchtet, jeden Augenblick müsse ihm das Blut irgendwo hervorspritzen.

»Aber das sage ich – wenn nicht die drin läge, die viel besser war, wie der – der – der – sie je verdient hat – « wieder vollendet er den Satz nicht. »Nein, nein, ich gehe schon – «

»Hermann! Ich bitte Dich! Du weißt, wie Dir das schaden kann! Nein – wie kannst Du aber nur – ?« jammert Mutter. – – – – »Du bist doch hier in einem Trauerhause!«

Plötzlich wendet Papa sich um und eilt aus dem Zimmer. Man hört draußen die Tür zuschlagen.

Diese Wendung kam uns so unerwartet, daß wir alle wohl eine Minute betroffen schwiegen.

Mama aber, welche Angst hatte, daß Papa im Zorn sich irgend etwas antun könnte, übersah sofort die Bedenklichkeit der Lage, und daß sie jetzt Vater um keinen Preis allein lassen dürfte, ergriff meine Hand und stürmte, ohne nur ein Wort des Abschieds zu sagen, so schnell sie ihre kurzen Beine tragen konnten, aus dem Zimmer, die Treppe hinab.

»Lauf mal, ob Du Papa noch einholst und sag' ihm, er möchte warten!«

Und ich rannte, als ob der Teufel und die wilde Jagd hinter mir wäre. Alle Leute sahen sich erstaunt um, und zwei Bäckergesellen zeigen nicht übel Lust, mir nachzulaufen. Richtig! Da vorn geht er!

»Papa! Papa!!«

Der Herr sieht sich erstaunt um. Nein, er ist es doch nicht – aber der da vorn. Ich laufe, daß ich fast auf die Nase falle.

»Papa! Papa!!«

Er scheint nicht zu hören. Er macht große Schritte und taktiert mit den Händen.

»Papa!! Papa!!!«

Er dreht sich um.

»Warte doch, Mama kommt ja auch gleich!«

Richtig, da hinten kam sie auch schon. Sie hatte ihre Lippen aufeinander gebissen, der Schweiß stand ihr in dicken Perlen auf der Stirn. So schnell wie es ihr nur irgend möglich – sie ist etwas schwerfällig – bewegte sie sich vorwärts.

Als sie uns erreicht hatte, schlug Papa die Augen nieder, wie ein Schuljunge, der eine Rüge vom Lehrer erwartet.

Sein Benehmen von vorhin tat ihm jetzt leid. Er sah

ein, daß er in seinem Zorn wohl zu weit gegangen war und erwartete nun mit Vorwürfen von seiner Frau überschüttet zu werden. Er hatte sich wieder einmal so recht gehen lassen, seinem Unmut gegen diese Lumpenwelt Luft gemacht. Er war wieder einmal der Unfeine gewesen. Der Andere war wenigstens immer noch in den Grenzen des Anstandes geblieben, aber er –

Mutter sagte kein Wort, sondern fuhr nur fort, Vater ängstlich von der Seite anzusehen, zeitweise ihn fragend, ob ihm auch nichts fehle, oder ihn bitten, er möchte nicht so schnell gehen, es wäre ja unmöglich mitzukommen.

Papa ging dann einige Schritte langsam, verfiel aber gleich wieder in ein hastigeres Tempo. Es war, als ob ihn seine Gedanken trieben.

Mama stöhnte und schwitzte. –

Ein herrlicher Morgen, alles so munter und frisch! Maurer mit alten Soldatenmützen und Drillichjacken gehen zum Bau, pfeifen und lachen. Die Schwalben jagen dicht über dem Asphalt dahin. Auf den taublitzenden, grünen Rasenflächen einer öffentlichen Anlage laufen die Staare, in den Linden zanken sich die Spatzen. Langsam füllen sich die Straßen. Das Klingeln der Pferdebahnen tönt nachhallend scharf und deutlich, ohne sich mit anderen Geräuschen zu vermischen; hier und dort öffnet sich schon ein Laden. Barfüßige, mehlbestaubte Bäckerburschen schieben Handwagen voll brauner, knusperiger Brote; Asphaltarbeiter räumen ihr Handwerkszeug zusammen; der Sonnenschein lagert sich breit auf dem Pflaster, beleuchtet scharf die Gesimse der Häuser, hebt sie gegen den noch ungetrübten Himmel ab, zeichnet jedes Schnörkelchen, jede Linie der Säulenköpfe, Karyatiden und Arabesken.

Und trotzdem wird mir so ängstlich zu Mut. Die Luft scheint mir unerträglich schwül. Ich versuche an irgend etwas fest und bestimmt zu denken, es gelingt mir nicht. – Da fällt mir durch eine merkwürdige Ideenverbindung ein Vers ein, den ich einmal letzthin gelesen hatte, und sofort paßt er sich meinen Schritten an. Ich muß ihn hersagen, ein – zwei – zehn – zwanzigmal – ich muß – er geht mir fortwährend im Kopf herum. Ich bin nicht fähig, irgend etwas zu bemerken, an irgend ein Ereignis der letzten Stunden zu denken. Immer wieder dieser Vers! – Alles bewegt sich nach demselben Rhythmus. Die Pferde traben danach, die Maurer pfeifen ihn, die Spatzen piepen ihn von den Dächern, unsere Schritte klirren ihn auf dem Pflaster. Soviel ich mich mühe, ihn loszuwerden, er verfolgt mich, wie mein Schatten

»Und wir ziehen stumm, ein geschlagen Heer
Erloschen sind unsere Sterne
O Island, Du eisiger Fels im Meer
Steig' auf aus nächtiger Ferne!« –

Als wir zu Haus angekommen waren, ging ich in mein Zimmer, warf mich angekleidet auf mein Bett und schlief ein – schlief – wie ein Toter – vollkommen traumlos, in dumpfer Betäubung.

Ich mochte ziemlich lange so dagelegen haben, als mich jemand an der Schulter rüttelte, ich solle aufstehen.

»Was ist denn los, Luise?«

»Ach lauf doch mal schnell zum Arzt!«

»Was ist denn?! Was ist denn?!«

»Ach, der Herr liegt zu Bette und kann nicht aufstehn! Ganz puterrot ist er – und lauter Unsinn redt er – Ach Gott! Ach Gott! Ach Gott! Lauter Unsinn redt er!«

Ich schnelle hoch wie ein Gummiball und starre Luise an. Eine Todesangst packt mich – ein Schlaganfall!!! – Das ist ein Schlaganfall!!! – Nein, nein, nein, – das ist nicht möglich – das ist nicht wahr –

»Nu jeh' doch man schon!« sagt Luise ganz ruhig, »det is janich so leicht zu nehmen, Georg!«

Ich stürze in Papas Zimmer. Schon draußen höre ich ein Röcheln oder richtiger, ein Schnarchen, einen unmodulierten Kehllaut.

Papa liegt ruhig da, puterrot im Gesicht. Schlaff hängt der rechte Mundwinkel, das rechte Augc ist fast geschlossen, die Lider dick und geschwollen. Er sieht mich erstaunt an, giebt aber durch nichts zu verstehen, daß er mich erkennt. Seine Gedanken sind verwirrt.

»Zweiundfünfzig Buben – spiel den jüngsten – aber so spielen Sie ihn doch aus – Deutschland – solch Lump – solch – he – he – fünfzigtausend Mark. – Anna!! – Wo ist meine Frau?« kreischt er plötzlich auf, so daß ich entsetzt aus dem Zimmer laufe.

Wie ich zum Arzt kam, weiß ich heutigen Tags noch nicht. Die Angst hatte mir die Besinnung geraubt. Ich war mir nicht mehr klar über das, was ich tat, aber ich tat unwillkürlich das richtige.

Jene schrecklichen Tage, wo außer der Krankheit noch die Not und der Hunger bei uns zu Gast waren, haben sich in meinem Gedächtnis verschleiert, und nur Träume können diesen Schleier lüften. Träume, die mir die Kehle zuschnüren, die mich erschaudern, aufschreien lassen, so daß ich emporfahre, die Augen aufreiße, ins Dunkel starre, ohne daß es mir zu Bewußtsein kommt, was ich geträumt habe. Unklare Erinnerungen, die wie das schwarze, endlose Nichts mich beängstigen.

Es war ein Schlaganfall, ein böser Schlaganfall! Nur langsam und schwer stellten sich die Sprache, die Gedanken wieder ein, nur langsam hoben sich die Gesichtsmuskeln. Nach Wochen durfte er aufstehen und noch beinahe ein halbes Jahr schleppte er beim Gehen den rechten Fuß nach, hielt den Arm angezogen, die Hand nach unten gerichtet, unbehilflicher wie ein kleines Kind. Er war nicht wiederzuerkennen, wie gebrochen. Um zwanzig Jahre war er plötzlich gealtert. Es war sein Schicksal! Der Arzt meinte zwar, es könne zehn, zwanzig, dreißig Jahre noch dauern, die Anfälle würden in immer größeren Zeiträumen immer schwächer wiederkehren.

Er glich einem Baum, den der Förster Tod gezeichnet, daß er ihn bald fällen wollte.

Es war zu traurig anzusehen, wie dieser kranke Mensch sich mühte und quälte, wie er fieberhaft erregt umherlief, um zu verdienen. Sein Gedächtnis, seine Rednergabe ließ ihn im Stich; plötzlich, mitten im Satz, fehlte ihm ein Wort, und es war ihm unmöglich, sich darauf zu besinnen.

Er durfte nichts trinken, kein Bier, keinen Wein, keinen Tee oder Kaffee, in keine Lokale gehen, und das war doch unbedingt für seinen Erwerb notwendig.

Es war traurig mitanzusehen, wie er sich mühte, wie er noch immer hoffte und glaubte, wie ein Kind.

Ich habe ihn im Lebenskampf wohl matt, krank, todmüde, aber nie entmutigt gesehen. Immer hatte er irgend etwas in Aussicht, was unter allen Umständen werden müsse, und niemals gelang ihm etwas. Er hoffte stets, klagte nie.

Wie Mutter ihn die Jahre hindurch pflegte, mit welcher Hingebung, mit welcher Opferfreudigkeit! Ja, so kann nur ein Weib handeln! Es liegt in der Eigenart des weiblichen Charakters, Liebe zu spenden, in der des männlichen, sie für selbstverständlich hinzunehmen. Das Weib ist stets Märtyrerin; sie hat kein eigenes Leben, sie lebt für andere.

* *
*

Von der Beerdigung meiner Tante hörte ich, daß der Aristokrat sich sehr würdig benommen habe, wie ein Mensch, der bei Gott Rat und Hilfe gefunden und in fester Zuversicht für alle Sorgen, Kümmernisse und Schmerzen des Erdenganges einer schönen Vergeltung entgegensähe; während sein Sohn schrie, jammerte und winselte, daß man es fünf Minuten weit hören konnte und der durchaus irrigen Ansicht huldigte, daß es seine Pflicht sei, in die Grube hineinzuspringen und sich mit der Mutter zusammen verschütten zu lassen.

Besonders fiel auch eine schöne, stattliche, in schwarz gekleidete Dame auf. Niemand wußte mit Bestimmtheit, wer sie wäre und wie sie hieße und den einzigen der hierüber der Neugier hätte Aufschluß geben können, den wagte man nicht danach zu befragen.

*

Der Unglücksfall riß mich mit einem Schlage aus meinem früheren Leben heraus. Ich ging nicht mehr in den Tiergarten, nicht mehr auf den Hof, und wenn ich wirklich einmal dorthin kam, so waren es andere Dinge als Zeckspielen, Prügeln und Stockwerfen, die mich in Anspruch nahmen. Ich begann mich für Naturwissenschaften zu interessieren, Schmetterlinge, Käfer und Pflanzen zu sammeln, aber auch der Literatur blieb ich nicht fremd. Ich verschlang ohne Wahl, wenn auch nicht ohne Urteil, Gutes und Schlechtes, erzog mich am Börne und Heine, las auch Lessing, ein wenig Schiller und Goethe.

Mit Innigkeit nahm ich freiheitliche Ideen auf und teilte meinen Freunden das Gelesene mit. Man bemächtigte sich längst abgetaner Fragen mit einem wahren Feuereifer. Stundenlang diskutierte man und überbot einander in menschenfreundlichen Bestrebungen. Man wollte alle beglücken, alles Böse und Schlechte aus der Welt schaffen. Jeder fühlte soviel Liebe in sich, daß er mit Leichtigkeit einen Ring hiervon um den ganzen Erdenball hätte schmieden können.

Eugen Salle, der zukünftige Börsianer, machte sofort die Angelegenheit zu seiner Privatsache, ging in allem bis zum Äußersten, nicht aus Überzeugung, sondern nur, um uns zu überbieten.

Walter Schneider jedoch faßte alles vom kritischen Standpunkte auf. Er wiederholte jeden Satz zweimal, hackte die Worte ab, sprach jede Silbe so scharf und deutlich, als ob sie von Gold wäre und nicht verloren gehen dürfe, machte Auszüge über das Besprochene und griff stets das auf das Heftigste an, was er den Tag vorher verteidigt hatte.

Nur Albert Nickel, der hübsche, dumme Junge zeigte wenig Verständnis, aber desto mehr Aufmerksamkeit. Mit gespitzten Ohren lauschte er unseren Worten, ohne auch nur einen Schatten des Sinns zu erfassen und sagte dann blindlings zu allem »Ja«.

Wir vier fünfzehnjährige Bengel, wir waren die Großen, die Edlen, die Freien!

Mit einer Stoikerruhe sahen wir allem entgegen was uns zustoßen könnte. Wir hoben stolz unser Haupt und blickten jeden über die Schulter an. Wir fühlten uns so unendlich erhaben über alle kleinlichen Wünsche der Menge; selbst die Angehörigen wurden uns fremd, und wir sahen in ihnen nur armselige Menschenkinder, die »im Bann ererbter Vorurteile« seufzten.

Wohl acht Wochen waren so hingegangen, da fand ich, als ich von der Schule nach Haus kam, einen Brief vor:

»Lieber Georg!

Sei heute um vier Uhr bei mir, ich hätte Dir etwas *sehr Wichtiges* mitzuteilen.

Eugen.«

Sehr und wichtig waren je sechsmal unterstrichen.

Wozu der Brief? Warum konnte er mir das nicht so sagen, daß ich zu ihm kommen sollte, da wir doch in demselben Hause wohnten? Was konnte er nur wollen?

Wirklich ich war neugierig! Es mußte etwas sehr

Ernstes sein! Ich machte mich auf alles gefaßt! Jedoch wollte ich jeglichen Gewaltsmaßregeln widersprechen, da wir doch noch nicht in dem Alter wären, um die Welt aus ihren Angeln zu heben.

Nach dem Mittagbrote mußte ich Vater stets aus der Zeitung vorlesen, da er seine Augen nicht anstrengen sollte. Ich las heute unaufmerksam und zog mir des öfteren Verweise zu.

Aber ich war so aufgeregt, so voller Erwartung, daß es mir vor den Augen flirrte. Es mußte etwas ganz Großartiges sein, denn sonst hätte er nicht geschrieben.

Schlag vier Uhr stand ich vor seiner Tür und schon kamen Walter und Albert die Treppe herauf. Walter trug einige Bücher unter dem Arm und hatte seine Stirn in ernste Falten gelegt. Albert hatte einen schwarzen Anzug angezogen, sich mit weißen Handschuhen geschmückt und gab sich ein sehr feierliches Aussehen. Als ich ihn fragte, was dieser Unsinn zu bedeuten habe, lächelte er nur und sah mich mitleidig an, weil ich nicht einmal die Größe und Erhabenheit dieses Augenblicks begriffe.

Endlich öffnete uns Eugen. Er hatte sich möglichst fein gemacht, sogar eine helle Kravatte vorgebunden. Er lud uns mit einer zuvorkommenden Handbewegung ein, näher zu treten, und bat uns, leise zu gehen, da seine Mutter Kopfschmerzen hätte.

Er führte uns einen Gang hinunter und öffnete die Spindenstube: so ein kahler, unwirtlicher Raum, darin uraltes Gerümpel, ein paar Kasten und Kisten, ein paar Holzstühle, und in einer Ecke eine Unmenge leerer Flaschen.

Was sollten wir hier?

Schweigend trat er an das Fenster und wandte sich dann mit unendlicher Feierlichkeit zu uns um.

»Liebe Freunde, ich habe euch hierhergerufen, um –« er suchte in allen Taschen, rannte aus dem Zimmer und kam nach einer Weile mit einem Stück Papier wieder herein, dann riegelte er die Tür ab und nahm wieder am Fenster seinen Platz. Wir waren so erwartungsvoll, daß wir kaum zum atmen wagten. Er räusperte sich und las:

»Ich will einen Verein gründen! Hört! Hört!!

Ach was! denkt mancher, es giebt soviel hunderte von Vereinen, immer die dummen Konventionalstrafen, Eintrittsgelder, Beiträge, langweilige Landpartien – mir kann das ganze Vereinswesen gestohlen bleiben! Man hat nur immer Plackereien!

Ja! Plackereien hat man auch bei mir! Mehr, viel mehr als bei jeder anderen Verbindung! Ich gründe, oder will vielmehr gründen den *Verein der Geistesbrüder!*

Was ich will, was ich beabsichtige! Ihr sollt es hören!

Ich will Freiheit im Denken; Freiheit in den Anschauungen; Freiheit, Freiheit, selbstlose Freiheit in unseren Handlungen! Ich will den Menschen zum Menschen machen und den Kampf aufnehmen gegen eingefleischte Unrechte, gegen Geld- und Geburtsaristokratie und hauptsächlich gegen alles konventionelle Lügenhafte!

Der Verein soll sich für's erste jeder politischen Färbung enthalten; wir wollen nicht Kleinstädter, nein! Wir wollen Weltbürger sein! Und unseren größten Stolz wollen wir darein setzen, Menschen zu sein, die sich soviel was irgend möglich von jeglichem Vorurteil befreit haben! Unsere Religion soll und muß ein einfacher Theismus und sonst nichts anderes sein. Unsere Aufgabe soll sein, mit Gut und Blut für unsere Anschauungen einzustehen und nie feige kleinlicher Ursachen wegen sie zu verleugnen! Wir wollen soviel wie möglich armen, verblendeten Menschenkindern, die von Vorurteilen befangen, sich nicht über ihre kleinlichen, spießbürgerlichen Ansichten hinwegheben können, die Augen öffnen und sie bekehren zu dem neuen Evangelium der Freiheit!!!

Möge der Verein lange Jahrhunderte hindurch gedeihen, wachsen und blühen, und mögen glücklichere Enkel den Nutzen unserer selbstlosen Bemühungen ernten!! –

Oft werden wir zwar verkannt werden. Viel werden wir zu kämpfen und zu dulden haben, aber endlich werden wir doch siegen.

Und dräut der Winter noch so sehr
Mit grimmigen Gebärden,
Und streut er Eis und Schnee umher,
Es muß doch Frühling werden!!!! – «

Nachdem Eugen geendet hatte, stellte er sich in Pose und machte eine kühne Handbewegung, als ob er sagen wollte: So, nun komm heran Jahrhundert!

Walter ergriff eines seiner Bücher und blätterte hastig darin. Albert wiederholte dreimal die an sich sinnlose Phrase: »… und nicht feige kleinlicher Ursachen wegen sie zu verleugnen.« Dann ging er auf Eugen zu und streckte ihm seine weißbehandschuhte Rechte entgegen:

»Jawoll! und nicht feige kleinlicher Ursachen wegen sie zu verleugnen!« sagte er gerührt.

Nur ich war damit wenig einverstanden. Ich liebte kein Vereinswesen und fühlte heraus, daß Eugen aus der guten Sache Geschäft machen und alle Ämter an sich reißen würde. Er als der Gründer des Vereins wollte natürlich das große Wort führen. Und richtig! Schon zog er ein zweites Zettelchen aus der Tasche.

»Ich selbst bin gern bereit, die Stelle eines ersten Schriftführers zu übernehmen. Fürs erste beantrage ich, daß eine Vereinsbibliothek gegründet wird, da der Verein auch einer literarischen Richtung huldigen soll. In diese Bibliothek dürfen nur Bücher aufgenommen werden, die unserer freiheitlichen Tendenz beistimmen; »Nieritz« sind ausgeschlossen. Beiträge müssen vorher einer Prüfungskommission überwiesen werden; auch sollen Vorträge gehalten werden, und die Tendenzen des Vereins sollen in Aufsätzen niedergelegt werden. Es sollen Gespräche und Disputationen über Tagesereignisse geführt werden.

Jeder literarische Beitrag eines Mitglieds soll willkommen sein und im Verein verlesen werden, das Für und Wider erwogen werden. Der Verein soll zur allgemeinen gegenseitigen Bildung und Aufklärung beitragen. Wir wollen aktive und inaktive Mitglieder unterscheiden. Jeder soll soviel wie möglich Anhänger für seine Ansichten werben, ohne ihnen vorher seinen Zweck zu sagen. Erst wenn er ihrer ganz sicher, soll er sie in ›den Bund der Geistesbrüder‹ einführen, welcher darüber zu entscheiden hat, ob der Neuling aktives oder inaktives Mitglied wird. Über das Treiben des Vereins darf der Außenwelt gegenüber natürlich kein Ton geäußert werden.«

Und nun begann das Hin- und Widerreden. Selbst Albert hielt eine denkwürdige Rede:

»Jawoll! Un solch ein Verein muß unbedingt jejründt wer'n. Und des sage ich nur, es is höchste Zeit, daß er jejründt wird!«

Walter las uns ein Kapitel aus dem »Oncken« über die Grachen vor und stellte sich selbst Thesen und Antithesen.

Ich sah ein, daß es eine zwecklose Spielerei werden würde, wollte aber die andern nicht beleidigen und schwieg.

Eugen war Feuer und Flamme. Er hatte eine ganz angenehme Redegewandtheit, und besonders legte er uns an das Herz, daß wir niemals, ganz gleich welcher Gründe wegen, unsere freien Anschauungen verleugnen sollten.

Da klopfte es.

Er möchte sofort öffnen, rief seine Mutter, und was wir überhaupt hier zu suchen hätten, und er solle lieber seine Schularbeiten machen, er würde wohl wieder nicht versetzt werden, hätte der Lehrer gesagt.

»Ja, ja, gleich«, sagte der Held kleinlaut und öffnete.

Ja, wir möchten es uns nur hier bequem und gemütlich machen – in der Spindenkammer! – aber wir sollten wirklich entschuldigen, Eugen müsse arbeiten, er müsse doch endlich einmal richtig vorwärts kommen.

»Deine Freunde nehmen es Dir nicht übel, geh nur vor, Eugen.«

Und der Held drückte sich schweigend, mit eingezogenem Kopf zur Tür hinaus, als ob er eine Ohrfeige befürchte.

Frau Salle ging.

Walter und ich sahen uns verständnisvoll an. Was wollten wir denn noch hier?

»Meinst Du nich, Georje, daß Eugen bald wiederkommt?« fragte Albert.

»Nein!!«

»Na, dann wolln wir man jehn, aber so ein Verein muß janz unbedingt jejründt wern!«

Walter schien nicht übel Lust zu haben, die Disputation fortzusetzen, aber da es nicht verfing, brach er schnell wieder ab.

Albert hatte Wichtiges vor. Er mußte im Osten der Stadt eine große Brandstätte besichtigen und eilte, um die Feuerwehr noch in voller Tätigkeit zu sehen. – –

Es ist eigentümlich, wie oft plötzlich durch einen ganz unwesentlichen Anlaß, durch ein leicht zu verschmerzendes Unbill Stimmungsgruppen in uns ausgelöst werden, die sich mehr und mehr ausbreiten und uns schnell ganz und dicht umhüllen.

Ich fühlte mich so entsetzlich mißmutig, so niedergeschlagen, ich war unendlich unzufrieden mit mir selbst, mit all meinem Können und Streben. Ich verglich mich mit den andern, sah ihre glühende Jugendbegeisterung, ihren kindlichen Glauben an alles Edle und Erhabene und fühlte mich dagegen so kalt und hohl. Es gab kaum etwas, was mich anregte, nichts, was mich befriedigte. Ich kannte kein ernstes Streben. Alles wurde mir zur müßigen Spielerei. Ich griff es mit Eifer an und warf es gleich wieder von mir. In nichts drang ich tiefer ein, aus geistiger Faulheit.

Auch Walter schien jetzt übel gelaunt. Das Vorhergegangene hatte sein feines Schicklichkeitsgefühl tief beleidigt.

Ich brachte ihn bis vor die Haustür. Er bat mich, ihn nach oben zu begleiten, wir könnten dann ja beide einmal ruhig miteinander sprechen. Ich schlug es aus. Ich hatte keine Lust meinen Kopf anzustrengen.

Ich ging lieber ein wenig spazieren, nach dem Tiergarten. Ich begann mir ernste Gedanken zu machen – über meine Zukunft – über unsere Zukunft. –

Ich dachte an Vater – der hatte es vielleicht auch anders verdient. Ich sah ihn vor mir, wie er sich schleppte, wie er kroch, – wie eine Herbstfliege. Mir traten dicke Tränen in die Augen.

Ich dachte an Mutter. Ich beneidete sie – ich, ein kaum sechszehnjähriger Junge – um ihren Lebensmut. Ich sah meine Schwestern vor mir, die armen Mädchen mit der hübschen Bildung und dem redlichen Streben. Ich sah sie älter und älter werden, sah sie Verlobungsanzeigen durchlesen: »Siehst Du, Frieda, das war eine Schülerin von uns.« Sah sie Deckchen und Handarbeiten machen, Weihnachtsgedichte für ihre Zöglinge schreiben.

Ich sah mich selbst, wie ich die Stütze aller sein sollte und von einem Beruf zum andern tappte, zerfahren und unlustig, nirgends Befriedigung fand, nirgends etwas leistete. Und mich erfaßte dieses deprimierende Gefühl eigener Nichtigkeit, ein namensloses Mitleid mit mir selbst, mit meiner Schwäche, so, daß ich mich auf eine Bank setzte, die Ellenbogen auf die Knie stützte, den Kopf zwischen beide Hände nahm und weinte.

Ein feiner, ganz feiner Regen schlug mir ins Gesicht. Langsam lösten sich welke Blätter von den Zweigen und glitten langsam zur Erde, bedeckten die Wege, die Rasenplätze, hingen sich in das Geäst der Büsche. Ich starrte teilnahmlos auf sie.

Da bekam ich plötzlich einen Stoß von der Seite, daß ich beinahe von der Bank gefallen wäre.

»Na, Du kannst wohl ooch nich kieken?!«

Lies stand vor mir.

»Wie kommst Du denn hierher, Lies?« fragte ich unmutig.

»Uf de Beene!«

»Mädchen, sprich nicht so pöbelhaft. – Was suchst Du hier?«

»Sieh 'mal ener an!« Sie stemmt die Hände in die Seiten –

»Also so biste – und deswegen lauf ich Dir 'ne Stunde nach – «

»Was willst Du denn von mir?!« sagte ich mißlaunig – und sah sie scharf an. Sie war groß geworden in der Zeit, in der ich sie nicht gesehen, und sie war immer noch wunderhübsch. Ihr Gesicht hatte weniger als ihr Wesen von der Kindlichkeit verloren; nur die Züge waren etwas härter geworden, und gerade das gab ihr etwas Bestimmtes, in sich Abgeschlossenes.

»Nun, Lies, was willst Du?«

»Dich sprechen!«

Ich wich aus. »Mein Vater ist krank, ich muß nach Hause.«

»Ja, Dein armer Papa!« und ihre Augen füllten sich mit Tränen.

Ich sah zur Erde: Die Lies hat doch ein Goldherz!

»Komm, setz Dich ein bißchen.«

Sie tat es.

»Lies – « begann ich nach einer Weile.

»Ja – «

»Was machst Du denn jetzt? Kommst Du nicht bald aus der Schule?«

»Ich bin schon!«

»Und was willst Du werden?«

»Ich komme in's Kravattengeschäft, für das Mutter arbeitet als Verpackerin.«

»Verdienst Du da viel Geld?«

»Ja, sehr viel! Funfzehn Mark das Monat!«

»Wann gehst du denn hin?«

»Montag.«

Ich stockte.

»Und bist Du bald mit Deiner Schule fertig?«

»Nein. – Das dauert noch lange.«

»Nicht? Dein Vater ist sehr krank – er sieht ja so schlecht aus – «

Ich wich aus. »Aber Lies, was wolltest Du mir denn sagen?«

Sie wurde rot wie Klatschmohn.

»Ich wollte – ne – ne – ich wollte gar nichts«, brach sie schnell ab.

»Lies, was wolltest Du denn?«

»Dich fragen – «

»Nun? Mich fragen?«

»Ob Du mich – «

»Mich fragen? Ob ich Dich?«

»Nein, ich sag's doch nicht!«

»Mich fragen, ob ich Dich?«

»Noch – lieb – hast.«

»Ja«, sagte ich so ruhig, als ob es selbstverständlich wäre.

»Warum hat Du Dich dann gar nicht mehr um mich gekümmert?«

»Ich konnte nicht. – Ich hatte keine Zeit – ich darf nicht mehr spielen –« und ganz ernsthaft begann ich ihr von meiner großen Zukunft, von meinen Aufgaben und Plänen zu erzählen, log mich in all das so hinein, daß ich es beinahe selbst glaubte.

Damals wollte ich mit Gewalt Dichter werden. Was man dazu brauchte, war mir unklar. Ich stellte es mir nur so hübsch vor, angebetet, verhimmelt zu werden –, daß vielleicht dazu außer Gefühl noch Begabung notwendig, sah ich nicht ein.

Ich wurde Dichter! Ich wurde berühmt, ich wurde reich – und damit basta!

Dieses alles sprach ich mit einem solchen Eifer, ich schauspielerte so ausgezeichnet, daß Lies mir ganz andächtig mit offenem Munde zuhörte.

Zwar verstand sie wohl kein Wort von dem, was ich ihr verkündete, aber sie schien unbestimmt herauszufühlen, daß es etwas Großes und Erhabenes sei, bei dem man ernst sein müsse und nicht lachen dürfe, so putzig es einem auch vorkäme.

»Und wenn Du nun einmal Schriftsetzer –«

»Schriftsteller! Schriftsteller!« unterbrach ich sie empört.

»– bist, dann heiratest Du mich.«

»Nein!« – »*Nein?*«

»Sieh mal, Lies, ein Schriftsteller darf nicht heiraten; denn sowie er für Frau und Kind zu sorgen hat, dann ist es auch mit ihm aus.«

»Na, dann werde doch nicht Schriftsetzer.«

»Schrift*steller*!!« rief ich empört.

Wie kam das Mädchen nur wieder hierauf? Ah! Unwillkürlich fragte ich.

Sag' mal, Lies, wie geht's denn bei Dir zu Haus?

»Nun, Lies, sprich doch.«

»Ich möchte fort«, sagte sie ganz leise und schmiegte sich an mich.

»Aber Lies, wo willst Du denn hin?«

»Fort! – Denkst Du, das gefällt mir, mich den ganzen Tag schlagen und schimpfen lassen? Vater und Mutter die stehen auch wie Hund und Katze, immer Zank, immer Schlägerei. Entweder is Vater besoffen, oder die Mutter schickt mir fort – weil sie Besuch bekommt.« – Die letzten Worte brachte sie ganz leise hervor. »Und dann ist es so dreckig bei uns Kellerwürmern. Ne – weeßt De – ich möchte fort!«

»Aber Lies, denk' bloß 'mal, wo willst Du denn hin?«

»Das weiß ich nicht!« – Wir wollen zusammen fortlaufen, Georg!

»Sieh doch 'mal, Lies, jetzt kommst Du doch ins Geschäft –«

»Ich möchte aber doch fort!«

»Aber das ist doch ein Unsinn, Lies!« polterte ich los. »Wie stellst Du Dir denn das eigentlich vor?«

Sie blickte mich eigentümlich von der Seite an.

»Siehst Du, daran hab ich noch gar nicht gedacht, brauch ich auch nicht, will ich auch nicht! Es giebt ja so viele, von denen es kein Mensch weiß, wo sie es herhaben.«

Ich verstand nicht, wie sie es meinte.

»Du mußt einmal sehen«, »Deine Lebensaufgabe,

so zu sagen, Deine Mission voll und ganz zu erfüllen, mit den Interessen der Zeit mitgehen. Das Jahrhundert, in dem wir leben, erfordert es!«

Diese schönen Worte wären ja sehr angebracht gewesen, wenn wir sie nur verstanden hätten.

Statt jeder Antwort faßte Lies plötzlich meinen Kopf mit beiden Händen, so stark, daß sie mir die Ohren mit aller Gewalt preßte und begann, ganz grundlos mich abzuküssen.

Ich war im ersten Augenblick so erschrocken, daß ich sie beinahe mit den Füßen gestoßen hätte. Dann ließ ich es aber über mich, wie etwas Unangenehmes, doch Unabwendbares, ergehen.

Und sie wollte gar nicht aufhören. Immer und immer wieder bedeckte sie mein Gesicht mit Küssen, preßte ihren Mund auf den meinen, daß mir fast der Atem verging und biß mich endlich derart in die Oberlippe, daß ich laut aufschrie. Da erst ließ sie mich los und warf sich atemlos gegen die Banklehne zurück.

Um ihre Mundwinkel spielte ein lebensfrohes Lachen, ihre Augen leuchteten, als ob sie trunken wäre; mir war brühheiß, in mir kochte es. Ich preßte die Zähne aufeinander. Ein neues, mir vollends unerklärliches Gefühl überkam mich.

Da sprang ich auf, als ob ich etwas Böses getan hätte.

»Ich muß nach Hause, Lies!«

»Jetzt schon?«

»Ja, Papa wartet – « das war eine Lüge.

»Hast Du für mich gar keine Zeit mehr?«

Sie hatte den Kopf nach vorn geneigt, während die Augen groß und bittend geradeaus sahen.

»Heut nicht, Lies.« Das war wieder eine Lüge, eine Notlüge; denn ich fürchtete mich plötzlich vor mir selber.

»Ich will aber, Du sollst bei mir bleiben!« und sie stampfte mit dem Fußte – »ich – ich – hab' Dich lieb – so lieb – « und wieder wollte sie meinen Kopf zwischen die Hände nehmen, aber ich riß mich los.

»Nein, nein, Lies, ich muß nach Haus, ich darf nicht länger bleiben!«

»Bleib' doch noch bei mir!« und sie drückte sich schmeichelnd an mich.

»Aber Kind, es geht doch nicht!«

»Wenn ich jetzt ins Geschäft komme, sehe ich Dich gar nicht mehr!«

»Wir werden uns schon öfter sehen, Lies, aber ich *muß* jetzt nach Haus!«

Ich war kaum noch Herr meiner selbst; so erregt war ich noch nie gewesen. Beim Reden würgte es mir im Hals und hämmerte mir in den Schläfen. Vor den Augen schwirrten mir eine Unzahl schwarzer Punkte, welche wie Mücken auf und nieder tanzten.

»Adieu Lies!«

Und ohne ihr die Hand zu geben, lief ich davon, so schnell mich meine Füße tragen konnten.

Als ich endlich daheim ankam, traf ich Mutter allein zu Haus. Die kleine, dicke Frau, saß mit einem Buch ganz betrübt am Tisch, sah sehr eifrig hinein als ich kam, bemerkte aber nicht, daß sie es verkehrt herum genommen hatte; sie blinzelte mit den vom Weinen geröteten Schlitzäugelchen und wischte sich ganz heimlich die Tränen, indem sie tat, als ob sie sich mit der Hand über die Stirn fuhr.

Was mußte da vorgefallen sein, daß Mutter weinte?

Ich wagte nicht, sie zu fragen, hoffte aber im stillen auch ohne Fragen den Grund ihrer Tränen zu erfahren.

Ich nahm mir ein Buch und setzte mich zu ihr. Ich merke wie Mutter mehrere Male zu reden beginnen wollte, sich aber stets schnell wieder beherrschte, mit den Mundwinkeln zuckte und schwieg.

Wohl erst nach einer Viertelstunde begann sie mit gepreßter Stimme.

»Georg?«

»Ja?«

»Kennst Du Onkel Karl?«

»Ja, natürlich!«

»Der will sich wieder verheiraten.«

»So?«

»Er hat sich schon verlobt.«

»Mit wem?«

Mutter wurde rot und schwieg.

»Kenne ich sie?«

»Ach weißt Du, sie hat gar keinen guten Ruf, und das ist nicht recht von ihm, daß er sie heiratet, wo Agnes erst so kurze Zeit tot ist, und überhaupt ist sie – soll sie – na, sie hat eben keinen guten Ruf. – Sie war früher Schauspielerin, hat es aber dann aufgegeben, siehst Du – «

Mutter begann zu weinen.

»Und solch hergelaufenes – Weib – will mein Bruder – heiraten!«

»Und was sagt denn Ewald?«

»Ach, der arme Junge! Ganz krank ist er vor Ärger und Gram, und Szenen hat es da gegeben, *Szenen!* Beinahe geschlagen hätten sie sich, so sind sie aneinandergeraten. Vater und Sohn geschlagen! Ewald hat immer fort geschrieen, ›meine arme Mutter, meine arme Mutter!‹ Und wenn die kommt, die, die speie ich an!«

»Ist sie denn hübsch?«

»Ja hübsch ist sie – sehr schön – aber weiter auch nichts«, brach Mutter ärgerlich ab.

»Was muß sie denn sonst noch sein?«

»Das verstehst Du doch nicht, Du Guckindiewelt!«

Ich verstände das nicht? Ich war empört! Es hätte nicht viel gefehlt, und ich hätte ihr die ganze Geschichte von vorhin erzählt.

»Brav muß sie sein und gut, so wie Tante Agnes war, ihren Mann sehr lieb haben muß sie, weißt Du – sehr lieb haben – und sich um niemand sonst auf der Welt kümmern. Es giebt nämlich auch Frauen, die außer ihrem Mann noch einen andern lieb haben«, setzte Mutter zaghaft hinzu, als ob sie fürchtete zuviel gesagt zu haben.

Ich erschrak! – Wenn sie auch noch einen andern außer mir lieb haben könnte!

Da hörte ich draußen ein Rascheln und dann den bekannten Schritt, Tapp – Taapp – Tapp – Taapp! Der arme Vater zog von seinem Schlaganfall immer noch den rechten Fuß nach.

Ich lief heraus, um ihm den Mantel abzunehmen.

Vater kam herein. Er schien unwirsch, denn er begrüßte uns nicht einmal.

Mutter sah ihn ängstlich von der Seite an, bemühte sich, etwas Gleichgültiges zu sagen, sogar zu lächeln, ohne aber dabei ihn auch nur eine Sekunde aus den Augen zu lassen.

»Nun, wie stehts?«

»Voraussichtlich morgen wird es fertig!« und sein Gesicht begann sich zu beleben.

Wir kannten dieses »morgen« nur zu gut, aber dennoch schien Mutter plötzlich auch froher zu werden. Wozu sollte sie auch einem armen, kranken Menschen Hoffnungen rauben.

»Weißt du von Karl?«

»Ja, es ist Stadtklatsch!« und Vaters Worte klangen gehässig, es lag eine Befriedigung darin, wie er sagte. »Das war auch die ärgste Dummheit, die er begehen konnte. Anstatt das in aller Stille abzumachen, da noch großartig Anzeigen schicken, wo man ihn und sie zusammen hier Jahrzehnte lang kennt!«

»Georg, geh' raus!«

»In der nächsten Woche will er ja Hochzeit machen«, hörte ich noch im Hinausgehen.

Ich ging in mein Zimmer. Es war dunkel darin. Das Fenster stand weit offen, und trotzdem mich fröstelte, lehnte ich mich doch hinaus und sah stumpf und zwecklos auf die nassen, glitzernden Pflastersteine des Hofes. Hinten stampfte die nimmermüde Fabrik, und ihr Schornstein stieß ruckweise weißen Dampf in die Nacht, der sich schwer und schnell lenkte, um sich dann mühsam und langsam wieder zu erheben.

Ganz unten im Keller zankte man sich wieder. Der Streit wurde heut leiser geführt, nur manchmal wurde ein besonders vollgewichtiges Schimpfwort mit aller Lungenkraft hervorgeschrieen, so daß es die Wände gellend zurückwarfen. Aus den Küchen tönte Plaudern und Lachen der Dienstboten. Im Zimmer unter mir hörte ich Eugens taktmäßige Schritte. Er ging gleichmäßig, alle fünf Schritte wendend, man hörte es am Klang, auf und nieder und schien laut seine Aufgaben zu memorieren. Ja, ja, seine Mutter hatte auch gesagt, er sollte fleißig sein.

Was mochte er denn nur arbeiten? Ich horchte auf, ob es mir möglich wäre etwas zu verstehen. – –

»Wir haben uns zur Aufgabe gestellt – von Vorurteilen – zu befreien – – – Wissen was ein Vorurteil ist – der gebildete Republikaner – die Könige – als Herrscher, als Tyrannen – der Ungebildete – den Haß eines jeglichen Fürsten – – – und deshalb die Monarchen als Gesamtheit – – einzelne zu achten – zu verehren, ja sogar zu – – – Ungebildete – blinden Eifer – – weiß eben nicht – Vertreter einer schlechten Sache – nicht immer schlechte Menschen – – – – Gebildete – Urteil – Ungebildete – Vorurteil – zu Felde ziehen – Meinungen gebilligt werden – aufgeklärten Zeit – prachtvoll! – Überhaupt keinen Verein zu gründen – geistigen Wert – verachtet, verkannt – ausgestoßen, wie ein unreines Tier. – – – – – – – Freidenker – räudiges Schaf – – – denkende Menschen seid, oder wenigstens sein wollt – – – – «

Ärgerlich warf ich das Fenster zu und ging zu Bett, trotzdem es noch nicht acht Uhr war. Im Dunkeln aber spitzte ich die Lippen und breitete sehnsüchtig die Arme aus, als ob ich jemand umfangen wollte.

Lies sah ich die nächsten Tage nicht, obgleich ich wie ein Fuchs um ihren Bau herumschlich. Möglich auch, daß sie schon im Geschäft war.

*

Eugen berief eine außerordentliche Versammlung des Vereins der Geistesbrüder, hielt jenen denkwürdigen Vortrag über Vorurteile und Rassenhaß und beantragte eine Vereinskasse zu gründen, welche die Mittel zu gemeinsamen Landpartien bestreiten solle.

Albert war für diesen Antrag. Er sagte, daß Geistesbrüder, unbedingt so zu sagen Landpartieen machen müßten.

Walter meinte, daß erstens Landpartieen nicht notwendig, und zweitens er auch wohl gar nicht hierzu von seiner Mama die Erlaubnis bekommen würde. Es passiere jetzt soviel, und man lese soviel in den Zeitungen, daß einem ordentlich angst und bange werden könne.

Ich sagte, daß es mir allein draußen am besten gefiele, und da entgegnete Eugen, daß ich wohl ein Ketzer, aber kein Geistesbruder wäre. Es schien ihm überhaupt, als ob ich nicht mit voller Überzeugung dabei wäre.

Ich schwieg, um nicht beleidigend zu werden, ging aber bald fort.

Als ich die Treppe heraufkam, hörte ich die Stimme meiner Mutter.

»Ja, ja, ich komme, sofort, sofort. Ach Gott!« und dann eilte ein Mädchen an mir vorüber.

Die kenne ich doch? Die habe ich doch einmal gesehen? Ach ja – in jener Nacht bei dem Aristokraten! »Georg, setze Dir die Mütze auf und komm mit!«

Bis zu einem Mantel für mich hatten wir es immer noch nicht gebracht. Ich war schon abgerichtet, allen, die es wissen wollten, zu sagen, ich hätte einen Mantel, es sei mir aber noch zu warm, um ihn anzuziehen.

»Denk Dir«, begann Mutter, als wir auf der Straße waren, »Ewald ist ertrunken!«

»Ertrunken?!«

»Ja. – Er hatte doch ein eigenes Boot – und – heute – früh – haben Schiffer seine Leiche – ins Haus gebracht. – Sein Boot hat man noch nicht gefunden.«

»Mutter! dann hat er sich ertränkt; sicher hat er sich ertränkt; denn er war doch Schwimmer.«

Mutter schwieg betroffen.

Wir gingen wohl zehn Minuten still neben einander her. Jeder hing seinen eigenen Gedanken nach. Der Vorfall begann meine Begriffe über Recht und Unrecht zu verwirren. Ich versuchte, mir darüber klar zu werden, ob Ewald richtig gehandelt hätte oder nicht, konnte aber zu keinem Schluß kommen.

Ich weiß nicht, wie es kam, ich erblickte nur stets das eine vor mir. Diesen jungen Menschen in dem braunen Anzug, in dem ich ihn das letzte Mal gesehen hatte, grad wie damals, auf dem Polsterstuhl liegend, nur daß der Kopf herabhing und aus den Haaren Wasser troff. Ich schloß die Augen, um dem Bild zu entgehen, aber da sah ich es nur noch viel deutlicher vor mir, sah das ganze Zimmer, jeden Vorhang, jedes Stück Möbel, jede Figur auf dem Schreibtisch, und in der Mitte des Zimmers auf dem Polsterstuhl lag dieser junge Mensch, nur daß der Kopf herabhing und aus den Haaren Wasser troff. Es erfaßte mich eine grenzenlose Angst. Das zweite Mal, daß ich mir »Majestät Tod« vorstellte und dieses Mal grausenvoll!

Mich fröstelte.

Mutter hingegen schien zu schwitzen, wenigstens

fuhr sie sich jede Minute mit dem Taschentuch über die Stirn, und dann ganz heimlich über die Augen.

Trotzdem ich selten in das Innere der Stadt hineinkam, schenkte ich doch heute seinem abwechslungsvollen geschäftigen Treiben keine Aufmerksamkeit; denn ich sah nichts vor mir, als nur dieses eine schreckliche Bild.

Als wir endlich ankamen, überraschte mich die Totenstille, die in Haus und Wohnung herrschte. Obgleich einer dem andern die Tür in die Hand gab, schien doch kein Laut der Straße heraufzudringen.

Der Aristokrat war wieder tief betrübt, aber würdevoll, und wirklich, ich glaube, er hätte sogar geschwankt, wenn er sich nicht zeitweise auf den Arm seiner Frau gestützt hätte, und sicher hätte er geweint, wenn er ihr nicht manchmal einen traurigen, aber verliebten Blick zugeworfen hätte.

Keiner der Anwesenden wagte, auch nur mit einem Wort, auf den wahren Sachverhalt anzuspielen.

Ja! der Sport! Der leidige Sport! Wieviel tausend junger, hoffnungsvoller Menschenleben fallen ihm zum Opfer!

Die neugebackene Frau des Aristokraten benahm sich mit großer Gewandtheit, mit einem scheinbar angeborenen Schliff. Sie hatte sich sofort vollkommen schwarz angezogen, weil es ihr gut stand, und ihre hohe Gestalt in Schwarz sich noch zu vergrößern schien. Die Züge ihres Gesichts waren weich und ebenmäßig. Ein scharfer Beobachter hätte freilich einen Zug von Teilnahmlosigkeit und Kälte entdecken können, jedoch entsprang dieser durchaus nicht einem niedrigen Charakter, sondern einfach mangelnder geistiger Begabung und Unbildung des Herzens. Sie gab sich liebenswürdig und freundlich, war aber nicht offen. So strich sie mir mütterlich über die Haare, als ich den Kopf einen Augenblick in den Polsterstuhl zurückgelehnt hatte und sagte:

»Ja, ja, mein Sohn, der arme Ewald!«

»Ich nehme niemals Pomade!«

Sie wurde rot und erwiderte: »Verzeih', aber die Möbel sind erst neu bezogen worden.«

Bald kam mein Vater. Er reichte dem Aristokraten die Hand, ohne seine junge Frau zu beachten.

Vor einem Jahr hatte ich Vater genau an derselben Stelle gesehen. Damals ein Bild wilder überschüssiger Lebenskraft und heute, ich mochte es nicht glauben, daß es derselbe war. Wie doch Krankheit einen Menschen herunterbringen kann! Wie sie ihm alles nehmen kann, Stück für Stück, den Lebensmut, die Beweglichkeit, die Tatkraft, die Gedanken, den Glanz der Augen! Die wenigen Haare waren inzwischen fast weiß geworden, eine leichte Zerrung der Gesichtsmuskeln war zurückgeblieben. Er ging gebeugt, schleifte den rechten Fuß nach und ließ den Kopf vornüber hängen.

Ich verargte es meinem Vater, daß er dem Aristokraten die Hand reichte. Ich bedachte nicht, daß er es vor einem Jahre nicht getan hätte, daß aber jetzt ein anderer dort stände, ein gebrochener Mensch mit dem Todeskeim in sich, der in Ruhe sterben will und keine Lust verspürt, sich mit der Welt zu überwerfen. Was hat man davon? Wer dankt es einem? Tut man nicht wahrlich besser, wenn man klein beigibt?

Aber unbedingt machte der Todesfall auf den Aristokraten einen tieferen Eindruck; denn seine göttliche Vornehmheit und feierliche Erhabenheit waren dadurch etwas brüchig geworden. Er war nicht mehr jung, konnte das Leben nicht mehr so auskosten wie zu Zeiten seiner ersten Frau, und da das Verbotene jetzt für ihn das Erlaubte war, so war damit auch der Reiz verschwunden. Jetzt, wo er in beschaulicher Ruhe den Rest seines Lebens verbringen wollte, mußte sein Sohn ihm solche Streiche machen! Seine Stimmung wurde von Tag zu Tag gedrückter, nichts fand mehr seinen Beifall, alle Genüsse kamen ihm fad und ledern vor. Die Nächte schlief er schlecht, ja er ging sogar schon an, sich Gedanken zu machen, über so manches, was vielleicht doch nicht so ganz in der Ordnung gewesen wäre. Der Arzt meinte, daß das beste für ihn eine Luftveränderung sei. Er müßte aus diesem ganzen Kreis heraus, wo ihm jedes Stück Möbel eine lebendige Erinnerung – er meinte Vorwurf – wäre. Und da der Aristokrat seiner jungen Frau so wie so eine Hochzeitsreise versprochen hatte, – fuhr er bald darauf mit ihr und seiner Tochter fort, – an die Riviera.

*

– – Es ging uns von Tag zu Tag trauriger. Mutter und die Schwestern fingen an, sich um Arbeit in Geschäften umzusehen; sie machten so allerhand zwecklose Spielereien. Frieda und Grethe gaben noch außerdem Stunden. Aber das schaffte wenig. Man versuchte sich in allem auf das äußerste zu beschränken, aber da war nicht mehr viel zu beschränken!

Mutter erweiterte womöglich noch ihre französischen Kenntnisse und übte sich in Taschenspielerkunststücken. Über diese Schwierigkeiten verstanden wir uns hinwegzusetzen, uns griff die Hungerkur ja wenig an, desto mehr aber meinen Vater, dessen kranker Körper damals so der guten Pflege bedurft hätte.

* *
*

Der Verein der »Geistesbrüder« blühte und gedieh inzwischen; oder bestimmter gesagt, schoß ins Kraut, trieb merkwürdige Zweige, Äste und Schößlinge, denen man kaum mehr ansah, daß sie zum Stamme gehörten.

Für's erste veranstaltete Eugen zur gegenseitigen Bildung und Aufklärung Leseabende, sprang uns mit Kant, Schopenhauer und Hegel ins Gesicht und hielt zu seiner Übung eine längere Rede über die Abstraktion relativer Begriffe, die ihm und uns allen gleich klar war. Albert nickte verständnisinnig; Walter meinte, er hätte zwar eine Geschichte der Philosophie gelesen, doch sich nicht derart in die Wissenschaft selbst vertieft, um hierauf entgegnen zu können. Ich sagte ganz brutal, man solle nicht solche Phrasen abwikkeln, dadurch brächte man der »jammernden Allgemeinheit« keinen Nutzen, man soll mit der Tat sie glücklich machen und nicht mit Worten, und ich war der festen Meinung, daß diese Entgegnung mit der Abstraktion relativer Begriffe in engstem Zusammenhang stünde.

Dann setzte uns Eugen einleuchtend auseinander, daß zur Schärfung und Stärkung unserer Geisteskräfte wir unbedingt Skat spielen müßten; ähnliche Spiele wären schon den alten Griechen und Römern bekannt gewesen, und von Cäsar und Alcibiades wisse er bestimmt, daß sie denselben mit großem Eifer ergeben waren.

Walter opponierte: er wagte es zu bezweifeln, man sollte ihm dafür Belege bringen; weder im Cäsar, Xenophon noch Herodot gäbe es irgend eine Stelle, welche in der Weise ausgelegt werden könne.

Außerdem setzte uns Eugen in einer glühenden Ansprache die Vorteile auseinander, die dem Verein daraus erwüchsen, wenn er neue Mitglieder, junge Kräfte, die von Lust und Liebe zur guten Sache entflammt wären, anwürbe. Ja, junge Kräfte, denn daß wir alle schon »senil« wären, läge außerhalb jedes Zweifels. Jedoch würde hierbei der Name »Geistesbrüder« störend wirken, man würde unwillkürlich an Freimaurer und andere »niederträchtige« Verbindungen denken. Man müßte also unbedingt den Verein umtaufen, und zwar hätte er durch Übersetzung des Sinnes in das Lateinische für den Verein den Namen »Novania« gewonnen. Durch welchen chemischen Hergang er aber dieses herrliche Wort erhalten, verschwieg er uns.

Albert stimmte ihm sofort bei: »Jawoll, Novania is ein feiner Name! Und wat ick schon immer sagen wollte, Jeistesbrieder hat mir überhaupt nich jepaßt, det hat son janz jefährlichen verschwörerischen Beijeschmack jehabt.«

Walter opponierte wiederum. Er wollte eine Erklärung des Wortes Novania haben, vom Stamme »nov« könnte man ein derartiges Wort unmöglich bilden; das wäre Mönchslatein, und es wäre für ihn ein Jammer mit anzusehen, wie in dem Worte Novania die herrliche Sprache »verhonakelt« würde.

Eugen erwiderte, daß Novania ihm ein sehr »sympathisches Wort« von »intimem Reiz« wäre.

Ich sagte, ich hätte an dem Namen nichts auszusetzen, im Gegenteil, er hätte in seiner Unverständlichkeit so etwas angenehm Rätselvolles, man wisse nicht gleich, was man mit ihm anfangen solle.

Hierauf geriet Eugen in Zorn: und was das hieße; ich schiene mich über ihn und seine Bestrebungen lustig zu machen; und dazu wäre ich am allerwenigsten befugt. Ja, er zitierte sogar die Bibel wider mich: »Wohl denen, die nicht sitzen in den Reihen der Spötter!«

Ich antwortete, daß ich dem Verein der »Geistesbrüder« gern meine freie Zeit widmen würde, für die Novania aber nichts übrig habe.

Da legten sich Walter und Albert ins Mittel. Ich solle nicht streiten. Die guten Bestrebungen des Vereins würden dieselben bleiben, ganz gleich, unter welcher Flagge er segele.

Ich erwiderte, es wäre auch nicht meine Absicht gewesen, zu streiten, ich fühle mich aber durch derartiges beleidigt, und wie man in den Wald hineinschreie, so schalle es wieder heraus.

Eugen versetzte nun, daß ich all das überhaupt verspotte, was ihm und der Menschheit heilig und daß ich keiner wahren Begeisterung fähig wäre.

Nein, ich könnte mich für seine Kindereien auch gar nicht begeistern, und ihm läge nur daran, hier die erste Violine zu spielen.

»Und ich kann nur sagen, daß ich einen Menschen

verachten muß, der mir kleinliche persönliche Interessen unterzulegen wagt, wo mich doch nur die großen Fragen der Zeit erfüllen!«

So gab ein Wort das andere, und zum Schluß dieser Unterhaltung geriet ein großer Gegenstand in Bewegung. Ein Stuhl flog Eugen zwei Finger breit überm Kopf weg. –

Der Verein »Novania« aber blühte und gedieh unter Eugens selbstloser Leitung auch ohne mich; oder vielmehr, er wucherte üppig, trieb noch merkwürdigere Äste, Zweige und Schößlinge, denen man überhaupt nicht mehr ansah, daß sie zum Stamme gehörten.

*

Meine und Eugens Freundschaft hatte einen Sprung bekommen und der war nimmer zu nieten, hingegen schloß ich mich jetzt mehr denn je an Walter an. Ich gewann den blassen Jungen, dieses verzärtelte Muttersöhnchen, lieb, ja ich beneidete ihn sogar um seinen naiven Geist, seinen komischen Eifer, mit dem er an alles heranging und hauptsächlich um sein wunderbares Gedächtnis. Und wie grenzenlos unerfahren und unbehilflich war er doch wieder in all den Dingen, die das Leben betrafen! Er war ein Träumer. Er lebte nur seinen Büchern, sah nichts und hörte nichts von all dem, was um ihn draußen in der Welt vorging. Er verkroch sich in sich selbst und verkapselte den Ausgang, wie eine Schnecke zur Winterszeit; und doch fühlte er so eine heiße Sehnsucht nach dem Leben und seinen Freuden. Er kam wenig oder gar nicht heraus ins Freie, hatte auch für die Schönheiten in der Natur kein Verständnis, er saß nur hinter seinen

Schmökern und Schwarten, studierte und verfertigte bändestarke Auszüge.

Selbstverständlich war er in der Schule stets der Beste, nur nicht im Turnen, da war er der Schwächlichsten und Ängstlichsten einer, ja, er mußte es sogar ganz aufgeben, da er kränkelte. Seine Mutter behütete ihn wie ihren Augapfel, wickelte ihm die dicksten wollenen Tücher um den Hals, kaufte ihm Pelzmützen von der Größe eines mäßigen Wagenrades und hätte, um ihn zu kräftigen, ihn am liebsten in Kakao gebadet, denn so oft ich bei ihm war, kam sie mit einer Tasse voll diesen Getränkes angelaufen.

Ich, der sonst so selten eine Neigung für jemand empfand, war beinahe verliebt in ihn. Stundenlang konnte ich bei ihm sitzen und seinen Reden zuhören, trotzdem ich blutwenig von ihnen verstand. Tagelang sprach er über die griechischen Philosophen, las mir oft zwanzig, dreißig Seiten aus Büchern vor und ging dann das gelesene ausführlich mit mir durch. Und ich saß dabei, freute mich über den angenehmen Klang seiner Stimme, über die Schärfe seiner Logik, über die Gewandtheit und Farbigkeit seiner Sprache, ohne mir auch nur die Mühe zu nehmen, seinem Gedankengang zu folgen. – – – – – – – –

Albert war und blieb derselbe. Er war ein wandernder Stadtplan, verfolgte mit Interesse die Fortschritte des Asphaltpflasters, sammelte Polizeiberichte und führte Brandstatistiken, das heißt, er wäre völlig ungenießbar gewesen, wenn nicht sein angeborner gutmütiger Humor und eine scharfe Nachahmungsgabe des Charakteristisch-komischen am Menschen ihn zu einem lustigen Gesellschafter gemacht hätte, über den man sich manchmal vor Lachen ausschütten konnte. Seine geistigen Interessen waren gleich Null. Er lebte in den Tag hinein, dachte in seinem behäbigen Pflegma an gar nichts und war stets glücklich und vergnügt. Ohne eigenes Urteil wollte er sich doch gern den Anschein geben, als verstände er irgend etwas und redete sinnlos und blindlings jeglichen Unsinn nach. Seine Fahne, auf die er geschworen hatte, hieß Eugen.

* *
*

Ich habe noch zu erzählen, daß die Tochter des Aristokraten sich mit dem Besitzer einer Maschinenfabrik verheiratete. Man hielt ihn allgemein für sehr reich. Er hatte bisher ein sehr leichtsinniges Leben geführt und es waren infolgedessen alle Anzeichen vorhanden, daß er ein ausgezeichneter braver Ehemann würde. Sie war genau das Ebenbild ihrer Mutter, gutmütig, liebevoll und häßlich. Wirklich, sie lebten gut zusammen, denn nur böse Menschen können behaupten, daß er vollkommen nüchtern war, als er ihr einmal mit der Reitpeitsche aufwartete. Ihre Kinder waren vom Tage der Geburt an die wahrhaftigen und unverfälschten Wunderkinder. Ja, so etwas Süßes, Niedliches und Kluges war nicht noch einmal auf dem Erdenrund zu finden.

* *
*

Ferner habe ich noch zu bemerken, daß man an einem Wintermorgen den Steinträger Weise erfroren in einem Neubau auffand. Er mochte wohl trunken dorthin geraten und eingeschlafen sein. Seine Frau war herzlich froh; wenigstens empfing sie auch jetzt bei Tagzeiten Besuch.

»Jotte doch, das war ja ein Freund von ihrem Schwager, wer konnte auch da etwas Böses denken!«

Auch Lies versuchte sich mit Gleichmut hierüber hinwegzusetzen. Sie war jetzt bald sechszehn Jahr, und trotz ihrer schlanken Figur körperlich wunderbar entwickelt. Sie war wenig daheim, begann Tanzböden zu besuchen und Herrenbekanntschaften zu machen. Mit ihrer Mutter lebte sie in stetem Unfrieden, und es war ihr gleich, daß diese sie mit den gemeinsten Schimpfworten belegte. Sie täte ja nichts Unerlaubtes; warum sollte sie denn immer zu Haus hocken, es wäre ja so hübsch und lustig draußen; und wenn vielleicht ein Herr zu ihr frech würde, dann wisse sie ihm schon zu begegnen.

– –

– – – – Kinder werden Leute. – – – – – – – – – – – – – –

– –

Mutter begann schon Pläne für meine Zukunft zu schmieden. Studieren könnte ich nicht, das wäre klar: denn ich müßte frühzeitig etwas verdienen. Ich müßte ein reicher Mann werden und da bliebe doch nichts anderes wie Kaufmann übrig. Sie erzählte mir von leuchtenden Beispielen, die mit wundgelaufenen Füßen und zwölf guten Groschen hier angefangen, und es – meist durch Lug, Betrug und Leuteschinden – bis zu Millionären und Kommerzienräten gebracht hätten. Sie sagte mir täglich, daß Geld, sobald man es besäße, der Gipfel der irdischen Glückseligkeit, ja beinahe der himmlischen gleichzustellen wäre; daß alle

Klugheit ohne Geld doch nur Dummheit wäre. Daß man aber fleißig, tüchtig und »solide«, – »besonders solide« sein müßte, um es zu erwerben. Ich sollte jetzt für's erste danach streben, zu Michaeli mein Klassenziel zu erreichen, dann wäre mein Bildungsgang beendet, und ich ginge aus der einen Schule in die andere – des Lebens – über. Sie würde den Aristokraten – auch ihn wies sie mir als strahlendes Vorbild – bitten, mir eine Stelle zu verschaffen. Mit Hilfe seines Ansehens und seiner Empfehlung würde ich sicherlich in einem »der ersten hiesigen Häuser« ankommen.

*

Mit Vaters Gesundheit, die sich lange auf gleicher Höhe gehalten hatte, ging es plötzlich rapide bergab. Das Gehen fiel ihm schwer, und bald konnte er nicht mehr das Zimmer verlassen. Den ganzen Tag saß er nun am Fenster, rauchte und schaute hinaus. Lesen strengte ihn an, und auch wenn man ihm etwas vorlas, war es ihm nicht angenehm. Er wurde anteillos, seine geistigen Kräfte waren wohl etwas umnachtet, aber sie verließen ihn doch nie gänzlich. Er war ruhig und freundlich, fast zärtlich, bedankte sich liebevoll für jede Handreichung; mir ist es, als verspüre ich wie eine Liebkosung immer noch den Druck seines Armes, so oft er meinen Hals umklammerte, wenn ich ihn mit dem Stuhl auf dem er saß, vom Fenster an den Tisch oder sogar bis in sein Schlafzimmer trug. Nur manchmal loderte es noch in ihm auf, wie alte Kraft und alter Zorn, aber dann, wenn er die mageren Hände zu Fäusten ballte und ohnmächtig die kraftlosen Arme emporstreckte, dann sah man erst, wie entsetzlich schwach und kindisch willenlos er geworden war. Er klagte viel, daß es uns schlecht ginge, und daß er nun doch nicht mehr wie früher verdienen könnte.

Mutter hatte glücklicherweise von einer alten Dame unerwartet ein paar tausend Taler geerbt, sonst hätten wir den Kranken gar nicht pflegen können. Trotzdem er selbst sah, daß es von Tag zu Tag schlechter mit ihm würde, und er sich vollkommen über seinen Zustand klar war, redete er doch nie davon, daß er sterben müsse, nur einmal sagte er ganz traurig, als ihm Mutter Wein brachte: »Laß doch Annchen, es hat keinen Zweck, bei mir schlägt doch nichts mehr an!«

* *
*

Ein Abend Ende Mai: die Luft dringt wie schmeichelnd durch das geöffnete Fenster, als ob sie sagen wollte, komm hinaus, komm hinaus! Der Himmel ist weißblau und alles ist von Wärme und Feuchtigkeit – es hat am Nachmittag ein wenig geregnet – gesättigt. Es ist, als sähe man das Wachsen der Pflanzen. Drüben in dem großen Garten trillert und gluckst schon eine frühe Nachtigall.

Solange hatte ich hinter meinem Herodot und Homer gehockt, da plötzlich hielt es mich nicht mehr. Ich mußte fort, in die frische Luft. Ich fühlte so einen unbestimmten Drang nach Alleinsein, eine eigentümliche Unruhe; ich hatte eine Vorahnung, als ob sich heute noch etwas ganz Besonderes ereignen würde, ereignen müsse. Planlos irrte ich durch die schon menschenleeren Straßen. Planlos, und doch war es, als ob eine unsichtbare Macht mich triebe. Planlos, oder in zuversichtlicher Erwartung dessen, was sich unbedingt ereignen müsse. Doch es geschah nichts, durchaus nichts. Meine Freudigkeit schwand und eine nervöse Mißstimmung begann sich meiner zu bemächtigen. Ich ging schneller und schneller, und es sah aus, als ob ich vor mir selbst fortliefe.

»Georg, Georg!«

Ich wandte mich um. Ein schlankes, junges Mädchen, zierlich gekleidet. Das galt doch nicht mir? Doch! Sie kommt auf mich zu.

»Lies!« Beinahe hätte ich sie nicht erkannt, so groß war sie geworden und so hübsch.

»Wie geht's Dir?« und sie streckt mir die Hand entgegen.

»Danke –, und Dir?«

»Gut, gut, Georg!« Und sie lachte hell auf.

»Wo gehst Du hin, Georg?«

»Spazieren!«

»Da kannst Du mich ein wenig begleiten.«

»Ja, gern.«

»Komm!« Sie nahm meinen Arm.

»Wie geht's Dir denn im Geschäft?«

Nun öffneten sich die Schleusen ihrer Beredsamkeit. Sie begann mir die Einzelheiten ihrer Tätigkeit herzuzählen, die Leute zu beschreiben, mit denen sie zusammenarbeitete. Nicht ohne Geschick und mit jener feinen Beobachtung, die Frauen eigen, fand sie an jedem etwas auszusetzen. Der ging über den linken Zeh und rieb sich fortwährend mit dem Handrücken die Stirn, der schielte ein wenig und sprach etwas durch die Nase: »Fräulein Waise, kommen Sie doch mal her – « alles verstand sie nachzuahmen, selbst das Stirnrunzeln ihres Prinzipals; überhaupt war sie ungemein lustig und gesprächig, sprang von einem Gegenstand zum andern über, lachte viel und sehr hell, zuckte mit den Schultern, wiegte sich in den Hüften und fuhr mit den Händen durch die Luft.

Ich sprach endlich gar nichts mehr, ich sah sie nur immerfort von der Seite an. War das Mädchen schön! Daß sie hübsch war, wußte ich, aber daß sie so schön war, so berauschend schön! Ich erinnerte mich nicht, je etwas Ähnliches gesehen zu haben. Ich hatte das Gefühl, als klängen mir Verse in den Ohren, die mit ihrem Wortschwall mich fast trunken machten.

Ich ließ sie plaudern, ohne sie zu unterbrechen. Es war mir ja auch ganz gleich, wovon sie sprach. Ich lauschte dem süßen Unsinn, als ob es Offenbarung wäre. Eigentlich hörte ich auch gar nicht mehr auf das, was sie redete, ich schwelgte nur im Klang ihrer Sprache, der mir plötzlich so wunderbar weich erschien. Ich wußte auch gar nicht mehr, wo ich mich befand, nur manchmal gewahrte ich in irgend einem Vorgarten einen gespenstig-weißblühenden Magnolienstrauch, oder sah festlich erleuchtete Fester. Dann war es mir auch, als hörte ich einmal eine Damenstimme das Schubertsche »Ständchen« singen.

Noch war Lies unbefangen, lustig, voll überschäumender Lebenskraft. Doch mit der Zeit wurde auch sie stiller, und endlich verstummte sie ganz. Sie schmiegte sich mehr und mehr beim Gehen an mich und drückte meinen Arm fest gegen ihre Seite.

Ich sprach immer noch nichts, sondern pfiff nur leise vor mich hin. Vergebens versuchte ich, eine Unruhe und Erregung, die mich ergriffen, zu unterdrücken.

Wir gehen und gehen. Die Luft so satt und schwer! So still die langen Straßenfluchten, der Himmel weißblau über uns und meergrün am Horizont. Die Sterne funkeln und blitzen, als ob sie heut frisch geputzt wären. Die blühenden Rubinien duften betäubend. In der Ferne schlägt eine Nachtigall. Schwermütig klingen ihre langgezogenen Triller herüber.

Plötzlich umfängt uns der Park. Ein farbiges Dunkel; ein Rauschen und Knistern über uns; ein Dämmern vor uns. Niemand begegnet uns mehr, niemand! Wir sind allein, ganz allein! Wir gehen und gehen, keins spricht ein Wort. Lies atmet schwer und tief, sie preßt meinen Arm, als ob sie ihn zerbrechen wollte. Indes war es so dunkel geworden, daß wir kaum noch zwei Schritte weit gehen konnten. Plötzlich stieß ich unsanft mit dem Schenkel gegen einen harten Gegenstand. Es war eine Bank, und in schweigendem Verstehen ließen wir uns auf ihr nieder.

Ich schlang meinen Arm um ihre Hüften und küßte sie. Ich spüre es noch, wie ihr glühender Atem mir entgegenschlug. Ich wollte etwas sagen, brachte aber nur ein heiseres: »Du –« hervor und dann wurde mir brühheiß, und ich begann heftig zu zittern. Auch Lies bebte am ganzen Körper, wie Espenlaub. Sie umschlang mich, küßte mich, als ob sie mich ersticken wollte.

– –

Ich kam gegen ein Uhr nachts heim.

– –

Das also war sie, die Sünde!

Ich empfand keine Reue, kein Schamgefühl vor irgend jemand auf der Welt; ich erkannte nur, daß ich mit einemmal ein anderer geworden war. Ich kam mir plötzlich ernster und gesetzter vor und doch so frei und glücklich.

Ich liebte Lies, wie sie mich liebte. Jetzt wußte ich es. Wir gehörten ganz einander, mit Leib und Seele, mit Seele und Leib.

So schlief ich ein, glücklich, ruhig und frei, wie ich lange nicht eingeschlafen war. Im Traum fühlte ich noch einmal das zuckende Wesen in meinen Armen, preßte noch einmal meine Lippen auf die ihrigen, so heiß, so gierig, als ob ich Leben von ihnen trinken wollte. – – –

»Georg, steh auf! Ich glaube, mit Papa ist's nicht gut – er atmet so eigentümlich, so schwer!«

Im Augenblick war ich aus dem Bett. Im Augenblick war ich angezogen. Es mochte fünf Uhr sein. Es war schon ganz hell.

Ich stürze in das Nebenzimmer. Mutter stand am Kopfende des Bettes und flößte Vater mit zitternden Händen etwas Wein ein. Frieda, im Nachthemd und mit bloßen Füßen, hielt ihm ein Fläschchen mit Essigäther unter die Nase. Vater atmete schwer. Die weit aufgerissenen Augen waren nach oben gerichtet, sie zeigten einen überirdischen Glanz. Ein Blick genügte mir, um zu wissen, wie es stand.

»Das ist der Tod«, rief es in mir. Ich hatte zwar noch nie einen Menschen sterben sehen, aber – »das ist der Tod!«

Ich griff nach dem Hut und jagte die Treppe hinab. Das Haus, in welchem der nächste Arzt wohnte, war noch verschlossen. Ich mußte den Pförtner herausläuten, dann oben warten.

Die Zeit kam mir endlos vor. Ich wollte mich hinsetzen. Ich konnte nicht sitzen. Ich stand auf, ging immerwährend auf dem Korridor auf und ab, sah mir die Bilder an, die dort hingen. – Ich wußte nicht, was sie darstellten. Ich wollte ihre Unterschriften lesen. Ich konnte es nicht, mir flirrte es vor den Augen. Die Sekunden schienen mir Minuten, die Minuten Stunden. Der Arzt kommt und kommt nicht. Da, endlich! Er hat sich noch nicht völlig angezogen. Ich bitte ihn, sofort zu uns zu gehen, sage die Wohnung und dann weiter, um den Hausarzt zu holen.

Jetzt ist es ungefähr sechs Uhr. Ein prächtiger Morgen. Dieser infame Frühstücksjunge! Der Bengel pfeift, als ob gar nichts in der Welt passiert wäre. Er pfeift, pfeift, pfeift! Und der Himmel, anstatt sich in trauerndes Grau zu hüllen, hat sein unverschämtestes, blendendstes Blau aufgezogen. Diese Bäume dort, die Linden, nein Kastanien sind es! Anstatt dürr und tot ihre Zweige gen Himmel zu strecken, prangen sie im frischsten, lebendigsten Grün!

Und alle die Menschen! Gefühlloses Lumpenpack! Alle sehen sie so vergnügt aus, alle! Selbst dieser Arbeiter, der auch nicht den geringsten Grund dazu hat. Der zu Haus gewiß eine ganze Pudelmütze voll hungriger, schmutziger Göhren hat, singt so seelenvergnügt, als ob ihn die Welt nichts anginge.

Endlich, endlich! Gott sei Dank, da ist es!

Er ist noch nicht auf. Kommen muß er, er muß kommen! Ich warte auf dem Hausflur. Setze mich auf die Treppe. Stehe auf. Gehe auf und ab. Setze mich wieder hin. Stehe wieder auf. Gehe hinter ans Flurfenster, drücke die Stirn gegen die Scheiben und schaue hinaus. Was sehe ich? Nichts! Ach ja! Dort hinten ist ja ein großer, schöner Garten. Wie Gold ergießt sich der Sonnenschein in das junge Laub. Eine Drossel trippelt über den sauberen Kiesweg.

Ist denn dieser Mensch noch nicht fertig mit Anziehen? Entsetzlich! Noch nicht? Noch nicht? Unterdessen kann Vater schon längst tot sein. Er ist tot. Sicherlich ist er tot. Ach, vielleicht lebt er noch! Ach, ja, vielleicht noch! Nein, er ist tot – tot.

Der Arzt.

»Ist Ihr Herr Vater tot, Georg?«

»Ich weiß nicht, – ich glaube – ich weiß nicht – ich glaube – wie ich fortging, lebte er wohl noch.«

»Daß es so schnell kommen würde, hätte ich nicht gedacht. Noch zwei bis drei Wochen, meinte ich. Aber Georg, es war ja nicht anders zu erwarten, ein fünf Jahre langes Dahinsterben!«

»Ja, wenn man das mit angesehen hat, wie es mit der Gesundheit meines Vaters bergab ging – wie, ein Stein, der einen Berg hinunterrollt, immer schneller! immer schneller!«

»Ja, Georg, so war es.«

Die Bahn mit der wir fahren können! Das Klirren der Scheiben! Das Stoßen der Schienen! Es macht mich rasend. Lies! Leben und Tod!

Ach er lebt noch! Ach ja! Dort oben steht ja das Dienstmädchen am Fenster, ganz ruhig. An ihrem Gesicht merkt man keine Veränderung.

Ach ja, er lebt sicher noch! Wie ich mich auch gleich so ängstigen konnte!

Ganz gelassen gehe ich die Treppen hinauf. Ohne daß wir läuten, öffnet sich die Tür. Mutter kommt mir entgegen.

»Dein – armer Vater – ! Du bist nicht schlecht – Georg! Werd brav – werd ein tüchtiger Kaufmann – damit die Leute einmal sagen – – – – «

Mutter konnte nicht weitersprechen. Dann ging ich zu meinem Vater. Wie ein Friedensengel lag er da! So ruhig und feierlich! Gar nicht verändert oder entstellt!

Ich küßte den Toten auf die marmorkalte Stirn, wohl weil ich den Lebenden nie geküßt hatte.

In der letzten Zeit, wo Vater schon so krank war, da hätte ich ihn oft so gern geküßt, aber ein innerer Stolz hielt mich stets davon zurück. Ich fürchtete, mich zu demütigen, zu demütigen vor meinem eigenen Vater, wenn ich ihn küßte.

Und da stand Luise, das treue Geschöpft. Da stand sie, und die Tränen rollten ihr unaufhörlich die Wangen hinab. Die Hände zum Beten gefaltet, blickte sie starr auf die Leiche.

Vor kurzem hatten noch Vater zu Mutter gesagt:

»Du Annchen, der Tag, an dem Luise bei uns ist, der ist für mich ein Glückstag.« Und ein Glückstag war es für ihn geworden.

Worte sind unzureichend. Tränen und Trauer mag und kann ich nicht beschreiben. – – – – – – – – – – – –

»Georg!«

»Ja, mein armes Kind! Ach Gott, was soll ich denn?«

»An Onkel Martin haben wir schon geschrieben, sonst an niemand. Du kannst zu verschiedenen Verwandten gehen und es sagen. Zu Tante Röschen und zu Tante Else.«

*

Ein köstlicher Tag. Nicht zu heiß, und der Himmel so klar, so blau, so wunderbar blau. Diese entsetzliche Ironie der Gottheit!

Mein armer Vater! Was hätte er vom Leben haben können? Was hat er gehabt? Unglück! Not! Sorgen! Schulden! – Sorgen, furchtbare Sorgen bei Tag und Nacht! Aufregung! – Hoffen und Bangen! – Sorgen, Sorgen, was könnt ihr aus einem Menschen machen? –

Hei! Was war das für eine kraftvolle, kernige Gestalt gewesen! Dieser Imperatorenkopf mit der riesigen Stirn! Und nun, – kaum sechzig – wie ein Achtzigjähriger! Abgemagert, gebückt, gebrochen!

Was hat er denn von seinem Leben gehabt? Nichts! Nichts! Gemieden ging er unter seinen Bekannten umher. Sie wichen ihm aus, wie einem Hiob, einem, den Gott geschlagen.

Armer Vater! Was hast Du für ein jammervolles Dasein gehabt! –

Ach, da bin ich ja schon längst an Tantes Haus vorübergegangen.

»Tag, Georg! Was führt Dich denn schon so früh hierher? – – Du siehst so ernst aus! – – Ist was bei Euch passiert? Wie geht's Papa??«

»Heute früh gest – – «

»Ach Gott, armer Junge! Komm 'rein! Hast Du schon Kaffee getrunken? Da, setz' Dich hin, armer Junge! Ich werd es doch gleich Fritz sagen, er soll zu Euch gehen und sehen, ob er Euch irgendwie helfen kann. Es ist stets soviel zu erledigen und zu ordnen. Fritz weiß damit genau Bescheid. Wie ist denn das nur so schnell gekommen, Georg?«

Ich erzählte.

* *
*

Rewald hatte sich in letzter Zeit durch dritte Personen häufig über den Gesundheitszustand Vaters berichten lassen und war hocherfreut, Geiger nun endlich tot zu wissen. Er hatte erfahren, daß Mutter eine kleine Lebensversicherungspolice bekäme, und diese, wie den übrigen Nachlaß, wollte er angreifen, sowie sich die Erben darüber entschieden hätten, ob sie die Erbschaft antreten würden oder nicht. Erst dann durfte er nach dem Gesetz seine Ansprüche geltend machen.

Und er war schon im Begriff die Sache dem irdischen Gericht zu übergeben, als ein anderer – ein unnachsichtiger Gläubiger – bei ihm erschien, um eine längst fällige Forderung einzutreiben.

Als die alte Aufwärterin ihn so in letzten Nöten auf seinem Bett sich winden sah – es war nicht Bett zu nennen, sondern ein Haufen schmutziger Lappen – bekam sie es mit der Furcht und lief, um den Sohn zu holen.

Der Sohn bekleidete eine Stellung als Buchhalter. Der Alte hatte sich von ihm losgesagt, weil er sich für sein Geschäftsprinzip nicht zu eignen schien.

Er traf in Begleitung eines Arztes ein, und fand den Alten verreckt auf dem Fußboden liegen.

So kam es, daß Mutter die Lebensversicherungssumme behielt. – – –

Auch der Aristokrat nahm sich unserer an. Er bemühte sich sogar, mir eine Lehrlingsstelle in einem der ersten Geschäftshäuser zu verschaffen, und hierfür muß ich ihm dankbar sein, denn ohne seine Empfehlung hätte ich niemals eine gute Stellung in einem so großen Hause bekommen. – – – – – – – – –

Nach dem Tode meines Vaters hatte Mutter behauptet, daß wir unbedingt eine kleinere Wohnung nehmen müßten, um uns einzuschränken. Möglich auch, daß sie schmerzlichen Erinnerungen entfliehen wollte. Mir war dieser Wohnungswechsel durchaus unangenehm. Er nahm mir alles, was ich im Laufe der Jahre schon als mein eigen betrachtet hatte, riß mich mit einem Schlage aus meiner ganzen Welt heraus. Hier konnte jeder Stein, jeder Winkel mir alte Geschichten erzählen. In diese Umgebung hatte ich mich eingelebt und dort war mir alles neu und kalt. Ich glaube, ich schied lieber von meinen Bekannten und Nachbarn, als von jenem alten, unheimlichen Hause, ähnlich wie eine Katze, welche sich nur an den Ort, nie aber an die Menschen, die ihn bewohnen, gewöhnt. Mit Mutter hingegen war es anders. Sie hatte mit dem Moment, wo sie unsere alte Wohnung verlassen hatte, all ihre Sorgen abgestreift, welche dort jahrelang ihre treuen Bundesgenossen gewesen waren. Sie wurde noch stärker. Ihr früher umdüstertes Gesicht nahm wieder den vergnügten Vollmondsglanz eines steten Wohlwollens an. Ja, es schien mir sogar, als ob ihre Augen noch lebhafter wurden, und einzelne von den kleinen Runzeln und Falten um dieselben wieder verschwänden. Um sich wenigstens noch irgendwelche Sorgen zu machen – die um's liebe Brot hatten für's erste aufgehört – so zerbrach sie sich den Kopf darüber, wie sie es wohl einrichten könne, daß zu gleicher Zeit Luise und die Waschküche frei wären; ob es vielleicht praktischer wäre, zum Sonntag einen Gänsebraten oder eine Kalbskeule zu nehmen, von der man noch am Montag etwas kalt mit warmer Sauce essen konnte. Sie ging vollkommen in Haushaltungs- und Kleidersorgen auf. Nie konnte man sie ohne Beschäftigung sehen, doch ihr feines Gefühl für alles, was Kunst, schien sie im Kampfe des Lebens verloren zu haben. Ich will daraus der kleinen Frau keinen Vorwurf machen, denn wirklich, der Strom des Lebens hatte sie umhergeworfen, über Schlünde und Abgründe geführt, ihr alle Kanten und Ecken abgestoßen und sie endlich so glatt, so alltäglich wie einen runden Kiesel an das ruhige Gestade geworfen. Ein Kiesel war es ja noch, aber es fehlten die Ecken und Kanten, und ob er gerade dadurch besser geworden war, ist eine Frage, deren Entscheidung ich offen lasse.

Frieda und Grethe waren das geworden, was ich einst gedacht hatte, gesuchte Lehrerinnen, die den armseligen Würmern das Gehen, Springen und Tanzen in der Wissenschaft beibrachten, in ihnen Begeisterung für das Einmaleins und *j'aime* und dann für die steife Leinwand, Schönheit und Ästhetik weckten; Aufsätze über Maria Stuart, Jungfrau von Orleans und Tell verfertigen ließen, Sitte, Moral und Keuschheit gepachtet hatten und mir im Grunde meines Herzens doch herzlich leid taten. Sie hatten das Schicksal all jener Mädchen, welche ihrem Geldbeutel nach zum Proletariat und ihrer Bildung und Stellung nach zu den besseren Ständen zählen: alte Jungfern zu werden und endlich, wenn ihre Angehörigen tot, als Erzieherinnen alte Tanten, oder Hausfaktoten zu enden, Wesen zu werden, welche kein eigenes Leben haben, sondern nur für andere leben und sich selbst darüber ganz vergessen.

*

Zu meinem Bedauern muß ich erzählen, daß es Luise in ihrer Ehe recht schlecht ging. Der Mann war als Steinträger durch einen unglücklichen Fall, bei dem er drei Rippen gebrochen, arbeitsunfähig geworden. Nun wurde er Droschkenkutscher, und dann glaubte er, da er auch hier wenig verdiente, daß ihm das goldene Füllhorn in einem anderen Berufe winken würde, und wurde Dienstmann, das heißt, er tat gar nichts mehr und trank dazu Weingeist in verschiedenen Verbindungen, wie Nordhäuser, Pfefferminz, Cognac, Doppelkümmel, Gilka; auch hielt er in den Branntweinschenken den Gesinnungsgenossen Reden über die Unzulänglichkeit unserer Politik und über die Not der Arbeitslosen. Daß er das Geld zu dem Schnaps geradezu aus seiner Frau herausprügelte, pflegte er aber hierbei nicht zu erwähnen.

Luise arbeitete jetzt für zwei, und es ist nicht genug zu bewundern, wie sie so lange Zeit den Haushalt zusammenhielt.

*

Lies sah ich in der nächsten Zeit nicht. –

Eugen bekam eine Stellung in einer Maschinenfabrik.

Walter blieb noch auf der Schule. Er wollte studieren. Was – darüber war er sich selbst noch nicht klar.

Albert mußte auch noch auf der Schule bleiben; da

die Lehrer ungerecht waren. Er wollte Subalternbeamter werden, und es war sehr recht von ihm, sich nicht mehr vorzunehmen, denn so sicherte er sich eine bescheidene Existenz. Wäre er den ehrgeizigen Plänen seiner verblendeten Schwestern, die wenigstens einen Herrn Doktor, wenn nicht einen Professor aus ihm machen wollten, gefolgt, so wäre er zweifelsohne verkommen, denn bei seiner Vorliebe für Bier und Bummeln wäre er wohl sein Lebtag nicht über die Studentenzeit hinausgelangt.

Als fast Achtzehnjähriger kam ich in ein Geschäft mit eigener Fabrik, eine der ersten Firmen Deutschlands. Es war eine Kravattenfabrik, und mein erster Gedanke war, ob es nicht vielleicht dieselbe wäre, in der Lies arbeitete.

Menschen! Menschen! Nichts als Menschen! Hunderte von Einzelwesen, die zusammen ein ganzes, einen Polypenstock bilden, oder richtiger, eine große Maschine, deren Zahnräder ineinandergreifen. Die Maschine war geistreich erdacht. jedes Rad, jeder Zahn hatte seine bestimmte Kreistätigkeit, von der er nicht abweichen durfte, und allmonatlich ölte der Erbauer die Räder; durchaus nicht zuviel, das hätte ihnen vielleicht schädlich sein können. Trat einmal ein kleiner Fehler, eine kleine Störung im Betriebe ein – und das war ja nicht zu vermeiden –, so stieß der Erbauer heftig an das große Treibrad, damit es sich schneller bewege und zugleich die anderen Räder und Rädchen in noch schnellere Bewegung setze. Von dem was der Erbauer mit der Maschine verdiente, bekam diese natürlich nichts, als die auf's genaueste bemessenen paar Tröpfchen Öl, die notwendig, um die

Räder und Rädchen, Walzen, Stifte und Zähne in Tätigkeit zu halten. Und doch war die Maschine nicht aus totem Eisen, sondern aus lebendigem Menschenmaterial errichtet, aus Einzelwesen von denen jedes seinen unveräußerlichen Wert, seine eigene Berechtigung zu haben glaubte, von denen ein jeder sagte: »Ich bin ich, Du sollst keine andern Götter haben neben mir!«

Menschen! Menschen! Nichts als Menschen! Jeder sein eigenes Empfinden, sein eigenes Denken, seinen eigenen Kreis, seine eigenen Lebenserinnerungen!

Ein jeder dünkte sich unersetzlich und doch, wurde einmal ein Rädchen oder Rad unbrauchbar und fiel aus, so setzte der Erbauer ein neues ein, und alles ging ruhig seinen alten Gang weiter, als ob nichts geschehen.

Es machte einen eigentümlich beklemmenden Eindruck auf mich, als ich zum ersten Mal diese großen, unwirtlichen Geschäftsräume betrat und mir sagte: Dies soll von nun an Deine Welt werden, hier sollst Du tagein, tagaus eingesperrt sein, zusammengepfercht mit hunderten von anderen, die Dir fremd, denen Du fremd. Wem sollst Du Dich anschließen? Wie sollst Du Dich verhalten?

Menschen! Menschen! Niemand der Dich anspricht, niemand, der ähnlich Dir denkt oder fühlt!

Niemand!

Junge Leute mit weit ausgeschnittenen Westen, Saccos, weiten Hosen und gelben Glacés, in Ruder- und Velocipedenklubs, Sonntags mit einer Dirne am Arm auf Tanzböden, zotige Unterhaltungen, schreiende Unbildung!

Ach!

Ältere Herren, Reisende, Buchhalter, protzenhaft, dummstolz, eingebildet, philiströs und vernagelt bis zum äußersten! Ein jeder glaubt die einzige Stütze des Geschäftes zu sein. Jeder dünkt sich unfehlbarer als der Papst.

Ach!

Junge und alte Mädchen. Arbeiterinnen, Verpackerinnen, mehr oder wenig leichtlebig, mehr oder weniger dumm, mehr oder weniger hübsch, alle ungebildet, eingebildet. Man hörte nur, daß sie über Hüte, Kleider, Verhältnisse, Vergnügungen und Tingeltangel sprachen.

Ach!

Niemand, an den man sich anschließen kann! Auch niemand!

Das war der Eindruck, den ich am ersten Tage empfing. Mit den Jahren hat er sich in einzelnen Punkten geändert. Ich habe gelernt, über Menschen milder und gerechter zu urteilen, aber im großen und ganzen unterschreibe ich es auch heute noch. – – –

Man weihte mich in verschiedene kleine Mysterien des Betriebes ein, gab mir Briefkopierbücher zum registrieren und andere holde Beschäftigungen, welche wie die verkörperte Langeweile mich schon den ersten Tag angähnten.

Enttäuscht und mißgestimmt ging ich, als abends das Geschäft geschlossen wurde, langsam die breite Treppe hinunter, da schlug mir jemand auf die Schulter. Erstaunt wandte ich mich um.

»Georg!«

»Lies!«

Also, wie ich es geahnt hatte, wir waren in demselben Geschäft, nur weil sie in einem anderen Stockwerk arbeitete, war sie mir nicht zu Gesicht gekommen.

*

»Du trauerst ja, Georg!«

»Mein – Vater – ist – gestorben!«

»Du armer Junge!«

Eine ganze Welt von Liebe und Mitleid lag in den drei Worten. Schweigend gingen wir bis zur nächsten Straßenecke, plötzlich nahm sie meinen Arm.

»Komm, Georg!«

»Wohin, Lies?«

»Zu mir!«

»Wohnst Du nicht bei Deiner Mutter?«

»Mutter hat wieder geheiratet, und da hab' ich mich von ihr getrennt.« Es klang so hart, als ob man auf einen Stein schlüge.

»Aber, liebste Lies, ich muß nach Haus, und was soll ich denn bei Dir?«

»Tu's mir zu lieb, Georg, ich koche uns einen Kaffee, und wir plaudern miteinander. Ich hab' Dir soviel zu sagen!«

»Ja, aber Lies, ich muß ja nach –«

»Ach, komm, komm!«

Und wieder wie damals sah ich sie wie gebannt immerfort und immerfort von der Seite an.

War das Weib schön! Berauschend!

Die Beweglichkeit dieses warmblütigen Menschenkindes! Wie sie mit verhaltenem Atem meinen Worten lauschte, wie sie lachte, wie sie mir lachend auf die Finger schlug, wie sie wieder sich an mich schmiegte!

Bewegung! Bewegung! Pulsierendes, zuckendes Leben! – Ich biß mir auf die Lippen, ich ballte die Fäuste, denn sonst wäre ich ihr vor aller Welt um den Hals gefallen und hätte sie geküßt.

Da durchzuckte es mich wie ein elektrischer Schlag. Im Augenblick wurde es mir klar, daß ich mit jeder Faser meines Herzens an ihr hing, daß sie mir mehr war als Mutter und Geschwister, daß ich sie liebte, und daß ich ohne sie nicht würde leben können.

Vergebens versuchte ich gegen diese Leidenschaft anzukämpfen. Wie eine tückische Krankheit, im Augenblick überkam sie mich.

Lies' Zimmer, in dem ich nun bald heimischer war wie in meinem eigenen, war eine kleine, an sich ganz einfach möblierte Mansardenstube. Aber Lies hatte sie ohne große Ausgaben so schmuck und wohnlich hergerichtet, daß einem schon mollig zu Mut wurde, wenn man sie betrat. Von dem buntbestickten Sophaschoner bis zum Blumenstrauß auf dem Tisch und dem geblümten Geschirr in der Ecke, alles atmete Anmut und Geschmack.

Lies warf hastig Hut und Jackett auf das Sopha, nahm meinen Kopf zwischen beide Hände und küßte mich. »Aber warte«, unterbrach sie sich, »ich muß uns ja einen Kaffee machen, und Du hast gewiß auch Hunger. Viel habe ich zwar nicht zum Abendessen.«

Sie lief in den Winkel, um ihre Schätze auszukramen.

Ich sagte ihr, daß ich keinen Hunger hätte und mich ernstlich weigere, irgend etwas zu mir zu nehmen.

Da wurde sie böse. Ich solle mich nicht so haben,

und was das überhaupt zu bedeuten hätte, ob ich vielleicht meinte, daß sie es mir nicht gerne gäbe? Soviel könne sie von ihren fünfzig Mark doch erübrigen, daß es ihr nicht auf ein Butterbrot anzukommen brauche.

– –

Diese und noch viele andere Nächte kam ich sehr spät nach Haus, und noch heute wundere ich mich, wo ich all die Ausreden herbekam, mit denen ich meiner Mutter gegenübertrat.

Mutter war so zartfühlend, nie in meine Angaben Zweifel zu setzen, sie ahnte wohl den Zusammenhang, sah aber ein, daß Vorwürfe doch hier unnütz wären.

Ja, und wenn sich für mich auch später manche herbe Stunde, manche schlaflose Nacht an den Namen »Lies« knüpfte, so denke ich jener ersten Monate unserer Liebe doch stets als der glücklichsten und ungetrübtesten meines Lebens. Ich liebte und wurde geliebt. Lies tat alles, was sie mir nur an den Augen ablesen konnte. Sie war mir willig und folgsam, wie damals, als sie noch ein Kind war und wir zusammen im Tiergarten umherliefen. Ihr vielfach kokettes Gebaren stellte sie vollkommen ein, ja, als ich versuchte, für Bildungsgüter in ihr Interesse zu erwecken, ergriff sie auch jene mit Eifer. Abendlang konnte sie gespannt lauschen, wenn ich ihr aus meinen Lieblingen vorlas. Wie herzlich konnte sie lachen, glockenhell, silbern! Wie tiefernst konnte sie werden!

Aber im Geschäft sprachen wir, wie auf stillschweigendes Übereinkommen, nicht miteinander. Wenn wir uns dort zufällig einmal sahen, so trafen sich blitzschnell unsere Blicke, und in Lies' Augen zuckte es dann schelmisch auf. Wie oft lachten wir daheim, und wie stolz waren wir darauf, daß niemand dort auch nur unser Verhältnis *ahnte.* Denn wie bei soviel Schönheit selbstverständlich, wurde Lies im Geschäft viel umworben. Man brachte ihr Blumensträuße, Theaterbillets, Konfitüren. Lies aber verstand mit feinem Spott alle heimzuschicken.

Unser Verhältnis war wirklich ein glückliches, und es hatte auch nichts Unmoralisches; kein unschickliches Wort, keine verschleierte Andeutung. Wir waren gerade, als ob wir jung verheiratet gewesen wären, und gerade, als ob wir jung verheiratet wären, begann sich auch nach zwei bis drei Monaten ohne äußeren Grund unsere Leidenschaft für einander abzukühlen. Wir hatten uns körperlich und seelisch vollkommen kennen gelernt und fingen schon manchmal an, einander recht herzlich überdrüssig zu werden, aber keiner wagte das zu gestehen. Oft mieden wir uns tagelang, um uns dann wieder mit desto größerer Leidenschaft einander zu ergeben.

Und nun begann Lies sich langsam aber stetig wieder von mir zu entfernen. Ihr Interesse für die geistigen Güter des Menschen verblich und erlosch endlich gänzlich, und ihre volle Aufmerksamkeit wandte sie wieder jenen anderen zu, welche ich die weltlichen nennen möchte; all jenen Genüssen, die uns für Augenblicke in Taumel und Rausch versetzen und nur Leere, Öde und Katzenjammer in uns zurücklassen.

Und während ich ihr zuerst meinen Stempel aufgedrückt hatte, begann sie plötzlich mich mehr und mehr zu beeinflussen; während ich früher viel und nicht nur schöngeistiges, sondern auch manches allgemein naturwissenschaftliche getrieben und gelesen, wurde ich jetzt denk- und lesefaul. Abendlang konnte ich daheim mich auf dem Sopha räkeln und träumen. Von wem träumte ich? Von Lies – o, sie war so schön – so berauschend – die Poesie dieser schlanken, weißen Glieder!

Mutter bat und bat, ich sollte mich in Stenographie, Englisch und Französisch vervollkommnen, und ich hatte auch den festen Vorsatz es zu tun, aber ich konnte ihn nicht ausführen, immer wieder Lies und Lies. – O, sie war so schön, so berauschend, die Poesie dieser schlanken, weißen Glieder!

Ich sank vollkommen zum Narren ihrer Launen herab, und sie regierte mich wie eine Marionette.

Die Pfennige sparte ich mir am Munde ab, um ihr eine Freude bereiten zu können und auf der anderen Seite zernagte und zerplagte ich mich tagelang in grundloser Eifersucht, wenn es mir schien, als ob sie doch nicht mehr so an mir hinge.

Ja, was konnte ich ihr auch bieten, sie war so wunderbar lebenslustig und hätte mit ihren Wünschen und Wünschchen vollkommen den Geldsäckel eines Millionärs beschäftigt. Alles wollte und mußte sie sehen und haben. Ihr Hauptgedanke war stets: »wie vergnüge ich mich?« Unersättlich war sie, jeden Tag wollte sie neues, oft weinte sie, umschmeichelte und küßte mich, ich solle doch mit ihr ins Theater gehen, und woher es denn nur käme, daß ich so wenig Geld hätte? Und blutenden Herzens zog ich meinen letzten Taler hervor, für den ich mir doch eigentlich einen neuen Hut kaufen wollte; auf meinem alten begann schon Moos sich anzusiedeln.

Ich sank auch wirklich nach und nach vollkommen

zur Stufe der anderen jungen Leute des Geschäfts herab. Ich konnte stundenlang mit ihnen über das unwichtigste diskutieren, zum Beispiel ob ein modefarbiger Hut nicht unbedingt schöner wäre als ein brauner, oder ob es nicht bedeutend *fashionabler* aussähe, wenn man die Beinkleider oben weit und unten eng trüge, als sie durchweg weit zu tragen. Für billige, nicht einmal witzige Zoten wurde ich dankbares Publikum, ja ich besuchte sogar einmal ein Pferderennen und verspielte bei einem Buchmacher zwei Mark, indem ich auf ein Pferd setzte, das meiner Meinung nach unbedingt hätte gewinnen müssen, und nur den einen Fehler hatte, daß es bei dem in Frage kommenden Rennen gar nicht mitlief.

*

Mein Beruf, dem ich ja nur zum sechsten Teil angehörte – zwei Drittel von mir gehörte Lies, ein Sechstel meinen Schreibereien, ein Sechstel meinem Beruf – ließ mich sehr unbefriedigt. Wie hatte ich aufgeatmet, als ich die Fesseln der Schule endlich abgestreift hatte! Das Leben! Das Leben, das vor mir lag, o, das war ja so wunderbar schön! Was mir noch alles bevorstand! Was ich noch alles kennen lernen sollte! Wie ich mich freute! Wie ich die Flügel ausspannte!

Und jetzt – nach kaum einem Jahr, wie war ich enttäuscht! Wie war ich geduckt worden! Wie hatte man mir die Flügel beschnitten!

In der Schule, da waren das alles noch Kinder, aber es waren doch wenigstens manche verständige Kinder darunter, aber das hier, das waren Menschen!!

Ach, laßt Euch doch nicht auslachen! Kinder! Kinder! Alberne Spielkinder, deren ganzer Kreis nicht über gestern und morgen wegging! Und was das schlimmste war, ich war ja genau solch Spielkind!

*

Im Geschäft versuchte man schnell, sich über mich eine Meinung zu verschaffen. Ein Kaufmann würde ich nie, denn es fehle mir unbedingt jede Anlage Geld zu verdienen oder mit Geld umzugehen. Aber gerade deshalb, eben weil ich solch ein Stiefkind des Merkur war, beschäftigte man sich doppelt mit mir. Schnell wurde ich der Liebling aller Damen zwischen dreißig und vierzig Jahren. Die Direktricen verhätschelten mich wie ein Baby, fütterten mich mit Kuchen und Näschereien, und ich zeichnete ihnen dafür hin und wieder etwas. – Der Mensch treibt ja stets das, wozu er am wenigsten Anlage hat.

Ja, ich solle doch Maler werden, ich wäre doch zu gut zum Kaufmann, und dann, so leid es ihnen täte, sie könnten es mir nicht verheimlichen, daß ich zum Kaufmann mich wenig schicke, ich wäre zu ideal angelegt!

Und sie hatten recht, wenigstens mit ersteren, ich habe selten irgend einer Sache anteilloser gegenübergestanden, wie meinem Beruf – meiner Lebensarbeit!

Ein schlechter Arbeiter war ich nicht, und ein gutes Gedächtnis kam mir zu statten, aber die Arbeit an sich erfüllte mich mit Widerwillen. – So wurde ich jahrelang im Geschäft umhergestupft, von diesem Posten zu jenem; es hieß, ich solle alles kennen lernen. Aber in Wahrheit war der Grund wohl der, daß ich keinen Posten vollkommen ausfüllte. Zum Kundenbedienen war ich unbrauchbar, ich konnte nicht Diener und Verbeugungen vor jedem Idioten machen. Ich brachte es nicht über's Herz zu Herrn Hugo Bofke aus Klein-Posemuckel »Mein verehrte Herr Bofke« zu sagen. – Zum Korrespondenten fehlten mir stenographische Fertigkeit und ausreichende Sprachkenntnisse. – In der Konfektion hielt ich den Arbeiterinnen einen sozialistisch angehauchten Vortrag über Frauenarbeit, und daß sie nur selbst an all diesem Elend schuld wären, weil sie eben nicht zusammenhielten und solchen Hundelohn sich bieten ließen. – – – Mein Chef meinte einige Tage darauf, ich eigne mich wohl nicht so ganz für die Konfektion, und infolgedessen steckte man mich endlich in die Expedition, das heißt in den Teil des Geschäfts, in dem der Versand der Ware vorbereitet wird und stattfindet.

Das ist und war die denkbar langweiligste und geisttötendste Arbeit im ganzen Hause. Man sinkt vollends zum mechanischen Arbeiter herab, und trotzdem muß man wieder soviel im Kopf haben, an so vieles denken. Ich erhielt zwei junge Mädchen zugeteilt, die die Ware verpacken mußten, und hier möchte ich ihnen öffentlich mein Lob aussprechen; um diese Lumperei von zwanzig Mark monatlich hätte ich nicht ein achtel von dem getan, was sie arbeiteten. Sie waren unermüdlich und von beinahe rührendem Pflichteifer. Sowie man sie tadelte, brachen sie in Tränen aus und ließen ihre gelenkigen Finger doppelt so schnell an den Riemen der Kravatten heruntergleiten.

Aber mein Reichskanzler, meine rechte Hand wurde Lies. Sie war eine fleißige und begabte Arbeiterin, sie rechnete gut, schrieb eine hübsche Hand und wußte sich schnell in alles zu finden. Man gab ihr, trotzdem sie erst zwei Jahre dort war, das außergewöhnlich hohe Gehalt von fünfzig Mark. Man meinte allgemein von ihr, wenn es sein müßte, arbeite sie alle »in und aus dem Sack«, denn sie hätte »ein Köppchen wie 'ne Biene«, und dann – – – – – – – – – – – – – – schade, daß sie so spröde wäre!

*

Über ein Jahr mochte schon dahingegangen sein, als ich eines Abends einen stattlichen, jungen Menschen, mit duftender Cigarette, ein zierliches Stöckchen zwischen den behandschuhten Fingern drehend, vor dem Geschäft auf- und niederschlendern sah. Der junge Mensch war vollkommen modern gekleidet, – er trug so weite Sachen, daß er sich zweimal in ihnen hätte umdrehen können, ohne daß man es von außen bemerkt hätte. Auch gefiel mir an dem jungen Menschen ein ganz ansehnlicher, gut dressierter Schnurrbart.

Aber an alledem wäre ja nichts auffallendes, auffallend fand ich nur, daß der junge Mensch gerade auf mich zuging.

»Eugen! Eugen Salle!«

Er hatte sich wirklich recht herausgemacht, seitdem ich ihm vor bald vier Jahren den Stuhl gegen den Kopf geworfen hatte.

Freundlich streckte er mir mit einem kühnen Schwung die Hand entgegen und stellte sich in Pose.

»Guten Tag, Georg, was machst Du, mein Sohn?« sagte er väterlich.

»Mir – geht's gut, Eugen!« log ich, »und Dir?«

»Ausgezeichnet! *Superbe!*«

»Hast Du eine angenehme Stellung?«

»O, ich habe einen sehr verantwortlichen Posten! Aber komm, ich habe Dir etwas zu sagen. Du weißt, lieber Georg, daß wir damals den Verein gründeten?«

»Verein? Verein? Ja, ja, ich erinnere mich an diese Albernheit!«

»Das mußt Du nicht sagen! Was wir wollten, war gut, nur die Mittel verstanden wir nicht zu wählen – «

»Ach ja – « ich lachte, »als wir damals so aneinander gerieten?!«

»Und eben dieses Vereines wegen habe ich Dich aufgesucht. Durch Mühe und Arbeit ist es mir gelungen, ihn zu nie geahnter Größe emporzuheben. Wir führen sogar ›moderne‹ Stücke auf und zählen neunundsechzig Mitglieder und drei Ehrenmitglieder!«

»Na, das freut mich – aber sage mal, wo bist Du denn eigentlich im Geschäft?« unterbrach ich, um ihn auf ein anderes Thema zu bringen.

Er nannte eine große Maschinenfabrik.

»So so, wie ist denn der Chef?«

»Der Alte? – Äh – Er kümmert sich nicht viel um's Geschäft, aber wenn er mal da ist, ist er furchtbar kribblig und nervös.«

»Soso!«

»Aber weshalb willst Du denn das so genau wissen?«

»Es ist ein angeheirateter Vetter von mir.«

»Ach – ja, ja – ich hörte schon!«

»Sag mal, Eugen, das Geschäft ist doch vollkommen gut und sicher?«

»Hm – ja, ja – hm – « plötzlich raunte mir Eugen ins Ohr: »Man darf ja nicht darüber reden, aber nach meiner Meinung spekuliert er nebenbei – mehr wie er verantworten kann. Zwar kann ich das nicht vollkommen beurteilen, mir fehlt der Überblick dazu – aber Du redest ja nicht d'rüber! Sein Gesicht gefällt mir nicht, und seine Unruhe noch weniger.«

»So – also der – spekuliert – «

»Ach sei doch endlich still mit dem dummen Geschäft! Ich wollte Dir ja vom Verein erzählen.«

»Ihr führt Theaterstücke auf? Sogar moderne? Wie bist Du denn darauf gekommen?«

»Das ist doch so einfach! Das Theater ist doch unbedingt ein Stützbalken, oder ich kann sogar sagen *der* Stützbalken unserer heutigen Bildung. Nur auf ihm können wir es wagen, freie Gedanken auszusprechen, und nur durch die Bühne können wir ihnen Hörer verschaffen. Die modernen Stücke scheinen mir nur Oblaten, in denen wir heilsame Pulver verabreichen, um sie mundgerecht zu machen.«

»Möglich, ich habe dem Theater nie diese Wichtigkeit beigelegt.«

»Ich glaub nicht an der Lilie Keuschheit,
Sie buhlet mit dem faden Geck,
Dem Schmetterling, und der fliegt endlich
Auch mal mit ihrer Unschuld weg.«

»Wie? Was? Ich versteh nicht, Georg?«

»Weißt du, Eugen, ich glaub' nicht mehr an all das. Leb' möglichst gut hier, iß gut, trink' gut, heirate eine niedliche Frau, züchte hübsche Kinder, ganz gleich mit welchen Mitteln Du das erreichst, wieviel Menschen Du dabei niedertrittst, und sonst lasse den lieben Gott einen braven Mann sein! Nicht? *Voilà tout*, meine ganze Philosophie!«

»Kannst Du mir vielleicht ein oder zwei abgelegte Ideale leihen, lieber Johannes?« zitierte Eugen lächelnd.

– »Ja, also! Ich glaube, es ist eigentlich zwecklos, daß ich gekommen bin. Ich wollte Dich nämlich fragen, ob Du nicht vielleicht geneigt wärest, dem Verein ›Novania‹ – «

Mich durchzuckte es bei dem Wort. Der letzte Rest meines lateinischen Sprachgefühls bäumte sich auf.

» – beizutreten, oder wenigstens ihn als Gast öfters mit Deiner Gegenwart zu beehren. Dein feines Gefühl und Dein scharfes, gerechtes Urteil würde für mich ein Kompaß meiner Bestrebungen werden«, schmeichelte er. »Nächsten Donnerstag haben wir gesellschaftliche Unterhaltung und Beratung, es würde mich freuen, Dich dort begrüßen zu können. Wenn Du vielleicht irgendwelchen – weiblichen Verkehr hast – natürlich muß es ein anständiges Mädchen sein – so kannst Du ihn ruhig mitbringen, denn nachher wird auch noch etwas getanzt«, setzte er mit einem Seitenblick hinzu.

»Beitreten? Beitreten? Ich glaube nicht, daß es mir möglich sein wird, da ich diesen Winter arbeiten will. Im Verein hie und da mal verkehren, ohne mich irgendwie zu binden – ja, wenn es Dir nicht unangenehm ist, weshalb nicht.«

»Siehst Du, Du bist doch verständiger, als ich dachte! Also top, mein Junge, Du kommst Donnerstag!«

*

Die ganze Zeit hatte mir Lies schon zugesetzt, ich solle doch mit ihr ausgehen, sie könne doch auch nicht immer zu Hause sitzen, es wäre so langweilig, schon seit drei bis vier Wochen sei sie nirgends hingekommen, sie versaure ja vollkommen, und sie wäre doch noch jung, sie wolle auch was vom Leben haben und sehen.

»Aber Lies, wir sind doch erst letzten Mittwoch im Theater gewesen! – – Na, Lies, wenn es Dir Vergnügen macht, begleite mich heute abend. Montag traf ich einen alten Bekannten, rat' mal! Eugen, Eugen Salle, und der bat mich, ich solle doch heute abend in den Verein ›novania‹ kommen. Da ist, ich glaube, Beratung, Unterhaltung, Tanz und sonst noch was, Mord und Totschlag! Eugen ist nämlich Obermime in der ›novania‹, Du kennst doch noch Eugen Salle?«

»Tanz! Tanz! Ei, das ist ja famos! Gott, wie lange habe ich nicht getanzt!!!« jubelte Lies und fiel mir um den Hals.

»Na, na, so vergnügt, kleine Schmeichelkatze?« und ich küßte sie so verliebt ab, wie am ersten Tage unserer ungesetzlichen Ehe.

*

– Novania! –

Ein großer, heller Saal mit weißgetünchten Wänden, goldiger Stukkatur und Schlaglichtern auf dem blanken Parkettboden. Zur Zierde gereichen ihm noch ein paar kalkige Kaiserbüsten und ein großer, riesengroßer Spiegel, welcher aber zu breit zeichnet.

Die Sitzung hatte noch nicht ihren Anfang genommen, und noch wogte alles durcheinander, hie und da bildeten sich auch wohl Gruppen.

Die Gesellschaft! Ja, die haben wir nicht so schnell beieinander. Menschen verschiedenen Alters, veschiedenen Geschlechts und von verschiedener Begabung. Jedoch möchte ich sagen, daß die Jugend zwischen achtzehn und zweiundzwanzig Jahren hier vorherrschend war, daß jedes junge Mädchen ein Talent, jeder junge Mann ein Original, ein Genie war.

Ah! Da drängt man sich um zwei in jeder Beziehung offenherzige junge Damen, mit etwas breitgetretenen Gesichtern, einem Schlangennest von Stirnlocken und straff sitzenden scheinbar unsichtbaren Haarnetzen. Ein junger Kerl mit verschrammtem Gesicht dienert höflich um sie herum, ein anderer junger Mensch mit wallenden Locken (Maler oder Friseur?) beehrt sie mit einer gefühlvollen Ansprache. Ein blutjunges Bürschchen mit tadellos gescheiteltem, glanzschwarzem Haar und einem Gesichtchen wie Milch und Blut wiegt sich verlegen in den Hüften und lächelt zärtlich. Dort sitzt eine Mutter mit zwei Töchtern, ernst und bewegungslos, gleich einer versteinerten Niobe. Dort werden in einem Hümpel junger Dandies – dem Anzug nach zu urteilen – durch einen Buckligen flüsternd Mikoschwitze zum besten gegeben.

Es glückte mir nicht, mir ein Endurteil über die Gesellschaft zu bilden, auch fing ich an, etwas mißgestimmt zu werden. Erstens war Eugen nirgends zu sehen, und ich war vollkommen fremd, zweitens wurde Lies von allen Seiten mit so unverhohlener Neugier und nicht mißzuverstehender Bewunderung angegafft, daß ich nicht übel Lust verspürte, wieder umzukehren.

Glücklicherweise entdeckte Lies eine frühere Schulfreundin und Spielkameradin, Grethe Schramm, der sie in katzenfreundlicher Anwandlung fast um den Hals gefallen wäre, und im Augenblick war sie mit ihr in so eifrigem Gespräch, hatte ihr so hunderterlei wichtiges mitzuteilen, daß ich ihren Arm losließ und meine Entdeckungsreise allein fortsetzte.

Von dem Gedanken ausgehend, daß nicht jeder, der einen guten Rock trägt, deswegen gleich ein schäbiger Kerl sein müsse, begab ich mich zu dem Hümpel Dandies.

»Jotte doch, Jeorj! Wie kommst Du denn hierher? Wat machst De denn?«

»Albertchen! Na, das ist ja famos! Du siehst ja wie ein Graf aus! Was hast Du denn aber da an der Hand gemacht?« Er trug sie dick verbunden.

»Ach«, – der Ton schien aus dem Magen zu kommen, so tief war er. Überhaupt sprach Albert mit belegter, etwas heiserer Stimme, wie alle Menschen, die gern und viel trinken – »ick hab' mir nämlich eben 'n Taler verdient. Also ich jehe so die Straße lang und denk da so bei mir – Jott is det langweilig, denk' ich, wenn doch man nur wo ein kleines Feuerchen wär, und da mit einmal schlagen och schon die hellen Flammen aus ein' Keller 'raus. Ick nu – haste was kannste – geloofen nach 'm Feuermelder. Eins, zwei, drei, Scheibe injehauen, und da hab' ich mir bloß ein bißchen in die Hand geschnitten. Ick nu jleich nach die Sanitätswache jerannt und mir verbinden lassen und dann nach de Polezei, meinen Taler jeholt. Na, den versaufen wir heute noch!«

Da trat ein junger Mensch auf mich zu.

»Georg! Lebst du noch, Georg?«

Wie erstaunte ich, das war ja Ernst Sauer!

»Ernst! Bist Du aber groß geworden! Was machst Du denn? Was bist Du denn?«

»Ich – ich bin Schuhmacher«, sagte er gedrückt, »aber vielleicht sattle ich doch noch um.«

– Schuster, bleib bei Deinen Leisten, – schwebte mir auf der Zunge, aber, wie ich in sein trauriges Gesicht sah, schwieg ich.

»Jaja«, seufzte er, »irgend ein Kunsthandwerk, aber«, er rieb Daumen und Zeigefinger, »da, da, da fehlt's!! – Oh, so arbeiten zu können wie man will und mag! Eigene Gedanken, Linien, Figuren! Ach – prächtig!«

»Und bei de Post bin ich, Jeorje. Wat sagst De dazu?« unterbrach uns Albert. »Aber, nu weil wir uns so lange nicht jesehn haben, komm her, trinken wir eins zusammen. Ernste kommt ooch mit.«

Da eilte Eugen auf mich zu.

»Ach, mein lieber Georg, das ist ja sehr reizend, daß Du erschienen bist. Es fehlt uns gerade für unser Stück ein tüchtiger und umsichtiger Regisseur. Bei Deinem geläuterten Geschmack und Deinem feinen Gefühl – Du kannst es uns nicht ausschlagen, Georg!«

»Nein! Nein! Nein! Eugen, es geht nicht, ich habe mich ja noch nie mit so etwas ernstlich beschäftigt, ich kann es wirklich nicht annehmen, so gern ich euch zu Diensten sein möchte, aber ich möchte euch doch auch nicht die Sache verhunzen.«

»Für Dein Können übernehme ich Garantie, es kommt nur auf Dein Wollen an.«

»Nein, nein, Eugen, ich trau es mir nicht zu.«

»Versuch's doch mal.«

»Ach wat, ziere Dir man nich! Wat is denn nu da

schon bei, man feste, es jeht schon!« ermunterte Albert.

»Um keinen Preis, Georg, aus dem Stück kann auch der beste Regisseur nichts machen«, flüsterte mir Ernst ganz leise zu.

»Eugen, ich kenne ja auch das Stück noch gar nicht. Morgen sage ich Dir Bescheid. Wenn es mir irgend möglich ist, gern, aber binden kann ich mich noch nicht.«

»Nun gut, mein Lieber, des Menschen Wille ist, wie man so zu sagen pflegt, sein Himmelreich«, versetzte Eugen pikiert.

»Aber es ist schon fünf Minuten nach dreiviertel auf neun, um dreiviertel ist die Sitzung laut Status anberaumt. Ich denke, meine Herren, wir begeben uns in den Sitzungssaal.«

Der Sitzungssaal war ein längliches Zimmer, in dem eine Reihe von Tischen und Stühlen stand. In der Ecke harrte ein eilfertiger Kellner den Winken der Mitglieder.

Und da kamen sie nun alle und es waren wohl fünfzig bis sechszig anwesend und nahmen in ernsten Gesprächen ehrfurchterweckend Platz.

Die Glocke des Präsidenten. Grabesstille im Zimmer. Man hörte nur von draußen her Gläser klappern und Dienstboten lachen.

Eugen erhob sich, begrrrüßte die Anwesenden – er sprach in jedem Wort das dramatische R, ob ein R darin vorkam oder nicht – verlas laut § 18 der Statuten das Protokoll der letzten Sitzung und sagte, daß auf Schriftstück 330 I und 328 II an die Mitglieder Haas und Bohlemann Antworten eingelaufen wären. Dann ging er zur Tagesordnung über, Verlesen des Stückes und Besetzung der Rollen.

Das Stück! Hm! Von wem konnte es nur sein? Ich riet und riet, fand aber niemand, dem ich eine derartige breite Mittelmäßigkeit zutrauen mochte. Es war eine richtige Dilettantenkomposition, ein Wirrwarr von Reminiszenzen, nirgends etwas Eigenes, etwas Selbstständiges. Es wäre ein Bastard von Björnsons »Fallissement« und Sudermanns »Ehre« gewesen, wenn nicht der heilige Henrik einen Paralytiker und Gerhart der Große einen stets betrunkenen Kassenboten beigesteuert hätten. Und dann war es so unglaublich ungeschickt angelegt. Personen erschienen, wie die Geister in einem spiritistischen Klub, niemand wußte, wo sie herkamen, niemand, was sie eigentlich wollten, und ebenso rätselhaft, wie sie erschienen waren, verschwanden sie auch wieder. Die Handlung kroch, und trotzdem war in den Figuren keine Vertiefung, alle Schablonen! Der alte Bankier und Kommerzienrat, ein Rückenmärker und herzloser Gauner; der ehrliche aber plumpe Buchhalter, der stets betrunkene Kassenbote, die brave und die hochmütige Tochter des Bankiers, der Kriminalkommissar, der verschuldete Leutnant, der verschuldete Sohn, der die Tochter des Kassenboten verführt, alle Schablonen! Jeder neue Ankömmling gab sofort eine kurze Charakteristik und Lebensbeschreibung seiner Person, damit der Zuhörer nur nicht über die Rolle, die hier gespielt wurde, im unklaren bleiben könne.

Ernst saß neben mir.

»Herrgott, Ernst, ich soll die Regie von diesem Schund übernehmen? Was mache ich da bloß! Unmöglich! Nicht für eine Welt! Wer hat denn nur diesen Unsinn zusammengebraut?« tuschelte ich ihm zu.

»Stt! Aber reinen Mund gehalten, Eugen hat das Stück geschrieben, es soll niemand wissen –«

»Eugen? Das ist unverzeihlich von ihm! Und es soll wirklich aufgeführt werden?«

»Ach, Georg, das ist ja so gleich, was hier aufgeführt wird, die Leute hier haben ja gar kein Verständnis, das ist ja alles so ein gediegener Literaturpöbel – ekelhaft! Es ist ja so ein geistiges Proletariat, schandbar! Georg, davon hast Du ja keine Ahnung. Nichts, wie Schmutzereien, Klatsch und Intriguen! Jeder weiß hier vom andern, ob er ein reines oder ein schmutziges Taschentuch bei sich trägt.«

Woher der Glanz in dieser armen Hütte?

»Ernst, befaßt Du Dich denn mit – – so etwas?«

»O ja wie man's nimmt. Ein wenig. Ich hab' ja nicht viel Zeit. Ich muß immer des Nachts lesen wenn ich schon einmal dazu kommen will.«

»Au Backe! Is det Stick nich famos?« rief mir Albert über den Tisch zu. »Ick spiele den Kommerzienrat. Wenn ick so den Revolver nehme und mir ums Leben bringe –« er warf sich in den Stuhl zurück und ließ die Arme schlaff herabhängen, um zu zeigen, wie schön er sich dann ausnähme.

»Bravo, bravo!« Man klatschte, schrie und jubelte. Der Dichter verbeugte sich dankend.

»Herr Salle hat es geschrieben, ganz allein, er hat sich von niemandem helfen lassen«, ging ein Flüstern durch die Reihen.

»Aber nun, meine Herrschaften, schreiten wir zur Diskussion, damit dem jungen Volk« – er war selbst höchstens zwanzig Jahr – »doch noch Zeit für den geselligen Teil des Abends bleibt«, rief Eugen mit einer so lauten Stimme, als ob er in einer Volksversammlung spräche. »Hat jemand gegen das Stück an sich oder die Aufführung desselben irgend etwas einzuwenden?«

»Nein! Nein! Nein! Nein!« klang es von allen Seiten zurück. Wieder verneigte sich der Dichter.

»Nun gut, meine verehrten Anwesenden, gehen wir zum Verteilen der Rollen über. Herr Geiger, unser verehrter Gast, wird die Freundlichkeit haben, die Regie an Stelle des Herrn Haas zu übernehmen – «

– O weh, o weh, da war jetzt schwerlich noch etwas für mich zu retten. Ich erhob mich und sagte einige unpassende Worte, daß ich gern mein möglichstes tun würde, daß aber bei meiner knappen Zeit ich mich wohl nicht mit der nötigen Vertiefung der Sache widmen könne, und ob es deswegen nicht vielleicht besser wäre, man würde einen andern damit betrauen. Ich wüßte ja die hohe Ehre vollkommen zu schätzen, und ich fürchte eben nur, daß ich mich nicht der guten Sache so hingeben könne, wie es ihr gebühre.

Da erwiderte Eugen, daß die mitwirkenden Kräfte mit Ausnahme seiner Wenigkeit, so ausgezeichnet geschult wären, daß die Arbeit eines Regisseurs eine ebenso leichte, wie angenehme und dankbare wäre.

Darauf wußte ich nichts zu sagen, und so war ich Regisseur des Theatervereins *Novania.*

»Ich glaube«, fuhr Eugen fort, »daß sich für die Rolle des Kommerzienrat Bucher unser liebes Mitglied, Herr Albert Nickel, ausgezeichnet eignen würde. Uns allen steht noch seine wunderbar detaillierte Leistung als Philipp im Don Carlos klar vor Augen. Heldenväter und Charakterrollen liegen ihm am besten.«

»Nu, wenn es den Herrschaften anjenehm is, würde ick ja die Partie übernehmen. Denn wirklich, allens wat recht is, sie jefällt mir«, pflichtete Albert bei.

»Falls kein anderer die Rolle haben will, würde ich selbst den jungen Bucher spielen.«

»Bravo! Bravo!«

»Für den Ertel, den Buchhalter, können wir wohl auf der ganzen Welt keinen besseren finden, als unseren Ernst Sauer. Seine temperamentvolle, feinnüancierte Verkörperung des Kramer in ›Sodoms Ende‹ berechtigt mich zu diesen Worten. – Die Rolle des Leutnant von Zettlitz ist unserem lieben Erich von Wandel wie auf den Leib geschrieben.«

Ein endlos langer, junger Mensch – seine Augen lagen fast versteckt unter dicken Stirnwulsten, die untere Kinnlade war stark nach vorwärts geschoben, außerdem stand der Kopf in keinem Verhältnis zur Länge seines Körpers – er maß fast zwölf Kopflängen – erhob sich und sagte in einer Rede von zehn Minuten, daß er sich einverstanden erklärte.

»Den Kassendiener würde ich unserem Herrn Beyer sehr empfehlen. Seine feine Beobachtungsgabe wird eine wunderbar pointierte und wohlgelungene Studie aus ihm machen, während der Kriminalkommissar in Herrn Gärtner einen glücklichen Vertreter finden würde.«

Nun käme er zu Besetzung der Damenrollen. Am meisten hätte ihm die Frau Kommerzienrat Bucher Kopfschmerzen bereitet. Dieselbe von einer jüngeren Dame darstellen zu lassen, würde schwierig werden, und wie eine ältere Dame – »verzeihen Sie mir diese Unhöflichkeit –«, dazu finden? »Da kam ich auf einen glücklichen Gedanken: Wie wäre es, gnädige Frau –« er wandte sich zu Frau von Wandel – »wenn Sie uns aus der Verlegenheit helfen würden. Ihr feines Verständnis, Ihr scharfes Urteil – –«

»Ja! Ja! Ja! Ja! Bitte! Bitte! Bitte! Bitte!« unterstützte der Chorus der Novanen.

Frau von Wandel, die Mutter der zwölf Kopflängen und einer nicht einmal hübschen Tochter, war eine ehrwürdige, schöne Matrone, mit feistem, trotz des Doppelkinns durchaus vornehmen Gesicht. Sie hatte alle Klassen der Lebensschule von der obersten bis zur untersten durchgemacht und verstand selbst noch jetzt in dieser plump-plebejischen Umgebung, den Schein aristokratischer Würde aufrecht zu erhalten.

»Ja! Ja! Bitte, gnädige Frau, denn ohne die Frau Kommerzienrätin ist das ganze Stück unmöglich!«

Hier konnte ich Eugen nicht beipflichten. Niemand hätte es auch nur gemerkt, wenn sie gefehlt hätte. Sie griff nirgends in die Handlung ein und hatte auf die Personen des Stücks durchaus keinen Einfluß. Ihre ganze Beschäftigung bestand darin, Kaffee zu kochen, eine Viertelstunde lang hinter der Szene in Weinkrämpfen zu liegen und eine Viertelstunde lang Bibelsprüche zu citieren.

»Nun gut, Herr Salle, ich füge mich der Mehrheit«, sagte Frau von Wandel mit Pathos und legte sich vornehm lächelnd in den Stuhl zurück.

»Meinen verbindlichsten Dank, gnädige Frau!«

»Sehen Sie, verehrte Anwesende, das nenne ich Vereinsinteresse«, wandte er sich lehrerhaft an die Korona, »diese Tat kann ich den jungen Mitgliedern nur zur Nacheiferung empfehlen.«

Ich hegte gerechten Zweifel, daß sich junge Mitglieder zur Darstellung von Kommerzienrätinnen eignen würden.

»Die Rollen der Veronika und Agathe Bucher können wir wohl in keine besseren Hände legen, wie in die der Damen Martha und Grethe Hübner.«

»Ich spiel die Agathe!« rief eine unangenehme Fistelstimme.

»Nein, meine Liebe, die Agathe werde ich spielen«, keifte die zärtliche Schwester.

»Ich hoffe, daß die Damen unter einander darüber einig werden«, beschwichtigte Eugen.

»Und ich spiel' doch die Agathe!«

»Nun bleibt uns nur noch die Rolle der Grethe Fischer. Ich will zugeben, daß ihre Rolle eine der schwersten im Stück ist, aber wer könnte sie von den Damen wohl besser kreieren als Fräulein Mary Stempel, welche in ihren vortrefflichen Leistungen als Naive – – «

Weiter kam er nicht, da fuhr die Mutter, die versteinerte Niobe, auf –, wie man es nur wagen könne, so etwas ihrer Tochter anzubieten, eine solche Rücksichtslosigkeit hätte sie Herrn Salle doch nicht zugetraut! Eine solche Rolle, die kein feines Mädchen ohne zu erröten mitansehen könne, solle ihre Tochter, ihre Mary, die sie wie ihren Augapfel hüte, spielen! Nein! Nie und nimmermehr!

Hier möchte ich einschieben, daß Fräulein Mary Stempel sich geschickt dieser Obhut zu entziehen verstand, und daß es Dinge gab, die alle Welt wußte, nur nicht die scharfsichtige Niobe.

»Aber verzeihen, gnädige Frau, befinden sich im Irrtum. Diese Figur verstößt in nichts gegen den Anstand. Ich setze es auf Conto meines schlechten Vorlesens, daß Sie dieselbe so aufgefaßt haben, jedoch, ich hatte sowieso noch die Absicht, eine kleine Charakterrolle einzuflechten, und dann kann ja ihr Fräulein Tochter dieselbe übernehmen.«

Niobe erklärte sich einverstanden und sank in die alte Lethargie zurück.

»Ja! Ja! Aber wem übergeben wir jetzt die Rolle?« und er ließ seine Blicke im Zimmer umherschweifen. »Ich wüßte wirklich nicht –« sagte er entmutigt, »welcher von den Damen sie läge – – –

»Ah, Fräulein Weise, wären Sie vielleicht dazu zu bewegen?«

Lies sprang entsetzt auf.

»Ich – aber ich habe ja noch niemals Theater gespielt!«

»Aber, Fräulein, nein! Das können Sie mir doch nicht einreden! Ihnen sieht man ja das Talent an der Nasenspitze an!«

Lies lächelte geschmeichelt.

»Ja, Herr Salle, wenn es einmal sein muß –, aber ich sage Ihnen vorher, Sie werden viel Mühe mit mir haben.«

»O, die wird sich der Regisseur schon nicht verdrießen lassen«, sagte Eugen mit einem verständnisinnigen Seitenblick, der mich in Harnisch brachte.

»Und nun, verehrte Anwesende, gehen wir zum geselligen Teil des Abends über.« – »Tanzen! Tanzen!« rief es. »Ich glaube, wir fangen aber noch nicht gleich mit dem Tanzen an, sondern widmen noch eine halbe Stunde anderen gesellschaftlichen Unterhaltungen. Denn § 15 der Statuten sagt: Das Tanzen soll nur ein Nebenzweck sein, und die Hauptsache die Hebung des geistigen Niveaus der Mitglieder.«

Nur ungern fügte man sich diesen diktatorischen Worten.

Die Herren gaben Kraftproben im Heranbringen von Stühlen, Wegtragen von Tischen; man bildete einen großen Kreis und begann mit Gesellschaftsspielen.

Man trank ziemlich viel, und die Stimmung wurde eine animierte. Grundlos begannen junge Mädchen zu lachen, daß man fürchtete, sie würden ersticken und ebenso grundlos begannen andere zu schmollen und sich beleidigt zu fühlen. Diese sangen, jene deklamierten:

»Lebt wohl ihr Berge, ihr ›gelübten Trüften‹,
Johanna sagt euch ewig Lebewohl – «
»Sein oder nicht sein *that is the question* – «
»Durch diese hohle Gasse *muß* er kommen – «

Und Lies – ich hatte sie den ganzen Abend nicht mehr gesprochen – war mitten in diesem Strudel, wie ihre Wangen glühten, wir ihre Augen leuchteten: Das war ja Leben! Das war ja Lust!

»Tanzen! Tanzen!« brach es plötzlich los.

Ich selbst tanze nicht, aber ich schaue gern zu. Ich liebe diese hellen, flittrigen Kleider, dieses Schwirren und Zittern des rauschenden Tanzgewühls. Ich liebe die schlanken, weißen Hälse, die flimmernden Tüllkrausen, die zu Boden gesenkten Köpfe mit den vorlauten Locken im Nacken, den sich blähenden Nasenflügeln und den fast geschlossenen Augenlidern. Jede Faser atmet Genuß und Lebensfreude.

Ich gesellte mich, um nicht allein aufzufallen, zu einem jungen Mädchen und begann mich mit ihr zu unterhalten, denn Lies war für mich ja doch nicht zu haben. Die Tänzer zerrissen sich beinahe um sie, besonders Eugen tanzte fortwährend mit ihr. Mich ergriff plötzlich eine so rasende Eifersucht, daß ich Eugen hätte erdrosseln mögen, und in meiner Wut begann ich dem jungen Mädchen, das mir ganz gleichgültig war, allerhand Zärtlichkeiten und Schmeicheleien zu sagen, begann zu lachen und sogar zu pfeifen. Da kam Ernst Sauer zu mir heran und warnte mich, ich solle vorsichtig sein, die Mutter beobachte mich, das wäre eine ganz gefährliche –, die glaube schon, wenn man zweimal mit ihrer Tochter tanzt, daß man sie heiraten wolle. Ich wurde von Minute zu Minute eifersüchtiger, um mich drehte und wirbelte alles.

Plötzlich begann ich, es aus einem ganz andern Gesichtspunkt anzusehen.

Wie sie tanzten diese Bacchantinnen der Lebensfreude, ja Bacchantinnen, wie sie sich auch maskieren mochten!

Einige legen ihren Kopf an die Schulter der meist größeren Herren mit einem Ausdruck religiöser Ekstase, die anderen biegen ihren Oberkörper zurück, und drehen sich so, als ob sie aufgezogen wären. Ihr Gesichtsausdruck ist starr und leblos, um der Welt durch vornehme Gleichgültigkeit zu zeigen, daß sie nur tanzen, weil es eben sein muß. Wieder andere taktieren krampfhaft mit weitausgestreckten Armen, als ob sie nicht schnell genug vorwärts kämen. In ihren

Zügen spiegelt sich ein wilder Geschlechtshunger. Ich weiß, ich sah alles genau und trotzdem drehte es sich mir vor den Augen, als ob ich trunken wäre. –

Da kam Lies auf mich zu. O, wie war sie schön! Leben! Leben! Ihre Wangen glühten, ihr Atem flog, ihre Augen glänzten.

»Aber, Georg, warum tanzt Du denn gar nicht? Komm!« – »Nein, ich gehe jetzt«, sagte ich kalt.

»Ach, Du mißgönnst mir auch die kleinste Freude«, und ihre Augen füllten sich mit dicken Tränen.

»Was sollen denn die Leute von mir denken, angesehen hast Du mich vorhin, wie ich vorübertanzte, grad als ob Du mich fressen wolltest. Soll ich nicht mal mit anderen tanzen, ich will doch auch tanzen, und Du tanzt ja nicht, Georg!« sagte Lies mit gepreßter Stimme.

»Ich gehe jetzt, Lies, kommst Du mit? Hier nicht – hier – vor allen Leuten – reden wir nachher darüber.«

Da kam Eugen.

»O, Fräulein Weise, Sie wollen schon gehen? Nein! Aber da protestiere ich energisch, mein verehrtes Fräulein, Sie hatten mir ja noch den nächsten Walzer versprochen. Und Ihr Versprechen – ein Königswort, darf man nicht drehn noch deuteln – «

»Nein, Herr Salle, es tut mir aufrichtig leid, aber ich muß fort. Das nächste Mal – sicher! – Sehen Sie, ich muß morgen so früh auf. – Es geht beim besten Willen nicht!«

»Ach, der Herr Regisseur wird schon auch noch ein wenig hierbleiben.«

»Nein, Georg, wir gehen jetzt«, und zwei Perlen rollten ihr über die Backen.

»Nun, Fräulein, zwingen kann ich Sie nicht. Also Donnerstag! Die Rolle schicke ich Ihnen in den nächsten Tagen zu, oder ich bringe sie Ihnen eines Abends vor das Geschäft. Adieu, lieber Georg, adieu, mein Fräulein, die Pflichten des Vereins rufen mich!«

Wir gingen. Es war unfreundliches Wetter. In den ersten fünf Minuten sprach keines von uns beiden ein Wort. Mir tat mein Benehmen von vorhin leid und Lies weinte.

»Lies – « begann ich endlich kleinlaut.

»Georg – – « Wie der Ton zitterte und nachhallte – ganz Liebe, ganz Hingebung. Da überkam es mich wieder. O, wie ich ihr gut war, mehr als der Mutter und den Geschwi-stern, mehr als allen, allen auf der Welt! Und dieser einen hatte ich so begegnen können! Ich hätte ihr zu Füßen stürzen mögen und abbitten.

»Georg – « und es klang so unendlich traurig, »ich weiß ja, lange wirst Du mich nicht mehr behalten, dann werden wir auseinandergehen. Und es wird grad so sein, als ob wir – so sein – als ob – wir uns nie gekannt hätten – « Wie sie weinte! »Ich sehe ja täglich, daß ich Dich stets hemme und aufhalte. Wir sind so grundverschieden. Sieh einmal, Du bist so ganz anders wie all die Menschen, die ich bisher kennen gelernt habe, und ich – Du wirst – Du mußt – Deinen eigenen Weg gehen, Georg, und ich – Gott – wer weiß, wo ich einmal verkommen werde.

Sieh einmal, Georg, ich hab' Dich ja so lieb gehabt, – von Kind an! Wie ich noch ein kleines Mädchen war und mit Dir umhergelaufen bin, wie ich Dich das erste Mal geküßt habe, Nächte lang habe ich Dir nachgeweint!

Meine Ehre – nein, nein, Georg, ich mache Dir keinen Vorwurf – ich habe Dich ja so lieb – so lieb – – «

Mir wurde unendlich wehmütig zu Mut. Ich biß mir auf die Lippen, aber trotzdem rollten auch mir die Tränen fortwährend über die Wangen. – Das erste Mal seit dem Tode meines Vaters, daß ich weinte.

All das, was Lies mir da sagte, hatte ich mir ja hundertmal selbst gesagt, es mußte ein Ende haben, aber jetzt nicht, jetzt nicht – später einmal – nur jetzt nicht. Wie sollte ich denn ohne sie leben?

Aber es mußte ja sein – also –

»Lies, meine liebe, gute Lies – ja, wir müssen stark sein – wie schwer es uns auch fällt – Du kannst Dir ja gar nicht denken, Lies, wie sehr ich – ach – Du weißt ja nicht – niemals mehr werde ich irgend jemand auf der Welt so lieb haben. – – Aber Du hast recht, wir müssen – noch heute gehen wir – – «

»Georg!!« schrie sie so laut, daß es durch die öden Straßen gellte. »Verlaß mich nicht, bleib bei mir, ich habe ja niemand wie Dich, – Georg! Verlaß mich nicht, nur jetzt nicht! Ich habe ja keinen Menschen außer Dir! Du mußt bei mir bleiben! – O – «

Sie lag in meinen Armen und zitterte am ganzen Körper, und ich küßte ihr die Tränen vom Gesicht, küßte sie solange, bis ihr Antlitz sich aufhellte, bis sie wieder lächelte.

»Nein, nein, Lies! Du mußt nicht an all das denken, was wir eben miteinander gesprochen haben! Ich bleibe bei Dir, ewig bleibe ich bei Dir, Lies!!«

*

Nach liebdurchschwelgter Nacht schritt ich durch schweigende Straßen. Die Luft war jetzt klar, der Himmel wunderbar ausgestirnt. Lange, blitzende Lichterreihen spiegelten sich auf dem noch nassen Asphalt. Kein störender Laut, nur in der Ferne der taktmäßig klirrende Schritt einer Postenablösung und in einer Nebenstraße das Traben eines Pferdes, das Rollen eines Wagens.

Wie träumend ging ich vorwärts. Die Küsse brannten noch auf meinen Lippen und meinen Augen; ich fühlte noch die schlanken Glieder sich an mich schmiegen, den heißen Atem mir über die Stirn fluten – »ich hab Dich ja so lieb – so lieb – «

Rüstig schritt ich aus und doch, all meine Gedanken blieben zurück bei ihr.

Da gewahrte ich in einer Seitenstraße drei weibliche Gestalten, die sich laut um einen Gegenstand stritten, den die eine von ihnen in der Hand hielt.

»Mir gehört es! Mir kommt es zu!«

»Aber mir gehört es doch!«

»Und mir fällt es *doch* zu!«

Was mögen sie nur haben? Neugierig trat ich näher.

Ein junges, wunderbar hübsches Mädchen – im Halbdunkel konnte ich die Züge nicht erkennen, aber merkwürdig, das Gesicht kam mir so lieb, so bekannt vor – hielt krampfhaft mit beiden Händen ein kleines Herz fest umklammert, ein kleines Herz aus reinem, besten Gold.

Zwei alte, widerliche Weibsbilder keiften und krallten auf sie ein, so daß die Ärmste sich kaum zu lassen wußte. Mit ihren dürren Spinnenfingern griffen sie nach dem blitzenden Gold, und wo sie es berührten, wurde es glanzlos und schwarz.

»Her! Her mit dem Spielzeug, mein Püppchen! Über kurz oder lang bekomme ich es doch, nur her damit!«

Das junge Mädchen preßte in Todesangst das goldene Herz an ihre Brust.

»Laßt, laßt mir doch mein einziges Eigentum, ich habe ja sonst nichts mehr!«

»Her damit!« kreischte wieder die andere, die dürre, entsetzlich häßliche Vettel; Lumpen statt der Kleider; eingefallene Wangen, durch die man das Vaterunser hätte beten können; wirre, wie verfilzte Haare.

»Her damit! Her damit! Die Armut braucht Gold!«

»Und meinst Du vielleicht, Freundin, daß das Laster kein Gold braucht?« unterbrach sie die erste.

»Nun gut, dann wollen wir uns darin teilen!« und von neuem drangen sie auf das weinende, junge Mädchen ein.

Da gewahrte sie mich. Lautaufjubelnd warf sie sich an meine Brust.

»Hier! Hier hast Du das goldene Herz, aber rette mich, rette mich vor diesen beiden Entsetzlichen! Rette mich – rette mich!«

Arme Lies – ich Dich retten – ich?!

*

Lieber flöhe ich mein Lebtag schwarze Pudel, eh ich noch einmal eine Regisseurstelle übernehme.

Ein halbwegs gelehriger Papagei hätte die Rolle des Kommerzienrats mit mehr Verständnis gesprochen als Albert Nickel, auch verband mein ›Albatchen‹ diese Sprechübung auf's angenehmste mit schwedischer Heilgymnastik, in dem er sich von Zeit zu Zeit auf seinen breiten Brustkasten schlug, daß es dröhnte, und den Arm dann urplötzlich ausstreckte, daß die Finger knallten. Einen leichten Gesellschaftston konnte er trotz all meiner Mühe nicht treffen, während sein hier vollkommen unangebrachtes Quartanerpathos ihm bei einer Schülervorstellung das Prädikat »kaum noch im ganzen befriedigend« eingetragen hätte.

Eugen – der junge Bucher –, Albert ließ sich noch wenigstens etwas sagen – aber Eugen wußte alles besser; er hatte, wie er sagte, diese Rolle studiert, das heißt er hatte sich aus Mätzchen und Gliederverrenkungen eine Gestalt geschaffen, die auf dieser Welt nicht zu finden war. Er war stolz auf seine Leistung und fragte einen jeden insgeheim, ob ihm die Rolle nicht ausgezcichnet läge.

Der Kriminalkommissar war ein *non plus ultra* von Plumpheit, und ich hätte eher einem Gaisbock das Klavierspielen beigebracht, als ihm natürliche Gesten. Er fuhr mit pfeilgrad ausgestreckten Händen in der Luft umher, als ob er sie so leichter zerschneiden könne, hob und senkte den Brustkasten wie einen Blasebalg und sprach alles im Galopp. Er sprach ebenso ausdrucklos zum Buchhalter: »Im Namen des Gesetzes verhafte ich Sie«, wie er vorher zum Kassenboten gesagt hatte: »Na, Alterchen, willst Du 'ne Cigarre rauchen?«

Nur der Kassenbote spielte sehr gut und verstand aus dieser unbedeutenden Rolle eine prächtige Charge zu machen.

Die Damen – – ja, man sagt zwar, jedes weibliche

Wesen wäre eine geborene Schauspielerin – aber ich bestreite es, es fehlt ihnen die Natürlichkeit – sie sind sich in jedem Augenblick bewußt, daß sie nur mimen, und eben daran scheitern sie.

Von den drei oder vier jungen Mädchen, welche spielten, hatten zwei wohlklingende, schöne Stimmen, Bühnenfiguren, ruhige Bewegungen, und trotzdem entledigten sie sich ihrer Aufgabe nicht halb so gut, wie es Lies tat. Und Lies hatte weder ein schönes Organ noch eine für die Bühne sich eignende Figur – aber sie spielte mit solch einer Hingabe, mit solch einer Natürlichkeit, daß man sah, sie vergaß vollkommen, daß sie sich auf der Bühne befände; besonders die Liebesszene spielte sie so fein nüanciert, sie küßte, sie lachte, sie weinte, sie schmollte in tausend Abstufungen; sie wußte genau das Maß ihrer Leidenschaft innezuhalten, so daß sie sich nicht schon vor dem Höhepunkt verausgabte.

Ich war begeistert, und hätte ich nicht bedacht, daß ihre Stimme eine recht schwache wäre, und sie, abgesehen von ihrem wunderhübschen Gesicht, auf der Bühne unbedeutend aussähe, so hätte ich ihr ernstlich geraten, zum Theater zu gehen. Möglich auch, daß nur diese Rolle ihr besonders gut lag, und daß sie sich in andere gar nicht geschickt hätte, denn sie brauchte ja eigentlich nur in den reichen Schatz unserer Erlebnisse zu greifen, nur ein wenig aus unserem Liebesleben zu plaudern, und die »Grethe Fischer« stand greifbar da.

Jedoch hatte das Theaterspielen leider in einer anderen Beziehung einen ungünstigen Einfluß auf Lies. Im Geschäft gingen plötzlich ihre Leistungen rapide zurück, sie arbeitete unlustig, wurde langsam und unzuverlässig. Soviel ich ihre Fehler zu vertuschen bemüht war, so wurden sie doch vom Prokuristen bemerkt, welcher ihr sowieso schon nicht gewogen war, denn Lies hatte sich früher einmal erlaubt, ihn tüchtig heimzuschicken, als er versuchte, dem Gespräche eine schlüpfrige Wendung zu geben. Kleinliche Menschen vergessen ja derartige Zurückweisungen niemals.

Merkwürdig war es mir, daß mit der Zahl der Proben auch Lies' Partner, Eugen, sich besser in seine Rolle zu fügen begann. Während er erst den Verführer spielte und zwar so fad, daß ich das Mädchen hätte sehen mögen, das er hätte verführen können, kehrte er mit der Zeit mehr und mehr den Liebhaber heraus und begann die Figur ganz annehmbar zu gestalten. Zwar stellte er sich noch bei jedem: »Ach!« in Pose, aber sonst war, abgesehen von dem dramatischen R, an seiner Leistung nicht einmal viel auszusetzen. Ja, man muß sagen, er lebte sich in die Rolle ein, und er versicherte mir auch jedes Mal mit verschmitztem Lächeln, daß er eifrige Studien zu ihr mache.

Nachdem wir nun schon so oft geprobt hatten, daß ich sah, die Helden und Heldinnen mimten mit jedem Mal nur schlechter anstatt besser, so sprach ich eines Tages das Machtwort aus:

»Das Spiel kann beginnen!«

Wie gern hätte ich diese Worte noch einmal zurückgenommen. Sie wirkten auf die Novania wie ein Fußtritt auf einen Ameisenhaufen. Es entwickelte sich urplötzlich eine fieberhafte Tätigkeit. Da waren noch nicht genug Billets abgesetzt, man schickte Briefe, verschrieb mehr Papier, brauchte mehr an Porto, als man jemals hätte gutmachen können. Die Damen jammerten, ihre neuen Kostüme, Roben, Kleider würden ja nicht fertig, Albertchen behauptete steif und fest, daß er bis dahin niemals seine Rolle lernen könne. Aber ich war der Regie schon so herzlich überdrüssig, daß ich unerbittlich darauf bestand. Nur selten hielt ich noch Proben, denn das Stück wuchs mir zum Halse heraus. Ich kannte jedes Wort, jede Wendung und Bewegung und stets wurden mir die Figuren noch puppenhafter und unmöglicher.

Endlich! –

Ach nein! Erst noch Generalprobe. Sie war Hohn und Spott. Schon angesichts der leeren Stühle ergriff alle Künstler am hellerlichten Tage das Lampenfieber. Sie stammelten und zagten, als ob es nicht die Bretter wären, die die Welt bedeuten, sondern die Bretter des Schaffots, auf denen sie ständen.

Alles, was ich ihnen mit Mühe beigebracht, war wie weggeblasen. Entweder sprachen sie zu langsam oder zu schnell, entweder brüllten sie wie angeschossenes Wild oder flöteten so zart wie verliebte Turteltauben, daß man selbst in der ersten Reihe nichts mehr hören konnte. Die einzige, die stets gleichmäßig laut und deutlich sprach, war die Souffleuse. In welche Ecke des Saales man sich auch stellte, ihr klares, durchdringendes Stimmchen folgte überall hin.

Leider war sie beharrlich zwei Zeilen hinter den Spielenden zurück, weil sie um ja recht gut verstanden zu werden, jede Silbe einzeln aussprach.

Die Ausstattung war prächtig, und der Szenenwechsel ging mit geradezu verblüffender Schnelligkeit vor sich. Um einen Stuhl auf die Bühne zu bringen, brauchte man beinahe eine Viertelstunde; denn besagter Stuhl war nirgends im Lokal zu finden und wurde endlich in der Küche gestellt, wohin er sich geradezu eigenmächtig entfernt haben mußte.

Bei der zärtlichen Gartenszene klappte ein Baum um, jedoch ohne ernstlichen Schaden anzurichten und von dem köstlichen Dienstmädchen – Mary Stempel – wurde ein Teebrett auf einen Tisch gestellt, welcher den einzigen Fehler hatte, nicht vorhanden zu sein. Daß hierbei eine Champagner- vulgo Limonadenflasche und zwei Kristallpokale, vulgo Trinkgläser den Weg alles irdischen Glückes gingen, war doch nur eine Schelmerei des Zufalls. – – – – – – – – – – – – – –

Nun drang Eugen darauf, daß ich wenigstens schon einen Tag vor der endgültigen Aufführung vom Geschäft fern bliebe, wie er meinte, um mich selbst zu sammeln und mit nötiger Kraft und Ruhe an meine schwierige Arbeit gehen zu können, oder richtiger gesagt, um noch einige wichtige Laufereien zu erledigen. Er versicherte mich, es wäre unbedingt notwendig, daß ich in meiner Eigenschaft als Regisseur am Tage der Aufführung noch einmal sämtliche Mitspielenden besuchte, mich nach ihrem Wohlbefinden erkundige, ihnen gut zurede und ihnen auseinandersetze, daß ihre Leistungen auf dem Gebiet der ungesattelten Schauspielerkunst ganz hervorragende wären, und die Klienten, wenn auch dieses nicht die Angst benähme, überzeugen müsse, daß sich einst die ersten Bühnen der Welt um ihr Talent – wie sagte ich? Talent? Nein! Genie! Genie! – reißen würden. Jede Künstlerin würde mir mit tödlicher Sicherheit ihre neue Robe zeigen, welche zum wenigsten sechs Ausrufe des höchsten Erstaunens entlocken müßte.

Wirklich, ich unterzog mich dieser lächerlichen Arbeit, ließ mich überall mit Schmeicheleien über meine ausgezeichnete Regie und mit einer Tasse Kaffee bewirten, log den Künstlern und Künstlerinnen, Künstlermüttern und Künstlervätern soviel vor, daß sich die Decken bogen.

Endlich, um sechs Uhr abends, wollte ich noch Lies aufsuchen. Wie atmete ich auf, als ich die acht Tassen Kaffee mit Heldenmut überwältigt hatte. Noch surrte mir der Kopf von all den unverdienten Lobsprüchen.

Ja, bei meiner Lies würde ich doch Ruhe finden. Oh, sie war mir ja so gut! Von heute ab nicht mehr einen Schritt in die Novania! Nicht einen Schritt!

– Ja, wenn ich das so überdachte, wo war ich hingekommen, was war aus mir geworden! Wo waren alle die Pläne, Hoffnungen, die ich gehegt und gezüchtet hatte? Vollkommen war ich in dieser Großsprecherei, diesem Klatsch, diesen Zoten aufgegangen. Aber mußte es denn immer so bleiben, konnte ich mich wirklich nicht mehr herausreißen und meine eigenen Wege gehen? So wird ja nie etwas aus mir. So, ohne Ernst, ohne Streben, bleibe ich in allen Kämpfen der Unterliegende. Ich bin jetzt zwanzig Jahre, und was kann ich? Jeder Schuhmacher kann doch wenigstens sein Handwerk, mit dem er sich sein Brot verdienen kann, aber was habe ich gelernt? Eine Arbeit, in die ein hergelaufener Friseurgehilfe sich in acht Tagen eingewöhnen kann, wenn die Schule ihm nur richtig Lesen und Schreiben beigebracht hat. Was soll ich jetzt noch anders ergreifen, wozu habe ich Fähigkeiten? Schriftsteller? Hm! Als ob ein Mensch ohne Knochen gehen könnte! Was sonst? Kunsttischler? Ja! Ich bin doch zu alt, um noch irgend etwas anzufangen!

Wenn Lies nicht wäre, meine gute, liebe Lies! Sie war die einzige, die mir dieses nichtige Leben noch erträglich machte.

Da war ich angekommen.

Lies war noch nicht da. Auf dem Tisch prangte ein prächtiger Strauß von Marschallnielrosen, auf dem Bett lag das neue Kleid sorgsam ausgebreitet.

Von wem mochten die Rosen sein? Es lag ein zierliches, hellrotes Couvert zwischen den Blumen.

Da kam Lies atemlos in das Zimmer gestürzt.

»Herr Gott! Herr Gott! Wie spät es schon ist! Ich werde ja gar nicht mehr fertig!«

»Und mich siehst Du gar nicht?«

»Ach ja, ja, Georg, es ist nett von Dir, daß Du gekommen bist«, und sie küßte mich pflichtschuldigst.

»Da sind Blumen für Dich.«

»Ach, wie reizend von Dir, Georg!«

»Nein, von mir sind sie nicht.«

»Aber von wem denn sonst? Wer sollte mir denn Blumen schicken?« rief Lies im Tone des höchsten Erstaunens.

»Da – es ist ein Couvert darin.«

Sie riß es auf.

»Ah, von Eugen – « und wurde blutrot – »Herrn – Salle – wie aufmerksam von ihm!«

»Lies, wie kommt er dazu, Dir Blumen zu schikken?!«

»Wie – er – dazu kommt – « stotterte Lies, »er – er – er – hat gar keinen Grund. Ach, Du – Georg – « sie lachte. »Du witterst auch hinter allem was. Wie kann man nur immer so eifersüchtig sein!« Sie küßte mich, und drohte mit dem Finger. »Ich bin Dir ja doch gut!«

So eigentümlich hatte sich Lies noch nie mir gegenüber benommen.

»Lies, Du treibst falsches Spiel mit mir!«

»*Iiich?*« – »Ja, Du!«

»Aber Georg!«

»Lies, sag' mir, ist etwas vorgefallen?«

»Aber Georg, ich versichere Dich – nein, was Du auch immer gleich hast!«

Und plötzlich fiel sie mir mit krankhaft hastiger Zärtlichkeit um den Hals und küßte mich heftig.

»Ach, Georg, ich muß mich ja anziehen«, unterbrach sie sich. »Ah – sieh nur einmal, mein neues Kleid!«

»Nun ich will Dich nicht aufhalten, Lies!«

»Ach, Georg, bleib' doch da, ich möcht' doch noch ein bißchen mit Dir plaudern. Weißt Du, ich hab Dir im Geschäft alles fertig gemacht, Du brauchst es nur morgen wegzuschicken. Der Winder hat so mit mir geschimpft, weil ich etwas falsch habe beschreiben lassen. Die ganzen Kartons, meinte er, wären zum Teufel!«

Sie sprach und lachte fortgesetzt, während sie sich umzog und zwar mit so fieberhafter Hast und Lustigkeit, daß es mir schien, als wolle sie mich nicht zu Worte, nicht einmal zum Denken kommen lassen.

»Ja, Lies, ich muß aber jetzt nach Haus! Abholen kann ich Dich leider nicht, denn ich muß früher da sein, wie Du!«

»Ach, bleib doch noch bei mir, Georg! Wer weiß, wann Du wieder einmal zu mir kommst!« bettelte sie.

»Aber, Lies, Du bist wirklich heute merkwürdig! Als ob ich nicht fast jeden Tag – oder jede Nacht – zu Dir käme! Adieu – Lies!«

»Ach, bleib' doch noch bei mir!«

»Nein, nein! Ich kann nicht!«

»Dann gib mir doch wenigstens noch einen recht schönen Kuß!«

»Da!«

»Noch einen – noch einen – noch einen! Adieu, Georg!«

»Adieu, Lies!«

Nein, wie merkwürdig sie war!

Kaum war ich aus dem Haus getreten, als ich Eugen traf. Im flatternden Havelock und Sammethut machte er den Eindruck eines durchgefallenen Theaterschülers.

Er wurde verwirrt, als er meiner ansichtig wurde, faßte sich aber schnell, eilte mit erzwungener Freundlichkeit auf mich zu und streckte mir graziös die Hand entgegen.

Er freue sich sehr, mich endlich zu treffen, denn er hätte mir noch unendlich wichtiges mitzuteilen. Ob ich daran gedacht hätte, daß – – und er begann mich mit einer Flut von Kleinigkeiten zu überschütten, die schon seit Wochen erledigt waren.

Er sprach schnell und überhastet und begleitete mich wohl durch sechs Straßen, bis er sich plötzlich von mir verabschiedete, da er noch etwas äußerst Notwendiges zu besorgen hätte.

*

Der Saal war wirklich bis auf den letzten Platz gefüllt und die Zuschauer machten nicht einmal einen schlechten Eindruck. Zwar war auf ihren Gesichtern nichts zu sehen, was auch nur mit Ernst und Urteilskraft eine Ähnlichkeit gehabt hätte, aber die Vorhemden der Herren waren unbedingt tadellos sauber und frisch gebügelt; die Hälse und bloßen Arme der Damen schienen für heute besonders weiß gepudert zu sein. Das flimmerte und glitzerte von Perlstickereien, rauschte von altmodischen Seidenkleidern, blitzte und strahlte von Ohrringen, Armreifen und Halsketten! Wie das wogte, wie das plauderte und man sprach von nichts, wie von dem neuen Stück; daß es doch so sehr gut sein sollte – sein sollte – und daß sich schon mehrere große Theater um dasselbe beworben hätten; der Verfasser solle noch sehr jung sein und zu den schönsten Hoffnungen Anlaß geben. Wer es wäre, dürfe man ja nicht sagen, aber er wäre allen aufs vorteilhafteste bekannt. Wenn nicht alle Anzeichen trügen, so würde man einstmals seinen Namen unter den ersten des Landes nennen.

Die großen elektrischen Lampen erloschen plötzlich, eine zitternde Erwartung legte sich über die Gesellschaft. Man hörte nur das Atemholen und aus der ersten Reihe ein: »Ja, ich sage Ihnen, es ist sehr gut.« Ein grelles Läuten – der Vorhang wallte empor. Wie sie lauschten, wie sie spitzten. Der erste Akt ging ohne besondere Schwierigkeiten von statten. Und als der Vorhang sich senkte, brauste ein Beifallssturm durch den Saal und der zügellose, entfesselte Theaterpöbel schrie, kreischte, brüllte nach dem Verfasser und den Darstellern. Eugen, welcher wohl nur auf diesen Augenblick gewartet hatte, stürzte vor die Rampe und verbeugte sich, huldvoll nach allen Seiten lächelnd. »Ich hoffe, es wird gefallen«, rief er mir zu, als er zurücktrat. Auch der zweite Akt ging ohne Anstoß vorüber.

Als Lies, welche ihren Vater suchte und mit dem Bankierssohn schnell einige verständnisinnige Worte zu wechseln hatte, die Bühne betrat, klatschte und jubelte das Publikum vor offener Szene, ohne daß sie auch nur ein Wort gesprochen hatte und auf den ersten Blick war es allen klar, daß sie und nur sie, die einzige wirkliche Schauspielerin des heutigen Abends wäre. Möglich auch, daß ihr schönes Gesicht die meist noch jugendlichen Zuschauer, die gegen so etwas nie unempfindlich, verblüffte. Hinter der Szene lag Fräulein Mary Stempel in Weinkrämpfen, denn sie war fest davon überzeugt gewesen, daß ihr und keiner andern am heutigen Abend aller Beifall gebühre. Als Lies abtrat, war sie wie mit Blut übergossen und als ich sie anrief, antwortete sie nicht einmal, sondern ging weiter; ich schrieb es ihrer augenblicklichen Erregung zu.

Der Vorhang fiel, derselbe Beifall, derselbe Jubel, dasselbe Rufen nach dem Verfasser und den Darstellern. Eugen verbeugte sich wohl achtmal, sein Gesicht strahlte, und wirklich, er tat mir im Augenblick leid, denn ich sah, daß ihn Stolz, Freude und Zuversicht erfüllten; sah Träume seine Stirn umschweben, die ich selbst oft genug geträumt hatte und sah Wünsche und Hoffnungen, ruhelose Nächte, Jahre voll Enttäuschung und endlich ein schmerzvolles Unterliegen. Der dritte Akt, auf den ich meine ganze Erwartung gesetzt hatte, war der einzige im ganzen Stück, welcher zwei bis drei annehmbare Szenen enthielt. Von Plagwitz pumpte wirklich mit großer Routine den Kommerzienrat erst um einige tausend an (es schien mir, als ob der Herr Leutnant hierzu Studien im wirklichen Leben gemacht hätte) und verlobte sich nachher mit gleichem Geschick mit der Tochter, für die der Buchhalter eine stille aber unerwiderte Liebe hegte. Auch hier schienen mir Studien vorangegangen zu sein.

Die Gartenszene! Wenn nur wieder kein Baum umfiele oder Sachen auf einen Tisch gestellt würden, der nicht vorhanden war, so hoffte ich, würde sie anstandslos vorübergehen und das Stück retten. Was später kam, war alles dazu angetan, den guten Eindruck, den das Stück bisher gemacht hatte, endgültig zu zerstören. Schon bei Beginn der Szene, bei den ersten schüchternen Worten der beiden Spielenden, legte sich über alle eine atemlose Spannung. Die Augen der Zuschauer schienen sich zu vergrößern und ein Zittern, ähnlich dem Vibrieren einer Uhrfeder lief durch die Reihen. Ein jeder ahnte, was hier folgerichtig kommen müsse. Auch ich wurde von dieser Erwartung ergriffen und ich weiß nicht, war es die Wirkung der vorhergegangenen Erregung und meiner bis zur Überreiztheit gespannten Aufmerksamkeit, ich begann plötzlich am Körper zu zittern. Es schien mir, als ob Lies im Anfang etwas befangen spielte, als ob sie selbst Angst hätte vor dem Ende dieser Szene, aber plötzlich kam es wie eine Erlösung über sie. Ihr Spiel wurde frei, ihr Lachen ungezwungen, die ganze Figur schien aufzuleben und ihre höchste Lebenskraft zu entfalten. Und als sie ihm den ersten Kuß gab, war es nicht mehr zu glauben, daß man dieselbe vor sich hätte, wie vorhin. Ihr Spiel wurde von Minute zu Minute natürlicher, sie lachte und küßte, küßte und lachte und plötzlich – nein, das war kein Spiel mehr, das war Wahrheit! Wahrheit! konnte kein Spiel sein – lag sie in seinen Armen. Ich sah, wie ihre Augen halb geschlossen waren, wie sie bebte und zitterte – wie damals! Aber die Lider erhoben sich nicht, Eugen rann ein dicker Blutstropfen über das Kinn; seine Partnerin hatte ihm in die Lippen gebissen. Ich ließ den Vorhang fallen. Man rief nach Wasser, aber keiner dachte daran, etwas heran zu bringen. Da nahm Eugen, welcher sich wieder gefaßt hatte, Lies wie ein kleines Kind auf den Arm und trug sie fort. Als er sie aufhob, öffnete sie die Augen und sah ihn an und dieser Blick sagte mir, daß Lies von heut an nicht mehr zu mir, sondern zu jenem gehörte. Draußen aber brüllte, klatschte und jubelte das Publikum und rief wie wahnsinnig nach den Darstellern, denn es dachte ja, das Stück wäre so eingerichtet, daß der Vorhang unbedingt hier fallen müsse. Wie die Vorstellung weiter verlief, weiß ich heute nicht mehr, ich weiß nur, daß Lies mich weinend bat, ich solle von ihr nie etwas Schlechtes denken und sie könne nicht anders.

*

Die jetzt kommende Zeit war für mich mit die schwerste meines Lebens. Ich hätte nie gedacht, daß in mir eine Leidenschaft so tief wurzeln könne. Meine Mutter zergrämte sich schier, wie schlecht ich aussähe, warum ich fast gar nichts äße und Abend für Abend zu Hause bliebe, ohne mit jemand ein Wort zu reden oder nur irgend eine Beschäftigung vorzunehmen. Aber trotz all ihrem Mitleid und all ihrem Zureden gelang es ihr nicht, den Grund zu erfahren.

Sie begann, mich wie einen Kranken mit äußerster Schonung zu behandeln, mir alles aus dem Weg zu räumen, was irgendwie für mich störend war. Es wäre mir ja auch ein leichtes gewesen Lies wieder an mich zu ziehn. Ich glaube es hätte nur eines Wortes bedurft. Aber grade dies eine Wort sprach ich nicht; denn eigentlich fühlte ich mich glücklich, endlich frei und dem Zwange entronnen zu sein; ich begann auch langsam geistig wieder aufzuleben, indem ich mich allen banalen Vergnügungen fernhielt; aber in schlaflosen Nächten schrie ich fast vor Sehnsucht nach ihr, und stand stets mit dem festen Vorsatz auf, heute das Machtwort zu sprechen, von heute an unser Verhältnis wieder das alte sein zu lassen; und doch eine ungewisse Furcht hielt mich davon ab, eine ungewisse Furcht, die sich endlich bis zur offenen Abneigung steigerte. Denn sowie Lies meinen leitenden Händen entronnen, so waren auch all die zarten und feinen Regungen ihrer Natur spurlos verschwunden und das von den Eltern ererbte unfeine, jener mir unerklärliche Zug drückte dem Gesicht, den Bewegungen und dem Wesen seinen Stempel auf, überwucherte das gute an ihr, wie Disteln die Hafersaat. Möglich auch, daß sie aus Trotz, grade in meiner Gegenwart, diese Seite des Charakters nach außen kehrte. Nur einmal, als ich sie still beobachtete, sah ich wie ihre Augen mit Tränen gefüllt waren und sie fortgesetzt verstohlen zu mir herüberblickte. Ich tat, als ob mich diese Blicke nichts angingen und vertiefte mich in meine Arbeit. –

Soviel ich mir aber auch Mühe gab, die Fehler welche Lies im Geschäft machte, zu vertuschen, ja teilweise dieselben auf meine eigene Kappe zu nehmen, so war es mir doch oft nicht möglich, sie vor Verweisen zu schützen, ja, man drohte ihr sogar, falls ihre Arbeit nicht eine korrektere würde, müsse man sie unbedingt aus dem Geschäft entlassen und es bangte mir aufrichtig um ihre Zukunft!

*

Fast als Familienmitglied war Luise jetzt zu rechnen; sie kam oft zu uns, denn sie hatte viel unter der brutalen Behandlung ihres Mannes zu leiden. Es entwickelte sich zwischen uns eine Freundschaft merkwürdiger Natur, eine reine Freundschaft wie sie bei Menschen verschiedenerlei Geschlechtes nur ein großer Altersunterschied hervorbringen kann. Wo Luise irgend etwas erübrigen konnte, steckte sie es mir zu, und ich dankte ihr dafür, indem ich rückhaltlos mit ihr alles besprach, was mich und sie anging. Auf ihren Rat, den sie oft in putziger, treffender Weise mir erteilte, gab ich viel; ja ich weihte sie sogar in meine »sogenannten literarischen« Arbeiten ein, welchen sie aber als Weltkind recht kühl und skeptisch gegenüberstand.

Luise verstand es, sich überall nützlich zu machen. Sie wusch, putzte Scheiben, stopfte Strümpfe, ohne daß man sie dazu aufforderte oder daß sie irgend welchen Dank oder Entgelt dafür annahm. Es war stets ein Freudentag für die Familie, wenn Luise zu uns kam. Aber plötzlich blieb ihr Besuch einige Wochen aus, bis sie eines Tages unerwartet wieder erschien.

»Ach Luise, Luise ist da!« Wir liefen nach der Küche. »Guten Abend Luise. 'n Abend, Luiseken, na wie geht es Dir?« und ich strich ihr über die noch braunen Haare. »Du bist lange nicht mehr hier gewesen, heute nacht bleibst Du doch bei uns Luise? Du siehst ja so verweint aus, was fehlt Dir denn? Ist Bergemann immer noch so?«

»Ach Jotte doch, mit ihm ist's auch jetz jarnich mehr auszuhalten, von Tag zu Tag wird er verrückter; arbeiten tut er nu schon lange nischt mehr – – un krank is er auch immer. Neulich hat er wohl wieder an die sechs Wochen in die Charité gelegen. Als Dienstmann verdient er erst recht nischt, na ja, wenn's das nur allein wär! Ne, er schlägt mir immerzu, nicht Tag noch Nacht ist man vor ihm sicher. Die Tür hat er ausjehoben, damit er immer in mein Zimmer kann und dann haut er mir so lange, bis ich ihm Geld zu Schnaps jebe. Ein Messer trägt er auch immer bei sich, damit will er mir morden, hat er jesagt.«

»Sieh' nur mal, dieser gemeine Kerl, ganz blaue Flecke hat Luise da, sieh' nur mal, pfui der gemeine Kerl, Du tust ihm doch gewiß nichts.«

»Er ist verrückt«, sagte Mutter, wie um uns zu beschwichtigen.

»Ja – also, da neulich bin ich nicht zu Hause, auf Stelle jegangen und da nimmt er all meine Wäsche und Kleider aus't Spinde, trägt den Waschzuber auf den Hof und weicht meine sämtlichen Sachen ein, und dann behauptet er nu, weil ich nischt wasche und er nich ein reines und janzes Hemde hätte – und dabei habe ich ihm erst letzten Weihnachten ein halbes Dutzend gekauft –, da behauptet er nu, er muß waschen und weicht mir meine ganzen Sachen ein, wie find't man das?«

»Der Mensch ist total verrückt«, drückte Mutter noch zur Beruhigung Luises ihren Petschaft auf und ging aus der Küche.

»Und jetzt hat mir der Wirt gekündigt, weil er immer Tag und Nacht mit mir zankt und so 'n Lärm macht, daß sich alle Mieter beschwert haben. Meine ganzen Sachen hat er auch nach und nach versetzt, nur um Schnaps zu kriegen. Mit Mühe und Not habe ich jrade noch die Pfandscheine von ihm 'raus gekriegt. Dreimal habe ich 's schon mit ihm versucht, nu mag er *diesmal* sich 'ne Wohnung suchen, wo er will, ich kümmere mir um den Menschen nich mehr.«

Die ganze Zeit hatte sie mit tränenerstickter Stimme gesprochen, jetzt beugte ich mich zu ihr nieder:

»Ja, Luiseken, Du hast ganz recht. Für's erste wirst Du eine Zeitlang bei uns wohnen. – – «

»Ne, ne« – –

»Ach was, für's erste schläfst Du bei uns.«

Ich blieb einen Augenblick mit Luise allein. Da kam Mutter wieder herein und sagte mir, ich möchte einmal zusehen; es sei ein junger Herr da, welcher mich zu sprechen wünsche. Ich wußte nicht, wer es sein könnte, denn der einzige Verkehr, den ich noch hatte, war Ernst Sauer und Ernst hatte selten Zeit mich aufzusuchen. Tags saß er auf seinem Schusterschemel, in den Abendstunden besuchte er die Kunstschule, und einen Teil der Nacht las er. Ich wußte also wirklich nicht, wer es hätte sein können; Mutter kannte ja auch Ernst.

»Kennst Du ihn nicht?«

»Nein, aber er kommt mir sehr bekannt vor, den Namen habe ich nicht verstanden.«

Ich ging vor. Ja, was ist denn das? ist das nicht Walter Schneider? Das ist ja prächtig! »Herr Gott noch mal, laß Dich doch mal ansehn; bist du aber groß und breit geworden, ein Kerl wie'n Bär! und Schmisse hast Du auch! Na, Dich haben sie wohl tüchtig zusammengewaschen, das kann ich mir denken!«

»Nein, ganz gut gestanden und unter anderm dem einen von den Bonzen wunderhübsches Andenken vom Ohr bis zur Nase mit auf diesen Lebensweg gegeben.«

Ja, war denn das noch derselbe wie früher? Ich hätte nie geglaubt, daß seine ehemals so zierliche Hand einst das Rapier und nicht die Feder führen würde.

»Nu, sage mal, Walter, ich glaube, wohl bald fünf Jahre haben wir uns nicht gesehen. Wie es mir ergangen ist? da ist nicht viel zu sagen; ich bin eben in ein Geschäft gekommen und soll Kaufmann werden, das heißt bin es schon offiziell. Ich möcht mich aber gern verbessern und Schuhputzer werden, das sagt mir mehr zu; so, nu weißt Du's! Und nun erzähl' Du mal!«

»Ich bin doch kein Volksredner? Na, aber, weil Du von jeher so'n Kamel warst, will ich Dir's mal sagen. Also, als meine Eltern tot waren –«

»Deine Eltern sind gestorben!? Armer Junge! Ich kondoliere!«

»Mach doch keine Umstände, waren ja schon alte Leute, ist doch ganz naturgemäß, daß sie vor uns sterben. Gott, schmerzlich ist es ja, aber man muß es überwinden. Also ging ich eben zur Universität und habe nu studiert; Ja ja, bin ein altes Haus, schon neuntes Semester!«

»Und was hast Du denn studiert, wenn man fragen darf?«

»Hm, hm, eigentlich – nu man studiert ja bloß so pro forma, eigentlich gar nichts bestimmtes, ich hab' mich in allem umgesehen –«

»Und kann nichts –« lag mir auf der Zunge.

»Und werde mal nächstens in irgendwas promovieren.«

»Ja, verzeih, mit irgend was mußt Du Dich doch speziell befaßt haben?«

»Ja, na – also, – entweder nehm ich Botanik oder Philosophie als Hauptfach oder, oder, na, ist ja doch bloß Formsache. Ich sage Dir, überhaupt die ganze Sache mordslangweilig. Dieser Schwindel! Jeder geht da seine ausgetretenen Pfade und kräht, als ob er das Ei des Kolumbus gelegt habe. Alles fauler Zauber, Sohn.

Ich gehe überhaupt nicht mehr hin. Wenn man so mal in diese Ledernheit, reingeguckt hat, kriegt man's wirklich satt!«

»Ja, was machst Du denn jetzt sonst?«

»Gar nichts, trink Bier dazu und rauch wohl auch mal 'ne Cigarre, – eine echte, mein Sohn! –«

»Ja, aber, um Himmelswillen, Walter, das ist doch nicht Dein Ernst?«

»Nee oller Knabe! Siehst Du denn nicht ein, Mensch, daß die ganze Sache eine furchtbare Hühnerstiege ist. Um die Arterhaltung dreht sich doch alles.«

»Ja, aber was soll denn mal aus Dir werden? Ich

hatte Dich schon immer als Dekan der Berliner Universität gesehen.«

»Was aus mir werden soll, ist doch meine Sache! Jott, ich werde ja doch nicht alt, da hat es doch keinen moralischen Hintergrund! Die paar Jahre, die ich noch habe, will ich doch wenigstens möglichst vergnügt leben.«

»Laß Dich doch gleich ins Narrenhaus sperren!«

»Nee, allen Ernstes, Jörge, ich hab' vorigen Winter Gelenkrheumatismus gehabt und einen Herzfehler bekommen. Der Kitt schaut faul aus! Eines schönen Tages – haste nich jesehn – Zappen duster!«

»Hypochondrie ist vollkommen zeitgemäß, Hypochondrie macht einen der besseren Eindrücke bei einem jungen Menschen. Ich habe drei Jahre lang 'nen Herzfehler gehabt, aber jetzt ist er, Gott sei Dank, wieder ausgeheilt!«

Er verstand, was ich meinte.

»So, so! Für verrückt habe ich Dich ja immer gehalten, aber für so blödsinnig doch nicht!«

»Ja, Du bleibst doch zum Abend bei mir?«

»Gott soll mich bewahren, mein Junge! Familienstumpfsinn und den liebenswürdigen Schwerenöter spielen! Nee, mein Engel, das kannst Du von mir nicht verlangen. Ein Glas Bier trinken wir nachher – oder am liebsten gleich.« – »Ja, aber nur ein Glas!«

»Mehr als acht am Abend trinke ich selten. Na, komm schon, wir wollen gehen, wir können ja nachher wieder miteinander reden.«

Er hatte sich erhoben, und es fiel mir sein schwerfälliger Gang auf. Man konnte nicht sagen, daß er hinkte, und doch schleppte er etwas beim Gehen. Er sagte mir auch, daß ihm das Gehen schwer fiele, und er leicht ermüde.

»Ja, wo wollen wir denn hingehen, Walter?«

Er nannte ein mir sehr unangenehmes Lokal, welches ich zwar nur vom Hörensagen kannte, dessen Name aber schon stets in mir einen gelinden Ekel hervorrief.

»Nee, Mann, da gehe ich nicht hin!«

»Ach sei doch kein Kamel! Komm nur mit!«

Und er bat mich solange, bis ich mitging, trotzdem ich ihm unverblümt sagte, daß ich diese Tingeltangel nicht liebte.

Blechmusik, Stadtbahnbögen mit gellendem Widerhall, zwischendurch das Brausen und Poltern der Züge; chinesische Lampions, Fächer, und farbige Bänder dekorieren kindlich die kahlen Ziegel und verschwimmen halb in der rauchblauen Luft. Die Wände sind von einer braunen Holztäfelung überzogen, die schwer eichenen Tische und Stühle bilden einen unangenehmen Gegensatz zu der puppenhaften Ausschmückung.

Im Mittelgang drängt sich der Menschenstrom. Vor der Musik staut er sich. Kellner mit silbernen Epauletten auf der Achsel winden sich mit erhobenen Speisebrettern gleich Schlangenmenschen durch die Menge und fordern das Publikum auf »doch weiterzugehen«.

Walter wollte gerade vor der Musik Platz nehmen, doch eine derartige Folterqual konnte ich meinen Nerven nicht zumuten und bat ihn, in der äußersten Ecke des Saales uns einen Platz zu suchen.

Da saßen junge Leute, mit tadellosen Scheiteln,

blassen Gesichtern, aufgewirbelten Schnurrbärten; man sah ihnen die Wut an, mit der sie sich amüsieren wollten, und doch langweilten sie sich so herzlich. Aber was blieb ihnen anders übrig, um die nach des Tages Mühen und Arbeiten – dieser war Friseur vielleicht, *der* Schuhmacher, *der* Kaufmann – stumpf gewordenen Sinne zu kitzeln, als zu diesen Gewaltmitteln zu greifen, diesem Lärmen, dieser aufregenden, schlechten Musik sich hinzugeben, die Damen – Damen! – mit, nur den Männern eigentümlichen, Gedanken zu betrachten.

Da waren selbst alte, in Unehren ergraute Familienväter und fragwürdige Existenzen aller Art zusammengewürfelt. Und die Damen, mit denen sie dort saßen! Halbseide – ja, sogar Baumwolle! pöbelhafte Baumwolle!

Ich begann mißgestimmt zu werden und mich über jene Leute an den Tischen zu ärgern, wie überhaupt von jeher alles gewöhnliche ein kribbelndes Mißbehagen in mir hervorrief.

Ich drang darauf, daß wir bald wieder gingen, aber Walter gab nicht nach. Ich sollte doch nicht so griesgrämig sein, hier wäre es doch sehr hübsch, und ich sollte mir doch die vielen hübschen Mädchen ansehn, zum Beispiel die, die dort hinter mir säße; es wäre zwar eine halbe – aber das müsse man ihr lassen, blitzsauber wäre sie doch, trotz alledem noch blitzsauber, die kleine Kröte!

»Ach, laß mich aus damit!«

»Na, umdrehen kannst Du Dich ja doch einmal, soviel ist sie immer noch wert; vielleicht machst Du da noch Eroberungen.«

Ich tat es. »Wo sitzt sie denn?«

»Ach sieh doch mal, sie hat so einen famosen – – so einen trotzigen Zug um die Lippen, so etwas Weltverachtendes! So 'was gefällt mir stets, weißt Du!«

Ich fuhr zusammen.

Ja, ist das nicht Lies? Natürlich! Natürlich ist sie es!

»Ja, ich werd' doch mal versuchen, mich da heranzumachen. Aber ich glaube, ein Herr sitzt dabei. Na, wenn er was will und satisfaktionsfähig ist – Doppel Terz, Durchzieher, eins sitzt sicher!« Er markierte die Hiebe mit einer leisen, wippenden Handbewegung.

Ich sah hin. Ich konnte zwar von dem Herrn nichts sehen, da er durch andere verdeckt war, erblickte aber plötzlich eine nach dem Bierseidel langende Hand, und an der theatralischen Bewegung, an dem feinen abgezirkelten Schwung erkannte ich, daß es Eugen war.

»Weißt Du, ich muß sie mir doch mal ansehen!« Und damit hatte sich Walter schon erhoben und begab sich nach dem Tische, wo sie saß.

Er kam zurück.

»Blitzsauber; blitzsauber! Ein Mädel wie Milch und Blut! Nein die muß ich haben, auf jeden Fall! Den Laffen, der dabei sitzt, wird sie schon abwimmeln.«

»Ach, laß doch den Unsinn sein! Du vertrödelst ja bloß Zeit, es geht doch nicht.«

»Da sollst Du mich mal kennen lernen!« Und er begann mir Geschichten zu erzählen, daß, wenn nur die Hälfte davon wahr gewesen wäre, der selige Don Juan in der Hölle beschämt hätte erröten müssen.

»Ja, aber ein Blitzmädel ist sie doch! Die muß ich auf jeden Käse haben, sag' ich Dir!«

Und er versuchte auf alle Arten und Weisen sich

Lies bemerkbar zu machen, lächelte, trank ihr zu, ging öfter an ihrem Platz vorüber, und ich glaube, wenn man ihm den Kopf abgeschlagen hätte, wäre er unbedingt noch zu Lies herübergeflogen. Es ging ihm wie Reinecke mit den Hühnern.

Wirklich! Nach einer Weile stand Lies auf und ging den Mittelgang hinunter. Walter stieg ihr, ohne daß ich es hätte verhindern können, sofort nach und sprach sie an. Sie lächelte, indem sie ihm antwortete, und dieses Lächeln, das ihr so gut stand, kannte ich. Es war dasselbe Lächeln, das sie stets aufsetzte, wenn sie mit ihrem Willen durchdringen wollte, dasselbe, welchem ich niemals hatte widerstehen können. Nach einer Minute kehrte Walter zurück.

»Die Woche fängt gut an«, sagte er frohlockend. »Ich hab' mich in aller Eile für morgen um acht Uhr verabredet. Ach! Du willst mich Weiber kennen lehren! Du? Nee! Da mußt Du früher aufstehen, Sohn! Ich hab' auch in aller Eile von ihr erfahren, daß sie ein Verhältnis hat, das sie aber möglichst bald abwimmeln will. Weißt Du, der Laffe da, das Ohrfeigengesicht da drüben. Aber er kommt mir doch scheußlich bekannt vor.«

»Ja, kennst Du ihn denn nicht? Es ist ja der Obermime von den ›Geistesbrüdern‹!«

»Wie? Was? Du sprichst in Bretzeln, Sohn!«

»Eugen Salle ist es!«

»Herr Gott noch mal! Daß das aber so'n geschniegelter Prolet werden könnte, hätte ich doch nicht gedacht!«

Das war alle Freundschaft, die Walter noch für ihn empfand.

»Und kennst Du vielleicht auch das Weib, mit dem er da sitzt?«

»Jawohl! Es ist Lies Weise.«

In diesem Augenblicke kam sie an mir vorbei. Sie wurde blutrot und warf mir einen Blick zu, als ob sie mich fressen wollte. Ich begriff nicht, wie diese Augen, die früher oft mit Innigkeit auf mir geruht hatten, einen derartigen Ausdruck annehmen, wie diese Lippen, die mich tausendmal geküßt, sich so hochmütig mir gegenüber schürzen konnten.

»Da ging sie ja wieder!«

»So?« sagte ich im gleichgültigsten Tone, der mir zu Gebote stand.

»Sieh mal, Jorge, was ist denn da los?« sagte Walter, gab mir einen freundschaftlichen Rippenstoß und wies mit den Augen hinüber.

Eugen hatte seinen Stuhl dicht an Lies herangerückt und sprach mit Blicken, Worten und Gebärden energisch auf sie ein, während sie gelangweilt mit verhaltenem Gähnen – als ob diese Angelegenheit jemand anderes beträfe – ihm zuhörte. Endlich aber sprang sie auf, ergriff ihre Sachen, warf Walter einen Blick zu, und ließ Eugen allein, der hastig und verduzt einen Kellner heranrief, zahlte und ihr nacheilte.

Mich widerte diese Szene derart an, daß auch ich aufbrach. Ich bat Walter vielmals um Entschuldigung. So leid es mir täte, ich müßte unbedingt heim. Trotzdem erklärte er mich in doppelten B. B. und entließ mich nicht ohne seinen väterlichen Fluch.

Also so weit war es schon mit Lies gekommen! Mich erregte ihr Betragen weniger, als es vielmehr ein trauriges Gefühl in mir hervorrief.

Den ganzen Weg sprach ich vor mich hin, verzieh ihr tausendmal in eigennützigem Wohlwollen, träumte mich reich, um ihr Wohltäter werden zu können, der die »Gefallene« erhob, die »fast Entmenschte« Schritt für Schritt zurückführte, ja, ich sah sie sogar schon als meine Gattin, sah Kinder und Kindeskinder vergnügt auf meinen Knieen spielen.

Noch ganz erfüllt von dem vorgefallenen kam ich heim. Luise war noch auf, sonst waren alle zu Bett. Sie saß noch und besserte Wäsche aus. Die Lampe hatte sie zwischen sich und die Arbeit gestellt und hielt die Arme weit von sich gestreckt. Ich begriff nicht, weshalb sie die Brille auf die Nasenspitze gesetzt hatte, weil sie doch über dieselbe hinwegsah. – Trotzdem der heutige Tag für sie ein Unglückstag gewesen, flickte sie die Wäsche mit bewunderungswürdigem Geschick und Fleiß, und es schien, als ob sie über der Arbeit alles vorgefallene vergessen hätte.

»Nu, Jeorge, wo bist Du denn so lange jewesen? Det jefällt mir jarnich von Dir, daß Du immer so lange wegjehst!«

Diese Worte waren zwar nicht sonderlich ermunternd für mich, aber ich weiß nicht, wie es kam, ich setzte mich zu ihr und begann mit ihr zu plaudern und merkwürdig! Was ich meiner Mutter trotz Bitten und Fragen nicht gesagt hatte, das erzählte ich Luise ohne dieses. Ich erzählte ihr meine ganze Geschichte mit Lies von Anfang bis zu Ende. Es war wie eine Last von mir genommen, als ich es ihr gesagt hatte, und die brave Frau lachte nicht, sie spottete auch nicht über mich, sondern sie nahm meinen Kopf zwischen die Hände:

»Sieh mal, Jeorge, es wird Dir im Leben manches

geschehen, von dem Du glaubst, daß Du es nicht überstehen kannst. Mir ist es auch ganz anders gegangen, wie ich es gewünscht habe, man muß es nu mal aushalten.«

Das waren nur einfache Worte, und das war nur eine einfache Frau, die so sprach, und trotzdem, mochte es nun die liebevolle Berührung ihrer Hände sein, ihre Worte beruhigten mich. Von Stund an war dieser Mißmut von mir genommen.

Mutter war erstaunt, wie und aus welchem Grunde sich diese plötzliche Umwandlung vollzogen hatte.

– –

– –

Wohlgeborgen vor den feindlichen Blicken des Chefs hatte sich hinter Wällen von Kartonnagen in einem halbdunklen Winkel des Geschäfts frühstükkend der Klub der Freigeister am Vormittag eines der nächsten Tage versammelt. Eifrig disputierte man.

»Hm! Ich sage Ihnen ja, so etwas durchzuführen, ist unmöglich!«

Dabei wackelte der dicke Prokurist Winder verlegen hin und her, strich sich den Vollbart oder rieb sich die Hände – eins tat er stets, wenn er sprach –

»Sehen Sie, ich bin gewiß freidenkend. Ich lasse jedem sein Recht widerfahren, jedermann! Ich habe doch auch denken gelernt, für so dumm müssen Sie mich nicht halten!«

»Nein, nein«, beschwichtigte ich ihn.

»Aber ich werde mich doch schwer hüten, mich mit einem Arbeiter auf eine Stufe zu stellen. Das werde ich nie dulden, sage ich Ihnen! Ein Arbeiter ist eben nicht das, was ich bin!«

»Und weshalb nicht?«

»Nun, nun – hm, hm! – Weil er nicht das gelernt hat, wie ich!« polterte Winder hervor.

»Bis zu diesem Grade des Denkens, zu dem ich mich durchgerungen, werden die Leute erst kommen, wenn sie mit unseren Gebeinen Äpfel von den Bäumen schmeißen. Diese Gesellschaft will ja nur möglichst wenig tun und möglichst viel dafür bekommen. Jedoch auch ihnen will ich Recht widerfahren lassen. Die Löhne sind nicht gut. Bei einer besseren Geschäftslage werden die höher werden. Man hat Invaliditäts- und Altersrenten, man hat Krankenkassen, man hat Armenhäuser, man tut alles für die Besserung ihrer Lage, und sie sind noch nicht zufrieden. Sehen Sie sich einmal diese Gesellschaft so an. Ich bin gewiß nicht für Religion und den ganzen Krimskrams, mein ganzer Glaube ist – « er warf sich in die Brust – »daß sie den Menschen, wenn er mehrere Tage tot ist und anzustinken fängt, von allein unter die Erde bringen, und daß drei Pfund Rindfleisch eine gute Brühe geben. Aber sehen Sie sich diese Proletarier einmal an. Da muß eine Religion sein. Die tragen nicht wie wir die Moral in sich.«

»Die Moral«, sprang Herr Müller ein, »ja ich bin ganz Ihrer Meinung!« – das war er stets – »Moral ist der Kern, die Essenz der Religion, und jeder wahrhaft Gebildete, der Moral in sich trägt, braucht nicht das, was drum und dran hängt.«

Herr Müller war ein hagerer Mensch von dreißig Jahren. Er hatte ein bissiges, verkniffenes Gesicht, und der Eindruck wurde durch einen fehlenden Vorderzahn noch abschreckender. Das Haar trug er spiegelglatt gescheitelt. Jede Woche war er ein- bis zweimal betrunken. Alle Menschen seiner Umgebung pumpte er mit viel Geschick auf Nimmerwiedersehen an, und außerdem hatte er in einer früheren Stellung sich größere Unterschlagungen zu Schulden kommen lassen.

»Ja, ich pflichte Ihnen bei«, fuhr er fort, »Moral ist die Hauptsache im menschlichen Leben und dann –« er machte eine Pause, um unsere Erwartung auf's höchste zu spannen – »der Ernst! Ernst muß der Mann sein! Sehen Sie, diese Weiber dahinten, da lachen sie schon wieder!«

Er zeigte nach einem Winkel, wo zehn junge Mädchen auf kleinen Schemelchen eng zusammengekauert saßen und sich erlaubten zu lachen und fröhlich zu sein. Grund dazu hatten sie wirklich nicht, denn von den lumpigen zwanzig oder dreißig Mark, die sie monatlich bekamen, konnten sie sich nicht einmal die Handschuh waschen lassen, falls sie welche besaßen.

Besonders hörte man Lies heraus.

»Sehen Sie diese Weiber! Da lachen sie schon wieder!«

»Nun dem Fräulein Weise werde ich das Lachen schon austreiben!« sagte Winder gehässig.

»Wieso?« rief ich erschreckt.

»Weil ich ihr für nächsten Ersten kündige. Ich kann das nicht länger mit ansehen!«

»Ich begreife nicht, Herr Winder, welchen Grund Sie dafür haben!«

»Habe ich Ihnen Rechenschaft darüber zu geben?« fuhr er mich an.

»Nein. Aber für so herzlos kann ich Sie doch unmöglich halten, daß Sie eine gute Arbeiterin ohne Grund einfach auf die Straße werfen.«

»Eine gute Arbeiterin war sie mal, ist es aber lange nicht mehr, das wissen Sie ebenso gut wie ich. Außerdem ist meiner Meinung nach das Mädchen reif für die Friedrichstraße, und solche korrupten Elemente dürfen wir in unserem Geschäft absolut nicht dulden.«

»Dann bezahlt doch eure Arbeiterinnen besser!« fuhr ich auf. »Faßt die Sache am richtigen Ende an und kommt nicht mit einer vollkommen verfehlten Moral. Und außerdem – was wissen Sie überhaupt von dem Mädchen?«

Ich war blutrot geworden vor Zorn.

»Genügt es Ihnen, wenn die eigene Mutter im Geschäft erzählt, daß ihre Tochter sich die ganzen Nächte lang herumtreibt?«

»Dieses alte –« ich blieb nicht mehr in den Grenzen des Anstandes, – »so etwas zu behaupten! Ich versichere Sie, daß es nicht wahr ist.«

»Sagen Se 'mal, Herr Geiger, was geht Sie denn Fräulein Weise an?«

»Weil ich das Mädchen von Kind auf kenne.«

»So, so! Nun kann ich mir vieles erklären!«

»Wenn Sie nicht mein Vorgesetzter wären, für diese Worte müßten Sie Rechenschaft geben!«

»Was? Sie wollten mich zur Rechenschaft ziehen? Sie junger Mensch, Sie?«

»Ja! Ich halte es für eine Brutalität, ein Mädchen auf die Straße zu werfen, wenn Sie doch nur ihren Ruin vor Augen sehen!«

»Herr Geiger, daß wir nach dem vorgefallenen nicht mehr zusammen arbeiten können, ist klar.«

»Ja, ich werde den Chef sogleich bitten, mich in eine andere Abteilung zu versetzen.«

»Und ich werde ihn bitten, Sie zu entlassen!«

»Vor Oktober kann er mich nicht entlassen, und dann diene ich sowieso mein Jahr ab!«

– –

Am Nachmittag rief mich mein Chef, der es liebte, sich in vornehmen Ausdrücken zu bewegen, ins Privatkontor, hielt mir eine salbungsvolle Männerrede, daß er in Rücksicht auf meine Anverwandten und auf meine Mutter, welche ja aus sehr guter Familie ist, mich einst genommen hätte, und daß es unrecht von mir wäre, seine Nachsicht, die er jahrelang mit mir gehabt, derart zu belohnen, daß ich seinem Prokuristen Grobheiten ins Gesicht würfe. Ich müßte doch bedenken, daß er ein Mann sei, welcher mir an Alter und Lebenserfahrung bedeutend überlegen.

Ich erwiderte, ich könnte wirklich nichts für meine Verwandten. Es täte mir sehr leid, daß sie zu den sogenannten besseren Kreisen gehörten, und sonst täte es mir leid, mit Herrn Winder so ruhig auseinandergegangen zu sein.

Mein Chef machte ein Gesicht, als ob er auf eine Natter getreten wäre, aber er hielt an sich und sagte nur ruhig: »Sie sind eben derselbe Starrschädel wie Ihr Vater, junger Mensch!«

Damit hatte er nur Öl ins Feuer gegossen.

»Da ich sowieso die Absicht habe«, fuhr ich fort, »zu Oktober zum Militär zu gehen, so kündige ich Ihnen hiermit.«

»Wie Sie wünschen, Herr Geiger; Sie hätten es in meinem Geschäft zu etwas bringen können, und Sie selber verscherzen Ihr Glück. Machen Sie mir später keine Vorwürfe.«

»Das brauchen Sie nicht zu befürchten. Jedenfalls bitte ich Sie, mich sofort in eine andere Abteilung des Geschäftes zu versetzen, da ich sonst –«

»Da Sie sonst? –«

»Da ich sonst für nichts einstehe!«

Der Chef lachte.

»Soll geschehen, soll geschehen. Sie arbeiten von jetzt an im Kontor.«

Damit entließ er mich mit einer huldvollen Handbewegung, und noch draußen hörte ich, wie er halblaut vor sich hin sprach:

»Solch ein Dickschädel! Solch ein Dickschädel!«

Die Herren im Kontor waren hocherfreut, als ich kam; denn ich kam ihnen gerade gelegen.

»Ach hören Sie mal, da ist bei ..... « er kannte die Maschinenfabrik meines angeheirateten Vetters, »das Incasso eines großen Wechsels zu besorgen. Einen Hausdiener wagen wir soviel Geld nicht anzuvertrauen. Würden Sie vielleicht so freundlich sein und einmal dorthin gehen?«

Ich spielte zwar nicht gern den Hausdiener, aber diesmal kam es mir zu paß; da ich mich nach der vorhergegangenen Aufregung freute, ein wenig in die Luft zu kommen.

Als ich aus dem Haus trat, war mir meine Bereitwilligkeit schon wieder leid geworden; denn Glut lag über den Straßen; Gewitterschwüle brütete über dem Pflaster, das die Hitze verdoppelt zurückwarf. Die

Hunde trabten mit gesenktem Kopf und triefenden Lefzen; die Droschkengäule schienen den nutzlosen Widerstand gegen die Sonnenhitze aufgegeben zu haben; wehmutsvoll senkten sie ihre ehrwürdigen Häupter, wehmutsvoll leckten sie ihre dicken Lippen; damit sie doch wenigstens etwas Feuchtes an sie brachten. Nicht einmal ein Spatz ließ sich sehen. Auf den Sonnenseiten waren die Straßen wie ausgestorben, nur hier und da drückte sich ein ächzender, pustender Briefträger oder Hausdiener an der Häuserreihe entlang. Das geschäftige Treiben, welches sonst in diesem Stadtteil um die Nachmittagsstunden pulsierte, war wie gelähmt. Im Westen erhob sich auch schon eine hohe, schwarze Wand mit drohenden Gewitterköpfen. Anscheinend regungslos stand sie da, und doch, wenn man schärfer hinsah, konnte man bemerken, wie sie langsam vorwärts kroch.

Mich ergreift jene unheimliche, nervöse Gereiztheit, die an das Zittern einer Uhrfeder gemahnt. Der Schweiß steht mir in dicken Tropfen auf der Stirn, und nur mit Mühe schleppe ich mich noch vorwärts; schleppe ich mich an den fast endlosen Ziegelmauern entlang, hinter denen Kohlenberge und die plumpen Halbkugeln der Gasometer hervorsehen. Vor mir stehen in planlosem Wirrwarr langgestreckte, rote und graue Steinkästen und, wie ein Mastenwald im Hafen, mit hundert wulstigen Rauchfahnen hundert Schornsteine und Schlote.

Endlich! – Aber, was ist denn hier los?

Auf dem großen Hof vor der Fabrik, an der Freitreppe, die zu den Bureaux und der Privatwohnung emporführt: überall bewegte Gruppen von Arbeitern und Arbeiterinnen. Immer neue strömen hinzu. Und doch man hört kaum ein lautes Wort; nur ein dumpfes Murmeln und Summen, wie von einem Bienenschwarm. Da stehen sie, die Cyklopen, in den blauen Kitteln und den brüchigen Lederschürzen, mit den berußten Gesichtern, aus denen das Weiß der Augen hervorleuchtet, mit den schwarzen, narbigen Armen und den schweren, schwieligen Händen; da stehen sie, die Mädchen, in ihren schlottrigen Arbeitsblousen, mit den blassen Wangen, den hervortretenden Backenknochen und den tiefliegenden Augen, die von so viel Hunger, Kummer und Elend reden! Und über allen dieselbe angstvolle Bestürzung, dieselbe dumpfschwüle Verzweiflung.

Auf der obersten Stufe der Treppe in tintenbeklexter, grauer Kamelotjacke, mit der Feder hinterm Ohr, ein weißköpfiger Buchhalter; er sucht mehrere alte ausgediente Arbeiter zu beschwichtigen, die mit geballten Fäusten und nicht mißzuverstehenden Gebärden auf ihn eindringen.

Ich trete hinzu. –

»Aber Leute, so hört doch! So beruhigt euch doch, Leute! Es ist doch euer eigener Schade, wenn ihr's nicht tut! Wir können euch ja heute doch nicht helfen! Ihr bekommt ja sicher alles auf Heller und Pfennig ausbezahlt; eure Forderungen sind ja bevorzugt! Und seht doch mal, Leute, wenn die Gläubiger das Unternehmen weiter führen – und das ist doch die einzige Aussicht zu ihrem Gelde kommen – dann könnt ihr schon morgen oder übermorgen die Arbeit wieder aufnehmen. Ich muß doch auch ruhig zusehen, wenn uns allen zusammen der Stuhl vor die Türe gesetzt wird, und ich bin schon vierundzwanzig Jahre hier; schon unter drei Herren. Ich bin heute ein alter Mann, den niemand mehr nimmt, und der nicht weiß, wo er hin soll.«

Ja, um Himmelswillen! Wie wäre das aber nur möglich? Sie hätten doch Aufträge in Hülle und Fülle und könnten es gar nicht einmal alles schaffen! Wo der Chef wäre? Er hätte die Pflicht, ihnen Arbeit zu geben, sie haben lange genug um einen Schandlohn für ihn geschuftet, daß er nicht das Recht hätte, das Geld, das sie ihm erworben, durchzubringen; er hätte nicht das Recht, sie auf die Straße zu werfen, sie alle brotlos zu machen! Was ihre Frauen und Kinder dazu sagen würden? Sie wagten ja gar nicht, ihnen gegenüber zu treten! Wo er wäre? Wo er wäre? Sie müßten ihn sehen! Er selbst müsse ihnen Rechenschaft geben.

Und sie drangen die Treppe hinauf.

»Aber Leute, so hört doch!« schrie der Buchhalter. »Er ist ja seit gestern mittag verreist!«

Wo seine Frau wäre?

»Aber laßt doch die arme Frau in Frieden! Die hat schon so mit ihrem Mann genug Kummer!«

Das half. Die Arbeiter stiegen die Stufen hinab, und sogleich wurde jeder von einem Kreis hastiger Frager umringt, von Verwünschungen und Flüchen hallte der breite Fabrikhof wider. Das war doch undenkbar! Das einzige Recht, das sie gehabt hatten, das Recht auf Arbeit, wollte man ihnen auch noch nehmen!

Da kam ein Herr auf den Buchhalter zugestürzt. Im ersten Augenblick erkannte ich ihn nicht. Das war der Aristokrat? Nein, es war ja unmöglich! Und doch, er war es. Seine Züge waren matt, verzerrt, seine Augen gläsern. Der Schweiß rann ihm von der Stirn, wie wenn man ihm Wasser darüber gegossen hätte. Sein Vorhemd war zerknittert und verbeult, als habe er sich mit den Fäusten vor die Brust geschlagen. Die ganze Gestalt zitterte und bebte vor Erregung.

Er packte den Buchhalter beim Arm und zog ihn mit sich ins Kontor, dessen Tür sich hinter beiden schloß.

Auf dem Hof wuchs das Murren der Arbeiter von Sekunde zu Sekunde.

Ich eilte, um die Neuigkeit meinem Chef mitzuteilen. – Verlieren konnte er nichts; denn der Wechsel war von anderer Seite giriert. – Als ich das Portal erreichte, stürmte mit Riesenschritten ein flatternder Havelock und ein Sammethut an mir vorüber: es war Eugen; ich sah ihn mit Arbeitern sprechen, sich den Hut vom Kopfe reißen und mit ausgespreizten Fingern durch die schwarzen Locken – die Locken waren eine Errungenschaft der letzten zwei Monate – fahren; sah, wie er die Linke auf's Herz legte und seufzte. Voll Widerwillen wandte ich mich ab und ging.

* *
*

Als ich des Abends nach Haus kam, war Mutter zu ihrem Bruder gelaufen, um ihn zu trösten. Ich hielt diese Fürsorge für überflüssig und hätte eine Fürsorge um mein Abendessen lieber gesehen. Nun, Gott sei Dank, Luise war ja da, die mir etwas aufgehoben hatte.

Als ich gerade beim Essen war, kam Walter; der befand sich heute in ausgezeichneter Stimmung. Ich hatte keine Lust, ihn zu fragen, woher dies käme, aber plötzlich nahm er einen Stuhl, setzte sich rittlings darauf, kreuzte die Arme über der Lehne, steckte die Cigarre in den äußersten Mundwinkel und blinzelte mich selbstgefällig an. Ich begriff, daß dieses das Vorspiel zu einem längeren Geständnis wäre, aber mir bangte ordentlich davor, es zu hören.

»Na, weißt Du, Mensch«, begann er, nachdem er ein halbes hundert Ringel geblasen, »die kleine Wetterhexe ist überhaupt ein famoses Weib!«

»Welche Wetterhexe?«

»Ach stell' Dich doch nicht so dumm, die Lies! Sie ist doch mit Dir in demselben Geschäft; warum hast Du denn davon nichts gesagt?«

»Sie war es; man hat ihr aber heute gekündigt.«

»Soooo? Na, schadet auch nichts!« tröstete er sich. »Also, laß Dir erzählen!« Er klopfte mir vertraulich auf die Schulter.

»Ich bin pünktlich da; wer nicht zu sehen, ist meine Kleine. Ich gehe auf und ab, stelle mich gradeüber ans Schaufenster; na, mir wird das schon langweilig, und ich will wieder gehen. Denke nur, so ein kleines Luder läßt mich alten Herrn hier sitzen! Aber mit einem Mal wutscht was um die Ecke 'rum, läuft an die Uhr und dreht sich wie'n Brummkreisel wohl sechsmal 'rum und guckt nach allen Seiten. Na, denke ich mir, soso! Du hast mich warten lassen, jetzt lass' ich dich warten. Na, wie sie aber so ganz traurig dasteht, mein ich: gehst doch 'rüber! Wie sie mich sieht, die kleine Kröte, auf mich zu. Also ich sage: ›'n Abend, Kind! 'n bißchen hast Du mich ja warten lassen!‹

›Ach, entschuld'gen Sie, entschuld'gen Sie, entschuld'gen Sie! Ich konnte wirklich nicht eher! Ich bin so lange im Geschäft gewesen.‹

›Also Kind, wo woll'n wir hingehn?‹

›Ach, ins Theater! Ins Theater!‹

›Na schön.‹ Da bin ich denn mit ihr in die Kameliendame gegangen, sie haben gerade nichts gescheuteres gegeben. Geheult hat die Kleine wie ein Kettenhund! Nachher sind wir dann zu Steinert und Hansen gegangen, Abendbrot essen, und dann haben wir noch so eine kleine Bier- und Weinreise gemacht und dann – – « er machte eine sehr bezeichnende Handbewegung.

Es war gut, daß es währenddessen fast dunkel im Zimmer geworden war, so daß Walter nicht mehr meine Gesichtszüge erkennen konnte.

»Für morgen habe ich mich wieder mit ihr verabredet.«

»Nun, die Sache muß Dich doch ein Mordsgeld gekostet haben?«

»Ich weiß nicht. So fünfundzwanzig bis dreißig Mark werden schon draufgegangen sein. Na, was schadet's! Weißt Du, ich bin ganz futsch von der Kleinen! Ich bin selten nach einem Mädel so verrückt gewesen, wie gerade nach der. Aber sie ist auch zu patent!«

Er schnalzte mit der Zunge.

»Walter, wenn ich Dich eins bitten darf, geh morgen nicht hin!«

»Ach Du bist wohl eifersüchtig?« Er lachte.

»Nein, weil Dich das Mädchen ruiniert.«

»Quatsch! Laß Dich doch nicht auslachen, Jörge! Ich weiß selbst genau, wie weit ich zu gehen habe. Und wenn es wirklich so wäre – was schadet's? Ich bin doch ein verlorner Mensch – ach, bloß heut nicht dran denken! Bloß heut nicht!«

»Also ich bitte Dich, gehe nicht hin!«

»Ach, sei doch kein keuscher Joseph! Komm lieber mit mir mit, ehe Du hier Moral predigst. Es steht Dir auch schlecht zu Gesicht, mein Sohn!«

Und wir gingen.

*

Am nächsten Tage erfuhr ich von Mutter, daß der Schwiegersohn des Aristokraten sich mit einer größeren Geldsumme, noch größeren Schulden und einer interimistischen Lebensgefährtin entfernt hätte; Aufenthaltsort sowie Datum der Rückkehr wären beide gleich unbekannt; ebenso zweifelhaft wäre es, ob die Fabrik weiter arbeiten würde. Jedenfalls sei der Aristokrat an dem Unternehmen stark beteiligt gewesen und habe fast sein ganzes Vermögen eingebüßt. Der alte Mann wäre wie gebrochen, er hätte geseufzt und gestöhnt, geweint und geschrien. Doch seine Gemahlin – mit der er sich nebenbei schlecht vertrüge – hätte für all seine Klagen kein freundliches oder nur beruhigendes Wort übrig gehabt, sondern hätte wie ein Stockfisch dabei gesessen.

»Und denke Dir. Endlich hat sie mich in eine Ecke genommen und mit der wichtigsten Miene gefragt: ›Sage mir nur das eine, meine Liebe, was kocht man morgen?‹ «

*

Der Zustand des alten Mannes wurde von Tag zu Tag bedenklicher. Entweder war er fieberhaft lustig, oder er sprach kein Wort und starrte vor sich hin. Während er sonst peinlich auf seine Kleidung gegeben hatte, war er jetzt nicht mehr zu bewegen, sich ordentlich anzuziehen oder das Zimmer zu verlassen, sondern er blieb den ganzen Tag über in Schlafrock und Morgenschuhen.

Ich besuchte ihn einmal, er saß in einer halbdunkeln Sophaecke und hatte sich eine Reisedecke um die Füße geschlagen, da ihn fror. Die Strähnen seines ungepflegten Schnurrbarts hingen ihm über den Mund; aus allen Falten und Fältchen seines Gesichts quollen weiße, starre Bartstoppeln.

War der Mann gealtert! Und, wie leise er sprach, wie mühsam und schwerfällig!

Bitter beklagte er sich über seine Frau, die so wenig Liebe für ihn und so wenig Mitgefühl mit seinem Unglück zeigte. – Er hätte ihr doch alles zum Opfer gebracht, hätte alles für sie getan, was nur jemand tun könnte. – Dann kramte er in den Schubfächern seiner Erinnerung, erzählte mir von alten, alten Verwandten, die schon lange Jahrzehnte auf längst geschlossenen Friedhöfen der Stadt lagen.

Es war ein eigenartiges Geschlecht, das er mir heraufbeschwor, mit tausend großen und kleinen Leiden und Freuden, mit tausend Vorzügen, mit tausend Fehlern; nicht besser nicht schlimmer als wir, – alle Spielkinder.

Seine Frau trat herein und brachte ihm Frühstück; sie stellte es ohne ein Wort zu sagen vor ihn hin, wie man einem Hund einen Brocken hinschmeißt, und ging wieder hinaus.

Der alte Mann begrub sein Gesicht in den Händen und weinte, aber plötzlich, grade als ob es ihm Erleichterung schaffe, begann er von meinem Vater zu reden, erst zaghaft, dann bestimmter. Er sprach über das Zerwürfnis zwischen ihnen, über ihr beiderseitiges Unrecht, und aus jedem Wort sah man, wie versöhnlicher er jetzt den Dingen gegenüberstand, wie nicht eine Spur von Groll in seinem Herzen zurückgeblieben war.

Als ich von ihm ging, da standen sie alle noch einmal greifbar vor mir, mit ihren tausend Vorzügen, mit ihren tausend Fehlern, all diese alten Spielkinder, die auf den längst geschlossenen Friedhöfen liegen.

Und auch ihn sah ich, ihn, den Aristokraten, das große Spielkind, mit all seinen Licht- und Schattenseiten, mit seinem Stolz und seinen Verirrungen, mit seinem Alter und seinem Unglück.

* *
*

Als Lies das Geschäft verließ, verabschiedete sie sich von allen, nur nicht von mir.

Walter war jetzt oft mit ihr zusammen, und sie kostete ihn Unsummen. Ob Eugen noch mit ihr verkehrte, konnte ich nicht erfahren.

Wochen und Monde vergingen, meine Militärzeit rückte immer näher. Schon begann meine fürsorgliche Mutter, Wäsche und Strümpfe für mich zu beschaffen; damit es mir ja an nichts fehle. –

Als ich eines Abends nach Hause kam, saß Luise am Fenster und weinte.

»Luise, Du siehst doch heute so schlecht aus, was weinst Du denn schon wieder?«

»Ach, Georg, sag' mir doch mal, wann war es denn, wo Du ihn das letzte Mal jesehen hast?«

»Vor circa sechs Wochen, da ging er da drüben in

die Eckdestillation. Er sah mich noch mit solchem stieren – nimm's mir nicht übel – versoffnen Blick an. Ich weiß nicht ob er mich erkannt hat. Hast Du wieder mal was von ihm gehört?«

Luise schluchzte heftig.

»Ja, ich bin – heute draußen – im – Friedrichshain – gewesen. Vor – vier Wochen ist er – jestorben. – Donnerstag – vor – vier – Wochen.«

»Der arme Mann! Gott hab' ihn selig! Du mußt ihm vergeben, ihm nichts nachtragen, Luise! Du mußt bedenken, er war leider immer krank und verrückt. Wenn er gesund und bei Verstand gewesen wäre, hätte er Dich gewiß besser behandelt. Er konnte doch eigentlich auch nichts dafür, daß er verrückt wa!«

»Ach Gott – ich trage – ihm – ja – auch – jarnichts – nach. – Nur – daß ich ihn – nicht – besser – behandelt habe. Nicht – mehr – für – ihn – jesorgt – habe, – daß – er so – ganz – allein – je – stor – ben – ist.«

»Aber Luise, sieh doch 'mal! Du hast doch Dein möglichstes getan. Du brauchst Dir wirklich keine Vorwürfe zu machen. Du hast ihn gepflegt, wenn er krank war, hast für ihn gearbeitet, hast alles getan, was Du nur tun konntest. Wenn er aber in geistiger Umnachtung Dein Leben bedroht, kannst Du unmöglich mit ihm länger zusammen sein. Niemand kann das von Dir verlangen, niemand! Du hattest ganz Recht, daß Du von ihm weggegangen bist. Andere hätten nicht so lange ausgehalten!«

Luise antwortete nicht. Ich ging und ließ sie sich ausweinen.

»Du Mutter, weißt du schon? Bergemann ist gestorben!«

»Ach? So, na, hm! Ihm ist wohl und ihr ist noch wohler.«

»Sag' das nicht, Mutter, Luise scheint ganz untröstlich.«

»Ach laß sie nur, das gibt sich! Gewöhnliche Leute haben gar kein so tiefes Gefühl.«

»Unbedingt ein fraglicher Punkt. Die Gefühle der gewöhnlichen Menschen sind natürlicher als unsere; denn sie sind nicht durch fremde Einflüsse verfälscht.«

»Herr Gott, Mutter, Luise ist krank! Sie ist draußen in der Küche in Ohnmacht gefallen. Essigäther ist links in meinem Fach; – ich lauf zum Doktor.«

»Ach, es wird schon nichts schlimmes sein! Sie müßte ein bißchen Eisen nehmen, dann giebt es sich wieder.«

*

Mit schwerem Herzen rückte ich nach München zum Militär ein; denn meine beste Freundin war gestorben, und meine Liebe war tot.

* *
*

Als ich nach zwei Jahren – ein Jahr war ich noch im Ausland in Stellung gewesen – zurückkehrte, trat ich sofort als Buchhalter in ein Geschäft ein.

*

An einem der nächsten Tage kam ich abends müde nach Hause und warf mich auf das Sofa.

»Du, Georg, da liegt ein Brief für Dich«, sagte Mutter. – »Er scheint von einer Dame zu sein.«

Ich erschrak.

»Ist er aus Brüssel?«

Vater?! So etwas könnte mich noch glücklich machen!

»Nein er ist von hier!«

›Verehrter Herr!

Verzeihen Sie, wenn eine Unbekannte sich an Sie wendet, aber um Himmelswillen haben Sie Mitleid mit einer armen, unglücklichen Mutter, die daran ist, ihr Liebstes für ewig zu verlieren.

Ich bitte Sie, morgen abend, sobald es Ihre Zeit erlaubt, zu mir zu kommen. Dort werden Sie das nähere erfahren, welches ich nicht dem Papier anzuvertrauen wage. Sie sind noch meine einzige Hoffnung, und wenn auch Sie mich im Stiche lassen würden, wüßte ich nicht mehr ein noch aus.

Ihre Ihnen ewig dankbare

Henriette Salle.‹

Ja, was war da nur vorgefallen? Was wünschte Eugens Mutter von mir?

»Du hast doch auf einmal die Farbe gewechselt; was ist denn los?« – »O nichts, nichts!«

Da brachte mir meine Schwester eine Postkarte.

»Da, die ist eben für Dich gekommen.«

›Oller Junge!

Leider ist es mir nicht möglich auszugehen. Besuche mich mal!

Dein Walter Schneider.

Straße 24 d No. 14 Rückgebäude III.‹

Ich begab mich sogleich zu ihm.

Es war draußen am äußersten Ende der Vorstadt; in einer Straße, von der man überhaupt nicht annehmen konnte, daß dort schon Menschen wohnten. Grundlose Steige, ungenügende Beleuchtung, Bauzäune, die mich zwingen auf der Bordschwelle zu balanzieren; halbfertige Neubauten, die so tot, reglos und finster ausschauen wie tausendjährige Ruinen.

Wie ausgestorben! Kein Dienstmädchen, das in kleinen Schuhen und mit weißer Schürze, den Korb am Arm, an mir vorübertrippelt, kein Wagenrasseln, kein Kinderlärmen! Nur manchmal schlurft ein Bauwächter in dickem Schafpelz, eine Laterne in der Hand an mir vorüber, oder fährt ein bleffender Köter wie rasend gegen den Zaun, der mich von ihm trennt.

Endlich fand ich das Haus.

Es war fast noch unbewohnt. Überall schwarze Fensterhöhlen; nur eine Destillation war erleuchtet, aus der das Schreien trunkener Arbeiter tönte. Mißmutig zuckten die Gasflammen auf dem holprigen Hof und verbreiteten so wenig Helligkeit, daß ich beinahe in einen Kalkhaufen gefallen wäre.

Nun noch durch einen hohen, dämmerigen Torbogen. Wieder ein Hof, wieder zuckende Gasflammen und Schutthaufen, und dann ein Rückgebäude.

Wie konnte man sich nur hier einmieten?

Ich stieg drei Treppen hinauf. Kein Schild, kein Name zu lesen. Ich klingelte auf's geratewohl auf einer Seite. Nach einer Minute hörte ich eine brummige Weiberstimme:

»Wer ist da?«

»Möchte Herrn Schneider sprechen.«

»Ist nicht zu Hause.«

»Er hat mir geschrieben, ich solle kommen.«

»Werde mal nachsehen, ob er da ist.«

Dann kam sie wieder und öffnete. Es war stockdunkel.

»Gleich die zweite Tür, Sie werden schon finden.«

Und damit war das Weib verschwunden.

Ich tappte, bis ich eine Klinke fand und öffnete die Tür. Das Zimmer war dunkel.

»Walter!«

»Ja – ach – Georg! Guten Abend!«

»Aber Walter, was bist Du denn hier im Dunkeln?«

»Ach, weißt Du, ich bin lieber im Dunkeln! Das Licht geniert und stört mich – in meinen Gedanken, und außerdem tun mir die Augen immer weh. Geh mal drei Schritte halblinks – so – stößt Du an eine Kommode – so –. Suche mal, ob Du da 'ne Lampe findest –. So – jetzt – drei handbreit rechts – da liegen die Streichhölzer. – So – nun kannst Du die Lampe anzünden.«

Er überschattete mit der Hand die Augen.

»Au – wie das blendet!«

Als er die Hand endlich fortnahm, fuhr ich zusammen. Gott! Sah der Mensch aus! Bleich und gedunsen, nicht zum Wiedererkennen!

Er bemerkte meine Erregung.

»Du siehst ja recht wohl aus! Ich wünschte, ich könnte das von mir auch sagen – aber – mit mir wird's nie mehr was Gescheites!«

»Red' doch nicht solchen Unsinn, Walter! Ja, natürlich, wenn Du immer auf dem Sofa liegst und spinnst« – ich hatte Münchener Redensarten angenommen – »wie sollst Du denn da gesund werden?«

»Gut gesagt, mein Sohn, wenn man kaum noch gehen kann!«

»Ja, da mußt Du unbedingt fort, nach dem Süden, Walter!«

»Brav! Brav! Ausgezeichnet intendiert, mein Sohn! Aber, willst Du mir vielleicht das nötige Geld dazu geben?«

»Ja, aber wo hast Du denn Dein Geld gelassen? Arm kannst Du doch unmöglich gewesen sein!«

»Da mußt Du Fräulein Lies Weise und einige amerikanische Montan- und Eisenbahngesellschaften fragen.«

»Ja, Walter, hast Du denn gar nichts mehr?«

»O, doch – drei- bis viertausend Mark – das reicht für zwei Jahre, und länger kann ich doch selbst beim günstigsten Prognostikon nicht mehr leben.«

»Red' doch nicht solchen Unsinn! – Ja, – womit beschäftigst Du Dich denn jetzt?« fragte ich, um ihn auf andere Gedanken zu bringen.

»Ich treibe Philosophie, mein Sohn!«

»Soooo?«

»Ja. Den ganzen Tag und die ganze Nacht liege ich nun auf dem Sofa, weißt Du, so in einem angenehmen Halbschlaf. Ich sehe und höre alles ganz genau und höre und sehe doch wieder nichts und denke darüber nach, wie das so mit mir gekommen ist, und da hab' ich mich jetzt zu dem Vernunftschluß durchgerungen, daß es so, wie es gekommen ist, doch ganz gut ist. Und siehst Du, mein lieber Sohn, da haben wir es«, er schnalzte mit den Fingern, »die höchste Philosophie! Das andere ist doch nur alles Dreck! –«

»Ja, Walter, mein lieber Junge, sage mir nur das eine, wie hat es so weit mit Dir kommen können? Daß Du krank bist, will ich ja zugeben, aber war es notwendig, daß Du so vollständig die Flinte ins Korn wirfst? Du, – der Mensch mit den großartigsten Anlagen, – der soll so elend verkommen, Walter?«

»Ja, mein Sohn! Was Du da sagst – Recht hast Du ja – das hab' ich mir ja tausendmal auch gesagt – aber – was soll es denn noch für'n Zweck haben, Georg! Soll ich wirklich Lust zum Leben bekommen, wo ich doch nicht mehr lange leben kann? Laß sein, mein Junge! Du meinst es gut mit mir, aber es ist besser so, wie es ist. Weißt Du, solche Gedanken habe ich mir früher viel gemacht, aber seitdem ich nun Chloral nehme –«

Ich schrak zusammen. Armer Kerl! Da war nichts mehr zu retten!

» – da denke ich seltener dran. Weißt Du, ich bin jetzt immer in einem so wunderbar angenehmen Zustand – so traumselig – Tag und Nacht drusle ich, wie solch Mondsüchtiger; – famos, Georg. Das kann ich Dir nur empfehlen!«

Ich wandte mein Gesicht ab, so daß es beschattet wurde; denn mir traten Tränen in die Augen.

»Sag einmal, Walter, was war das mit Lies?« sagte ich, um auf ein anderes Thema zu kommen.

»Georg, weiter nichts! Daß sie mich Tausende von Mark gekostet und mich außerdem noch hintergangen und mit einem Andern mein Geld durchgebracht hat. Denn allein kann sie nicht damit fertig geworden sein. Du kannst Dir gar nicht vorstellen, wie wahnsinnig verliebt ich in das Mädchen war. Sie hat mich fast zur Verzweiflung getrieben! Was ich ihr auch Gutes tat, nichts genügte ihr, stets wollte sie mehr. Und dabei ließ sie mich jede Minute merken, daß sie mich eigentlich nicht liebte, daß sie einen andern liebte und mich nur hielt, um aus mir Geld herauszupressen. Und trotzdem ich alles deutlich sah – ich konnte nicht von ihr lassen. Wenn ich zwei Tage nicht bei ihr gewesen – wenn ich zwei Tage mir fest vorgenommen, niemals mehr zu ihr zu gehen – dann trieb's mich wieder zu ihr. Das Weib hatte dämonische Macht über mich. Ja, ich war so verrückt, daß ich mir sogar schon einen Revolver gekauft hatte, um mich und sie zu erschießen, denn *nach* mir sollte sie niemand mehr besitzen. Wieviel sie aber *mit* mir besessen haben, daran dachte ich nicht.

Da plötzlich kam der Umschlag.

Ich hatte fast mein ganzes Geld an amerikanischen Montanaktien verloren, und täglich waren neue Verluste vorauszusehen. Lies hatte ich zwei schmucke Zimmer gemietet und war natürlich dort so gut wie zu

Haus. Zu ihr wollte ich mich flüchten; denn all diese Unannehmlichkeiten mit der Bank drohten, mir über dem Kopf zusammenzuschlagen.

Auf der Treppe traf ich unseren früheren Kameraden, Du weißt ja, Eugen Salle! Er huschte so scheu an mir vorüber, als ob er ein böses Gewissen hätte.

Lies war erstaunt, mich zu sehen. Sie sagte mir, daß sie mich jetzt nicht erwartet hätte, und daß sie fortgehen müßte.

›Wohin Lies?‹

›Zur Schneiderin.‹

›So! – Ja, Lies, ich wollte Dir nur sagen, daß ich fast mein ganzes Geld verloren habe!‹

›Sooo – –‹ ihr Gesicht wurde lang vor Schreck, aber nicht eine Spur von Mitgefühl war darin zu lesen.

›Dann wirst Du mir wohl auch die Rechnung bei der Schneiderin nicht bezahlen?‹

›Kind, wieviel beträgt sie denn?‹

›Ach – nur eintausendzweihundert Mark.‹

›Eintausendzweihundert Mark! Nein Lies, das ist mir jetzt wirklich unmöglich!‹

›So? Unmöglich ist es Dir? Du willst nur nicht! Nun gut, dann wird sich schon ein anderer finden der sie mir gern bezahlt!‹

Ihre Lippen hatten sich geschürzt, und das ganze Gesicht hatte im Augenblick etwas so unglaublich Gemeines und Pöbelhaftes, unglaublich, Georg! Und im Augenblick war meine Liebe gestorben. Da war auch nichts mehr an dem Weib, was mich reizte. Nur Ekel, Ekel, gräßlichen Ekel hatte ich vor dem Frauenzimmer.

Ich hatte schon den Arm gehoben, um sie zu schlagen, aber ich senkte ihn, um mich nicht zu beschmutzen. Seitdem bin ich nicht mehr mit ihr zusammen gewesen.«

»Und weißt Du auch nicht, was aus ihr geworden ist?«

»Dumme Frage, Mensch! – – Ja, also, bis dahin ging's mir ganz gut, aber plötzlich rapide bergab. Jetzt bin ich nun schon wieder seit vierzehn Tagen nicht mehr ausgegangen. – Ich mag auch nicht!«

»Walter – komm, steh auf – wie kann man so faul sein! Wir wollen ein wenig fortgehen.«

»Ne, mein lieber Junge! Geht nicht – geht nicht – heute nicht – aber nächstes Mal, das versprech' ich Dir. Nur heute nicht! Bei mir ist heute Abendgesellschaft, und da darf der Hausherr doch nicht fortgehen.«

»Abendgesellschaft?«

»Ja, ich bekomme Besuch.«

»Von wem?«

»Sei doch nicht so neugierig! – Ja, also, mein Junge! Ein paar alte Erinnerungstanten haben sich bei mir angemeldet, und da muß ich zu Hause bleiben. – Da – eine ist schon da – gute Nacht, mein Sohn.«

»Gute Nacht«, sagte ich mißmutig.

»Aber – ach, entschuld'ge mich – ich kann heute wirklich nicht – es ist mir nicht möglich, mich – hol' mich übermorgen ab. Sieh mal, Du magst ja Recht haben, vieles an meiner Krankheit ist Einbildung, aber, zum Donnerwetter, ich kann mir doch nicht einbilden, daß ich nicht gehen kann, oder daß ich zeitweise solch' Herzklopfen bekomme, daß ich glaube, ich verrecke gleich, oder daß ich die Nächte nicht schlafen kann. Sage mal, das kann ich mir doch nicht einreden?«

»Ja, Du mußt aber nicht tagaus, tagein an Deine Krankheit denken, dann wird's schon besser werden.«

»Gut gebrüllt, Löwe! Giebt's denn für mich etwas Interessanteres als mich selbst? Ein anderer kümmert sich ja doch nicht um mich. – Gute Nacht, Georg! Ich bekomme Besuch!«

»Gute Nacht, Walter –«

Ich ging.

*

Am Nachmittag des nächsten Tages begab ich mich zu Frau Salle. Sie selbst öffnete mir. Sie war noch schlank und schön, trotzdem sie über fünfzig zählen mochte. Ihr Gesicht war vornehm und ruhig, ihr graues Haar glatt und anspruchslos frisiert. Die Frau hätte man für eine Diakonissin halten können.

Sie hieß mich näher treten. Eine heimliche altfränkische Stube, so noch Großvaterhausrat.

»Wollen Sie so freundlich sein und Platz nehmen, Herr Geiger.« Ich tat es.

»Verzeihen Sie, Herr Geiger, daß ich Sie belästigt habe. Glauben Sie mir, ich tat es ungern. Aber Sie sind meine letzte Hilfe – meine allerletzte! Wenn auch Sie mich im Stich ließen, wüßte ich nicht –«

»Gnädige Frau, ich weiß nicht, um was es sich hier handelt. Würden Sie vielleicht sich etwas bestimmter –«

»Sie wissen es nicht? – Wo es die ganze Stadt weiß?«

»Ich war zwei Jahre nicht hier.«

»Also, Sie wissen nicht, daß Eugen schon seit drei Vierteljahren nicht mehr bei mir im Haus ist, daß er mit einer Dirne zusammenlebt? Sich – ach – pfui Teufel – von ihr aushalten läßt?«

»Nein, gnädige Frau, wirklich nicht! – Aber, verzeihen Sie«, – in mir dämmerte es auf. Ich ahnte den Zusammenhang – »womit könnte ich Ihnen da einen Dienst leisten? Was in meinen Kräften steht, Frau Salle – «

»Herr Geiger – « sie war mir weinend zu Füßen gefallen – »ich bitte, ich beschwöre Sie – «

»Stehen Sie auf, Frau Salle. Fassen Sie sich – «

Sie verharrte in ihrer Stellung.

»Sehen Sie, ich weiß es, Sie sind der einzige, der auf das Mädchen Einfluß hat! – Sie müssen Eugen von ihr befreien, – Sie müssen es! – Eugen ist ein verlorener Mensch, wenn er noch länger mit ihr zusammenlebt. Sie müssen ihn befreien! – O, Herr Geiger! Ich sage Ihnen, ich bin ja die unglücklichste Mutter auf Gottes Erdboden!«

»Stehen Sie auf, Frau Salle! So! – Ja – ich glaube Sie zu verstehen, aber was soll ich tun, gnädige Frau? Ja – ich kannte das Mädchen mal, ich kannte und liebte sie von Kind an, bis wir durch Eugen auseinanderkamen – vor drei Jahren. Wenn ich denken soll, dieses Mädchen ist Dirne geworden! Unglaublich! Unglaublich, gnädige Frau! Ja, Sie haben Recht, Frau Salle, ich habe einmal großen Einfluß auf sie gehabt, aber nur, weil sie mich damals liebte. Aber – wie soll ich den jetzt noch geltend machen, wo sie mich vielleicht haßt, oder wo ich ihr doch ganz gleichgültig bin?«

»Helfen Sie mir! Mein Sohn! Mein armer Sohn!«

»Ja, gnädige Frau, wenn ich nur wüßte, was ich tun soll? Vielleicht geben Sie ihr Geld, daß sie ein neues

Leben anfangen kann. Wir waren ja früher in demselben Geschäft, vielleicht kann man ihr dann wieder eine Stelle verschaffen; sie war ja tüchtig und fleißig. Ja –, und wenn Eugen nicht von ihr lassen kann, soll er eben in Gottes Namen weiter mit ihr verkehren, wenn er nur in Ihr Haus zurückkehrt. Vielleicht läßt Eugen sich auch irgendwo unterbringen. Oder schikken Sie ihn ins Ausland – das ist das beste – wenn er wiederkommt – da ist über diese unangenehme Sache schon längst Gras gewachsen.«

»Ja, mein lieber Herr Geiger, das habe ich schon alles selbst gedacht. Deswegen habe ich Sie auch nicht zu mir gebeten. Aber – –« sie begann zu weinen – »ach, wenn Sie wüßten, wie ungern ich davon rede, das ist alles so schmutzig – also – ja – ich habe mit Eugen geredet, wissen Sie, wie nur eine Mutter mit ihrem Sohn reden kann! Er hat mir fest versprochen, von dem Mädchen zu lassen. Ersieht ja selbst ein, daß es sein Unglück ist. Zwei bis drei Tage war er bei mir, und dann ist er wieder zu ihr. In meiner Todesangst habe ich mich so weit erniedrigt, daß ich zu der Dirne selbst hingegangen bin. Fußfällig habe ich sie angefleht, sie solle mir meinen Sohn zurückgeben. – Und das Weibstück hat geweint, mich gestreichelt und geküßt und gesagt, sie könne es nicht ! Sie könne es unmöglich – sie liebe Eugen – sie hätte ja sonst niemand, den sie wirklich lieben dürfe; sie wolle ihm Arbeit verschaffen, – und wenn er sie auch schlägt und beschimpft – sie behielte ihn; aber den Tag wo er ihr nicht mehr gefiele, ließe sie ihn laufen, jage sie ihn fort; so lange müsse er aber bei ihr bleiben; wenn er ginge, würde sie ihn der Polizei übergeben, und was dann geschähe, könnte ich mir selbst ausmalen. Aber so gern sie mir auch sonst zu Willen sei, sie könne ihn nicht freigeben, sie liebe ihn und, solange sie liebe, kenne sie keine Rücksichten und Gesetze. Es würde auch unnütz sein, Eugen zu zwingen, er würde doch stets, so oft sie es nur wünsche, zu ihr zurückkehren. – «

»O, Herr Geiger, denken Sie, all diese Schmutzereien, retten Sie meinen armen Eugen aus den Krallen dieses Weibsbilds. Ich beschwöre Sie, Herr Geiger.«

»Ja, gnädige Frau, – was in meinen Kräften steht – aber ich weiß nicht. – «

»Ja, das Weib sagte mir, daß es Sie einmal sehr geliebt hätte. – «

»Sooo!?«

»Viel mehr als Eugen, und daß sie Eugen eigentlich nur als Betäubungsmittel betrachte und sich eben deshalb schon so an ihn gewöhnt hätte, daß sie ihn nicht missen könne.«

»Sooo!? Wo wohnt Lies jetzt?«

Sie sagte es mir.

»Ja, Frau Salle, ich werde mir morgen nachmittag frei nehmen, gehen wir zusammen zu ihr.«

»Ich soll noch einmal in die Wohnung jener Dirne gehn. – *Iich* – eine anständige Frau!!!« rief Frau Salle nicht ohne Pathos.

»Sie sind hier Mutter und haben nur diese Rücksichten«, sagte ich ungehalten.

»Ja, ja, Sie haben Recht, Herr Geiger«, kam es kleinlaut zurück. »Ja, ja, ich ergebe mich darein. Morgen nachmittag also erwarte ich Sie.« – – –

Auf die letzten Worte hin wäre ich am liebsten nicht mehr zu ihr gegangen.

– Himmel Herrgott Donnerwetter noch mal!! Was gingen mich denn fremde Leute an, wo ich selbst nicht ein noch aus wußte? Was war mir jetzt noch Lies? Doch nur ein hohler Zahn in meiner Erinnerung, der mich jedes Mal schmerzte, wenn ich versehentlich darauf biß. – Ja ja – ich hatte sie einmal sehr lieb gehabt. – Ich hatte sie auch jetzt noch im guten Angedenken. – Aber – und nun sollte ich sie wiedersehen durchjaucht und durchseucht von Gemeinheit – Aeech! – Ekelhaft!!

Und was war mir denn Eugen? – Doch nur die komische Figur eines Trauerspiels. –

*

Als ich am Nachmittag des nächsten Tages zu Frau Salle kam, erwartete sie mich schon in Galauniform. – Lachsfarbenes Seidenkleid, Spitzenkragen, Blumenhütchen, Sonnenschirm. Ihre gestrige Untröstbarkeit war auch einer breiten Gemütsruhe gewichen.

»Verzeihen, gnädige Frau, wir gehen doch zu keinem Sommerfest?!«

»Herr Geiger, das können Sie als Herr nicht begreifen. Sehen Sie, so etwas imponiert derartigen Mädchen immer.« –

Ich zuckte die Achseln. »Derartige Mädchen?« –

»Ja, solchen Dirnen, die nur an Putz und Flitter hängen; die nur darauf ausgehn, Söhne anständiger Eltern zu verführen. Die – – – –.«

»Gnädige Frau, ich möchte Sie ganz gehorsamst bitten, mir gegenüber nur über Dinge zu urteilen, in die Sie Einblick haben.« –

»Wie meinen Sie das, Herr Geiger?!«

»Ich meine, daß Ihr Sohn vielleicht schuldiger ist als das Mädchen – die Dirne, wie Sie stets so liebevoll sagen. – Das Mädchen ist ein armes Geschöpf, dem man einfach alle anderen Existenzbedingungen abgeschnitten hat, und die man nun zwingt aus ihrem Körper, das ist ja das einzige, was man ihr ließ, Kapital zu schlagen. Nicht immer aus Leichtsinn – gnädige Frau – nicht immer aus Leichtsinn, sondern nur um zu leben, und in diesem Kampf sind alle Mittel erlaubt.

– Aber wenn ein junger Kerl solch ein Waschlappen, solch ein leichtsinniges, trauriges Mannsbild ist, daß er sich – aeh – gnädige Frau, Sie sparen mir das. –

– Ja, Frau Salle und wenn es zehnmal Ihr Sohn ist, und wenn es mein bester Freund wäre, an solchem Menschen ist nichts zu bedauern; der verdient – – – !!

– Ja – also, gnädige Frau, wir wollen gehn.« –

Frau Salle machte ein Gesicht, als ob sie beim Erdbeerkuchen eine Blattwanze erwischt hätte, schwieg aber. – – – –

Wir wanden uns durch ein Labyrinth von Straßen. Endlich – da wohnte sie also! – In diesem alten Hause mit dem finsteren, verrußten Aussehen, in dem alles nach Müllkuten, kleinen Kindern, Schmutz und Laster roch. Nirgends Licht! Nirgends Sonne! Solch ein echtes Massenquartier für großstädtisches Elend!

Klopfenden Herzens stieg ich die schmalen, ausgetretenen Stufen hinan. Eine Arbeiterfrau mit wirren Haaren, fahlem, wie ausgesogenem Gesicht eilte mit einem Kind auf dem Arm an mir vorüber. Das Kleine glich einer Meerkatze.

Frau Salle bewegte mehrmals ihre Nasenflügel und

goß dann schnell etwas Parfüm auf das Taschentuch, welches sie sich vor das Gesicht hielt.

Lies' Wirtin, ein Weib, dem Gemeinheit und Kuppelei auf dem Gesicht stand, öffnete.

Ja, es täte ihr leid. – Das Fräulein Lieschen wäre nicht zu Hause. –

Wann sie wieder käme?

Das wäre unbestimmt. –

Ich drückte ihr eine Mark in die Hand: wir möchten warten.

Bitte, bitte, wir möchten nur hereinkommen. Hier wohne das Fräulein Lieschen. Das Fräulein Lieschen wäre nur mal 'runter zu eine Kollegin gegangen. Ob sie das Fräulein Lieschen holen solle.

Nein! nein, wir würden warten.

Eine elende Dachstube. Ein wenig Gerümpel, man hätte es auch noch Möbel nennen können. Ein altersschwacher und ein rückenmarkkranker Stuhl. Ein Mahagoni-Spind. Eine Nußbaum-Kommode. Beide hatten wahrscheinlich früher einmal Politur gehabt. Ein Spiegel mit Stockflecken und breitem, verstaubtem Goldrahmen. Papierblumen. Chinesische Fächer in allen Größen, Formen und Farben, überall da, wo sie nicht hinpassen. Ein ungemachtes Bett mit wenig einladenden Bezügen. Auf dem Fußboden einige Stücke schmutziger Wäsche.

– Gott! – Gott! – Hier wohnte sie. –

Ja, wenn ich das mit ihrem Zimmer von ehemals verglich, da alles Anmut, Geschmack und Sauberkeit; und hier – aeh! – unglaublich!

Frau Salle hielt sich noch immer ihr Taschentuch vor die Nase.

»Nun, was gedenken, gnädige Frau, für das Mädchen zu tun?«

Sie nahm das Tuch fort und sah mich erschrocken an. – »Wie meinen Sie das, Herr Geiger?« –

»Nun, was Sie – – –« Ich schwieg. Draußen regte es sich, man hörte Flüstern, dann etwas lauter: »Nein, ich bleibe nicht hier!« –

Bei diesen Worten durchrieselte es mich, als ob mich ein elektrischer Schlag getroffen hätte. Wie gut kannte ich diese Stimme!

Ich öffnete unwillkürlich die Tür und trat auf den Flur.

»Lies!!«

»Georg!!«

Sie umhalste mich und weinte. Das arme Kind, wie es bebte und zitterte.

»Ach, Georg, daß Du nun endlich kommst, endlich. – Wenn Du wüßtest, wie ich mich nach Dir gebangt habe, die lange Zeit; wie ich mich nach Dir gesehnt habe. – Ach! Wärst Du nur ein Jahr früher gekommen!! – Aber nun verläßt Du mich doch nicht mehr, nein, jetzt nicht mehr! Sieh mal, ich will ja wie ein Hund – – und wenn Du mir nur ein freundliches Wort gibst – –«

Ich schwieg. Nicht, daß ich ihr vielleicht gram gewesen wäre, aber mir wirbelte alles im Kopf.

Sie machte sich von mir los, trat einen Schritt zurück, und sah mit ihren großen Augen voll in die meinen, wie sie es tausendmal getan hatte, wenn sie wissen wollte, wie ich über irgend etwas dachte.

»Ja, es ist wahr, Georg, ich kann es nicht mehr!! – – Ich hab ja kein Anrecht mehr auf Dich.«

»Aeeeh«, seufzte sie plötzlich auf und preßte die Hand gegen die Brust, als ob sie dort einen Schmerz empfände.

»Nein! Nein!! Ich muß ja noch leben!!! – nur so lange. – Ich will ja noch alles, alles gutmachen! –«

Erst jetzt konnte ich sie genauer betrachten, weil sie ins Helle getreten war. – – Oh mein Gott! – Meine arme, liebe Lies. Was war aus ihr geworden!

Damals ein junges, lebensfrohes Geschöpf in überschäumender Jugendfülle. Alles wogte, kochte an ihr. Lust, Mut und Kraft pulsierten in jeder Bewegung. Und jetzt! Die Bewegungen matt und langsam. Ihre Züge waren wieder weich und kindlich geworden, als ob sie sich um zehn Jahre verjüngt hätte.

Ihr Gesichtchen war schmal und ließ die großen Augen noch größer und tiefer erscheinen. Die Haut von durchscheinender, bläulicher Marmorblässe. Der trotzige, selbstbewußte Zug um die Lippen, der den Mund so – so – verachtungsvoll verziehen konnte, war gefallen. Der Feind hatte auch dieses Fort geschleift. –

Durch Laster und Armut allein hätte sie in zwei Jahren nicht so sehr herunterkommen können.

Lies stand mir immer noch gegenüber, sie sprach kein Wort, aber ihre Augen flehten zu mir empor.

Schwerfällig hob und senkte sich ihr Busen. Unterhalb des Backenknochen bildeten sich plötzlich zwei dunkelrote Flecke. – Ich begriff, wie es hier stand.

»Lies!!!«

Wieder lag sie in meinem Arm, schmiegte sich an mich, lehnte den Kopf an meine Schulter und schloß die Augen.

Meine Tränen fielen auf ihre Wangen und zogen lange Spuren auf der bleichen Haut. Sie empfand es wie eine Liebkosung und schmiegte sich nur inniger an mich.

»Lies«, begann ich endlich, »drin ist Eugens Mutter, sie möchte mit Dir sprechen.« –

»Ja, ja, Georg, ich komme. – – – –«

»Guten Tag, mein Fräulein«, sagte Frau Salle und nahm das Tuch von der Nase.

»Sehen Sie, mein Fräulein, vor Ihnen sitzt eine arme, unglückliche Mutter« – in Seidenkleid, Spitzenkragen und Blumenhut –. »Sie haben gewiß selbst einmal eine Mutter gehabt, wissen, wie eine Mutter empfindet. Mein liebes Fräulein, ich flehe Sie an!!! –«

»Bitte, meine Dame, stehen Sie vom Boden auf, wir sind doch hier in keinem Theaterverein?!«

»Geben Sie mir meinen Sohn zurück!!«

»Jawohl! Er wird bald kommen, Sie können ihm dann selbst sagen, daß er mit Ihnen gehen soll. Ich mag nichts mehr mit ihm zu tun haben. – – Aber das sage ich Ihnen, belästigt er mich noch einmal irgendwie, oder will er versuchen, Geld von mir herauszupressen, so wahr ich hier stehe, ich übergebe ihn sofort der Polizei! Ich hätte es vielleicht schon längst getan, wenn ich nicht an Sie gedacht und mit Ihnen Mitleid gehabt hätte. Ich kann es Ihnen sagen, ich habe Ihren Sohn einmal lieb gehabt; aber seit ungefähr einem Jahr, wo ich dahinter gekommen bin, was für ein niederträchtiger Lump Ihr Sohn ist, seitdem verabscheue ich ihn, wie Aas!! – – – – – Gnädige Frau! Hätte ich nie Ihren Sohn kennen gelernt, heute wäre ich nicht so eine, vor der die Menschen ausspeien. –

Aeh. – Hm. – Es ist ja nicht wert, daß man darüber spricht! – – – – Und Ihnen kann es ja auch gleich sein, Sie werden, nach wie vor, Ihren lieben Jungen für einen Ausbund aller Tugenden halten! – – – Aber hören Sie auf mich. Das prophezeie ich Ihnen: Ihr Sohn endet im Zuchthaus! – – –

Ein Wort von mir genügte, und er wäre schon dort. Nicht meinetwegen, aber er hat noch andere Sachen auf dem Gewissen, die – – – «

Lies hatte sich so erregt, daß sie kaum Luft bekommen und nicht weitersprechen konnte.

Frau Salle fuhr auf, und sie ließe sich ihren Sohn nicht verschimpfieren und am allerwenigsten von solch einem gemeinen Mensch. Sie und alle Welt wisse genau, an wem die Schuld liege.

»Ist sie da?« erklang plötzlich draußen eine rauhe Stimme und schon öffnete Eugen die Tür.

Die Mutter stieß einen Schrei aus, und Eigen wollte sich wieder hinausdrücken.

»Eugen, Du bleibst hier und stehst Deiner Mutter Rede«, ich hatte mich zwischen ihn und die Tür gestellt.

»Eugen«, begann Frau Salle honigsüß. »Sieh, Deine arme, alte Mutter« – in Seidenkleid, Spitzenkragen und Blumenhut –, »was für einen Kummer bereitest Du ihr?! Wenn du wüßtest, wieviel schlaflose Nächte ich Deinetwegen schon durchgemacht habe. Eugen, ich bitte, ich flehe Dich an, kehre zu mir zurück.« –

Eugen sah verlegen auf die Spitzen seiner Lackschuhe, trat dann vor den Spiegel, um sich die Kravatte zu richten, die Haare zu bürsten und den Schnurrbart zu drehen.

»Eugeeen! Sei ein Mann!! Reiße Dich aus den Armen dieses trügerischen Weibsbildes, welches Dich nicht liebt. Deine arme, alte Mutter – – – «

Eugen wandte sich zu Lies. »Hast Du Geld für mich?«

»Nein!!«

»Ich soll Dich wohl wieder – wie neulich.«

»Eugen! höre auf Deine Mutter und geh' mit ihr fort. Wir beide haben in dieser Welt nichts mehr mit einander zu schaffen. Wenn es aber eine andere Welt gibt, da halten wir beide Abrechnung. Gott ist mein Zeuge, ohne Dich wäre ich nicht das geworden, was ich heute bin. Wenn es noch eine Vergeltung gibt – «

Eugen machte ein so gleichgültiges Gesicht, als ob Lies vom Wetter spräche.

»Eugen!!! binnen einer halben Stunde hast Du meine Wohnung verlassen«, kreischte Lies, »sonst wahrhaftig – übergebe ich Dich der Polizei und solltest Du noch einmal wagen, zu mir zu kommen – ich – ich – ich – «

Plötzlich veränderte sich Eugens Gesicht und die blasse Wut verzerrte es beinah teuflisch.

»Du gemeiner Dreckfetzen! Du Aas! Du willst mir Vorwürfe machen. Die Knochen im Leibe schlage ich Dir Sau entzwei!!!«

Er war auf Lies zugestürzt, welche ängstlich auswich.

»Mensch, ich schlag' Dich tot, rührst Du das Mädchen an!!« Schon hatte ich ihn an der Brust gepackt.

Blitzschnell griff Eugen hinten nach der Hosentasche.

»Georg!« gellte es.

Lies warf sich zwischen uns. – Plötzlich sehe ich ein Messer in der Luft und an Lies Oberarm einen roten Blutfleck, welcher sich schnell auf dem weißen Kattun der Blouse vergrößert.

Eugen erhob die Hand zum zweiten Mal. Aber da erfaßte ich sein Handgelenk und schlug seine Knöchel dermaßen auf den Bettrand, daß er vor Schmerz aufschrie, die Finger öffnete und das Messer fallen ließ.

Nun war ich nicht mehr Herr meiner selbst; mit aller Kraft schlug ich ihm die Faust ins Gesicht und warf ihn dann in der Ecke zwischen Bettlade und Waschtisch zu Boden, daß er liegen blieb.

Erst jetzt bemerkte ich, daß Frau Salle, welche uns trennen wollte, mir mit den Nägeln eine Schramme vom Ohr bis zum Kinn gezogen hatte.

Eugen erhob sich wieder, er hatte einen großen, roten Fleck im Gesicht, und das Blut rann ihm aus der Nase über den Schnurrbart.

»Warte, mein Junge, wir treffen uns noch mal.«

»Ach, Du Feigling, meinetwegen kannst Du soviel Messer nehmen, wie Du magst. Wenn ich es gewollt hätte, ich hätte Dich ja totschlagen können, wie einen tollen Hund.«

Eugen zitterte am ganzen Körper vor Angst oder vor Wut.

Ich war wieder ruhig geworden. »Lies, was ist mit Dir?« – »O nichts, Georg!«

Ich strich den Ärmel ihrer Blouse zurück. Es war nur eine kleine, oberflächliche Hautwunde.

»Tut sie weh?«

»Nein! – gar nicht!«

»Eugen«, begann ich, als ob gar nichts zwischen uns vorgefallen wäre. »Ich weiß, Du bist ein leichtsinniger Mensch, aber für einen Lumpen habe ich Dich bisher nicht gehalten, ich glaube es auch jetzt noch nicht, daß Du einer bist. Du bist einfach von Stufe zu Stufe gesunken, und ebenso gut kannst Du wieder herauf kommen. Du mußt nur in eine Stadt gehen, wo Dich niemand kennt und wieder zu arbeiten versuchen. Denn sieh mal, hier hast Du Dich ja doch unmöglich gemacht. – – Und nun etwas anderes, gnädige Frau. – Lies, würdest Du vielleicht einmal herausgehen?! Ich bitte Dich darum.«

Sie tat es unwillig – aber sie tat es.

»Ihr Sohn hat Jahre lang mit dem Mädchen verkehrt. Ob *er* daran schuld ist, daß sie das geworden, was sie heute ist, oder ob es ihr *eigener* Leichtsinn war, kann ich nicht entscheiden. Ihr Sohn hat von dem Mädchen doch viel Geld empfangen. Sie sagten mir ja selbst, daß sie ihn aushielte. Sie sehen auch, Frau Salle, wie krank das Mädchen ist.« – –

»O, Herr Geiger, da täuschen Sie sich wohl, das Weib ist gesund, wie der Frisch im Wasser!«

»Schwindsucht, gnädige Frau, vielleicht noch rettbar – vielleicht.«

Frau Salle erblaßte. »Eugen, wenn Du Dich nur nicht angesteckt hast!«

»Hm – alsooo – Sie sehen ja, gnädige Frau, wie ungern das Mädchen bei diesem Gewerbe ist, und wie gern sie es aufgeben würde, wenn man ihr die Hand dazu reichte. Jetzt muß ich Sie bitten. Frau Salle, hören Sie zu, ich selbst habe während meiner Dienstzeit viel zugesetzt und bekomme jetzt ein Gehalt, das kaum für mich selbst ausreicht. Ich kann für das Mädchen nicht so sorgen, wie ich es gern tun würde. Wollen Sie dem Mädchen, das heißt mir, sagen wir, monatlich dreißig Mark ›leihen‹. Ich komme Ihnen dafür auf. Soviel mir möglich ist, will ich ihr selbst geben, vielleicht kann Eugen, wenn er eine Stellung hat, auch ein wenig beisteuern, damit sie sich wenigstens für's erste pflegen kann. Später soll sie ja wieder in ein Geschäft, man wird ihr schon irgend eine Stelle verschaffen können.«

Eugen stand immer noch am Spiegel. Er hatte noch kein Wort gesprochen. Er kaute nur an den Nägeln, wie ein armer Sünder.

»Oh, ich hoffe doch, Herr Geiger«, sagte Frau Salle mit freundlichem Lächeln, »es wird nicht nötig sein. Vielleicht kann das Mädchen gleich in ein Geschäft gehn.« –

»Ja, und binnen einem halben Jahr sterben!« –

»Gott, Mutter!« höhnte Eugen plötzlich, »durchschaust Du denn nicht seinen Plan? Er will sie nur wiederhaben und hat dabei kein Geld, sie zu halten. Er fürchtet, sie könnte ihm sonst wieder – untreu werden.«

»Lump niederträchtiger! Glaubst Du, ich werde noch einmal in meinem Leben das Weib berühren, das Du Jahre lang beschmutzt hast, das Du in den Dreck gezogen hast, Du nichtswürdiger Hallunke?!! Geh, Kerl, oder ich schmeiß Dich die Treppen runter!! – – – – – Frau Salle, ich brauche Ihre Hülfe nicht, gehen Sie und nehmen Sie ihren Sohn mit. Hüten Sie ihn aber, daß er mir niemals unter die Fäuste kommt. Ich erschlag ihn!!«

Eugen wurde aschfahl, erwiderte kein Wort. Er zog nur den Arm hoch, um einen Schlag im Notfall parieren zu können. Das Messer lag noch unter dem Bett und mit ihm Eugens Mut.

»Jetzt gehen Sie, gnädige Frau. Bitte!«

»Komm Eugen«, sie ergriff seinen Arm.

Eugen spie aus und ging.

»Wart' wir sprechen uns noch, aber anderswo«, rief er mir draußen zu.

»Glaubst Du vielleicht daß ich jemals *dahin* kommen werde, wo *Du* hin kommst?!!«

Hätte Lies mich nicht mit aller Gewalt zurückgehalten, ich hätte ihn die Treppe heruntergeworfen. –

*

»Nun sind sie fort, hoffentlich für immer.« –

Lies schwieg.

»Komm, Lies, wir wollen uns jetzt hinsetzen und ein wenig miteinander plaudern.« –

Lies folgte meiner Aufforderung, schwieg aber immer noch.

»Nun, Lies.«

»Georg, könntest – Du – mir – wohl – wieder – gut sein?« preßte sie endlich mühsam hervor.

»Ja, Lies, ich bin Dir gut.«

»So, wie damals?«

»Wie meinst Du das?!!«

»So – wie – ehemals –, weißt Du, als ich – noch im – Geschäft – war.«

Ich verstand sie und fuhr erschreckt auf. »Nein, Lies, das ist unmöglich! Das ist aus! Das könnte ich nie mehr! – Ich will Dich stets gern haben; – Ich will für

Dich tun, was ich für Dich tun kann; – Aber *das* ist unmöglich, ›verkehren‹ können wir nicht mehr miteinander, und wenn Du auch von heut an eine andere wirst, und das wirst Du Lies. – – Sieh mal, Kind, da stehen zu viele zwischen mir und Dir. Denk an all das Schlechte der letzten Jahre und denk an unsere Zeit, wo wir zusammenlebten. War es nicht grade, als ob wir Mann und Frau gewesen wären, so rein, so glücklich waren wir zusammen, – Lies, und was sollte jetzt aus uns werden? Sollen wir wirklich die schönste Erinnerung unseres Lebens beschmutzen? Du bist nicht mehr das Mädchen von ehemals, und Lies – ich bin auch nicht mehr derselbe. – Und dann, Du bist krank! Du brauchst Ruhe; Du brauchst Pflege! – – – «

Lies hatte den Kopf auf den Tisch sinken lassen und schluchzte, als ob ihr das Herz im Leibe bräche; plötzlich hob sie den Kopf. Ihre Wangen glühten. Ihre Augen flammten in wildem Begehren.

»Nein!! Ich brauche Liebe – *Liebe*, und wenn ich das bleiben soll, was ich bin.« –

»Lies, Du – armes – Geschöpf!«

»Georg«, sie war aufgestanden, »sage mir nur das eine, was hab ich sonst noch vom Leben? – Ich bin ja totkrank! – « – »Nein, Lies, Du wirst gesund werden.«

»Nie! – – – Und die Zeit, die paar Monate, die ich noch lebe, warum soll ich die nicht bleiben, was ich bin. Ich bin im Schmutz geboren – laß mich auch im Schmutz sterben, Georg! Ach, mein lieber Junge«, sie nahm meinen Kopf zwischen beide Hände, »wenn du wüßtest, wie ich mich nach Dir gesehnt habe. Ich dachte ja immer, Du würdest noch mal kommen, und jetzt ist es doch zu spät!«

»Sei ruhig, Lies, es *muß* ja noch alles gut werden.«

»Nein, Georg! – Georg, ich bitte Dich nur das eine: Laß mich das bleiben, was ich bin! Laß mich sterben! Laß mich allein sterben! Du sollst Dich nicht mit mir quälen! Ja, wenn Du mich wieder lieben könntest, wie ehemals? – «

»Ich kann's ja nicht! Ich kann's ja nicht. Lies!!«

»Sieh, Georg, mein Leben hat doch keinen Wert mehr.«

»Lies, und wenn ich noch des Nachts hindurch Straßen kehren soll, Dir soll nichts abgehn, – ich will Dich pflegen, wie Deine Mutter!«

Lies spie aus.

»Und glaubst Du denn, ich würde auch nur einen Pfennig von Dir annehmen? – Deine Liebe – « – – Die letzten Worte verklangen in einem Röcheln. Aus dem Mundwinkel rann ihr ein roter Tropfen. Sie preßte beide Hände vor die Brust.

»Gott!! Lies!! Lies!!«

»Laß mich! Laß mich! Das hab ich schon öfter gehabt, das geht vorüber – sooo – siehst Du, ich weiß – ich habe – nur noch – ein paar – Monate zu leben, und warum soll ich diese kurze Zeit nicht glücklich sein? Du bist ja mein ein und mein alles – – !!«

»Aber Lies, ich kann es ja nicht!«

»Ach ja, Georg, Du hast Recht – Du kannst es nicht – ich bin ja – eine – « wieder sank ihr Kopf auf den Tisch, wieder schluchzte sie.

»Lies. Schau, Kind, morgen komm ich zu Dir. Hier in diesem elenden Winkel kann ich Dich ja nicht lassen; dann hab ich Dir ein sauberes, hübsches Zimmer besorgt. Weißt Du – so eins wie Dein früheres, und dann wirst Du gut essen und gut trinken – und vielleicht zum Winter, wenn ich mehr Geld habe, gehst Du nach Italien. – O dort ist es schön, Lies! Immer Sonnenschein, und so schöne Schlösser und so schöne Blumen – und wenn Du dann wieder ganz gesund zurückkommst, siehst Du, dann, – ja – dann – – – – «

Ich sprach in dem Ton, als ob ich einem Kinde ein Märchen erzähle.

Lies schaute auf.

»Ja, Georg, ich will es tun«, sagte sie müde und gleichgültig, »aber – aeh – ich möchte schlafen, ich bin so matt, ich fühle mich – gar nicht – wohl. Komm morgen wieder, dann reden wir – zusammen.«

»Ja, Lies«, ich sah sie fragend an; sollte sich vielleicht etwas unter diesen Worten verbergen? Sie beachtete meinen Blick nicht, sondern starrte abgespannt vor sich hin. Nein! Ihr Gesicht war zu müde und zu ruhig, es war keine Spur inneren Kampfes darin zu lesen.

»Ja, Lies«, – ich wandte mich ab, weil mir die Tränen in die Augen traten, »dann komme ich morgen. Gute Nacht!«

Als ich schon an der Tür war, sprang Lies plötzlich auf, umarmte mich und küßte mich wieder und wieder, als ob sie mich gar nicht mehr von sich lassen wolle.

»Lies, morgen mittag komme ich zu Dir. Geh! Schlaf wohl, mein Kind!«

»Ja, morgen mittag, Georg. – «

Und ich ging. Draußen dunkelte es schon; es war so recht unfreundliches Wetter. Die Gasflammen, die eben angezündet wurden, schwammen in milchigen

Nebelflecken. Einen prickelnden Staubregen schlug mir der Wind ins Gesicht.

Alles eilte, um nach Haus zu kommen, nur die Dirnen, die zahlreich in diesem Stadtteil wohnten, liefen, wie gehetztes Wild, trostlos in den Straßen umher.

Jetzt wohin? Nach Haus konnt ich nicht, ich war zu erregt. Ich *mußte* gehen. Es war, als ob man mir mit kleinen Hämmerchen auf dem Schädel herumgetrommelt hätte, so schwirrte es mir im Kopf, so matt fühlte ich mich, so zerschlagen.

Ich eilte am Kanal, im Dunkel der Bäume, entlang; über das schwarze, gurgelnde Wasser ergossen sich von drüben her breite Lichtstreifen.

Alles verschwamm vor meinem geistigen Auge. Ich vergaß die ganzen Erlebnisse des Nachmittags. Ich sah nur eines vor mir, und das war – Lies. Ich sah jeden Zug ihres Gesichtes, jede Bewegung der Augenbrauen, hörte jedes Wort, das sie gesprochen noch einmal. Ich verglich sie mit früher, alte Erinnerungen die ich längst begraben wähnte, entstiegen, gesellten sich zu mir.

Damals! – Damals! – und jetzt. – *Nein!!* Das war ja Lüge, ich hatte sie und mich belogen. Noch liebte ich sie, gradso wie damals, gradso, wie ich sie früher geliebt hatte. Ja, sag' mir nur das eine: Was soll nun daraus werden? Wie sollte, wie konnte ich ihr helfen, wo ich mich selbst nicht mehr auskannte? Und dann, was sollte aus ihr, was aus mir, was aus uns beiden werden? Sollte sie wieder mein Verhältnis werden? Nun gut! auf wie lange? ach! auf wie lange? Sie muß ja doch bald sterben. Nein! – Nein!! – – – Ja – ja – doch – – – bald –

Oder sollte ich sie heiraten? Albernheit! – – Sie ist ja eine öffentliche Dirne und totkrank! – –

Mir surrte es im Kopf. Ich ging wie im Traum. Plötzlich begann ich Angst vor mir selbst zu bekommen – ich sprach laut, wie ein Fiebernder. Ich glaube, ich sprach von einer Hochzeit – und doch dachte ich an ganz etwas anderes.

Ich lief und lief, der Schweiß stand mir auf der Stirn. Plötzlich fiel mir ein, daß ich ja heute abend zu Walter gehen wollte. Nein – nein – es war mir nicht möglich. – Ich konnte nicht zu ihm gehen!! –

Ich lief und lief, und da stand ich vor seiner Haustür.

»Walter!!«

Er saß breit und behäbig, wie ein gemästeter Kapaun auf dem Sofa, hatte eine Flasche Wein und ein gutes Abendbrot vor sich auf dem Tisch stehen, und sah mich vergnügt an. Er schien heute zwar noch etwas blaß, aber durchaus nicht krank. Sein Gesicht hatte einen selbstzufriedenen, fast glücklichen Ausdruck. Er blinzelte mich eine Weile schweigend an und kniff dann verschmitzt das eine Auge zu.

»Du Sohn, wo fehlt's denn? Wir haben wohl die Rollen getauscht«, stichelte er gutmütig lachend.

Ich war nicht zum Scherzen aufgelegt und wollte wieder fortgehen.

»Na, Sohn, bleib man da! Setz' Dich! Hier!« – und er goß mir Wein ein – »da greif zu!« und er hielt mir einen Teller mit kaltem Aufschnitt unter die Nase. – »Bedien' Dich, oder glaubst Du vielleicht, das soll ich auch noch tun«, – und er lachte als ob man ihn kitzele.

Mit seinem breiten, bartlosen Gesicht, glich er heute einem Landpfarrer am Sonntag abend.

»Ja, Walter, sag mir das eine: Du bist ja heute wie ausgewechselt! Was ist denn passiert?«

»Was passiert ist?! Famos!! Zeitungen liest der Pöbel auch nicht.« Und er lachte, als ob er bersten wolle.

»Du Hannake«, und er warf einige Briefe und Zeitungsausschnitte über den Tisch, mir grade ins Gesicht.

Ich las.

Und als ich geendet, lachte ich auf, trotzdem mir wirklich heute nicht zum Lachen zu Mute war.

»Ja, Mensch! Walter!! Das ist ja wunderbar!!«

»Siehst Du – und diese Unverschämtheit von der Bank, damals haben sie geschrieen, ich solle verkaufen, und ich habe gesagt: ›Ich verkaufe nicht ein Stück, und wenn ich alles daran verlieren soll‹ – und das sah auch wirklich so aus, und jetzt, wo ein neues Konsortium hingekommen ist und deutsche Ingenieure und Leiter, und wo die Papiere, die schon anderthalb Jahre nicht mehr in Handel waren, plötzlich wieder honoriert werden und besser wie je stehen, da beglückwünschen sie mich, daß ich damals ihrem Rat gefolgt bin. Weißt Du auch, wer die Papiere damals aufgekauft hat? Die Bank!! Solch eine Lumpenbande!« –

»Ja, Walter, und was willst Du jetzt tun?«

»Jetzt, – verkaufe ich – und lege die Hundertzwanzigtausend in sicheren vierprozentigen Papieren an. Verloren habe ich zwar immer noch Achtzigtausend an Montanwerten, aber was ich jetzt habe, genügt mir auch zum Leben. Verheiraten will ich mich ja doch nicht. Für's erste werde ich dann einmal auf ein – bis zwei Jahre nach Italien gehen und arbeiten.«

»Arbeiten?«

»Ja, alles will ich kennen lernen, was mir gefällt. Ich will besonders Kunst und Literaturgeschichte wieder treiben, auch ein wenig Entwicklungslehre und Pflanzenanatomie.«

In seinen Augen flammte der alte Wissensdrang, das alte Feuer.

»Sag' mal, Georg«, unterbrach er sich, »was ist denn mit Dir? hat man Dir die Butter vom Brot genommen?«

»Ach, Walter, mir geht alles im Kopf 'rum, ich bin ganz schwindelig.«

»Kann ich Dir irgendwie helfen, mein Junge? Hast Du Schulden? –«

»Nein, Walter.«

»Ja, wo fehlt's denn sonst? Kann ich Dir gar nicht irgendwie behülflich sein?«

»Hör' zu –« und ich erzählte ihm haarklein meine ganze Geschichte mit Lies, von Anfang bis zu Ende, bis zum heutigen Tage. Erzählte, wie wir auseinandergekommen, wie wir uns in uns getäuscht. Ja, ich sagte ihm auch offen, daß ich sie noch heute ebenso liebte, wie am ersten Tag, und daß ich jetzt nicht mehr ein noch aus wüßte.

Walter hatte mir ruhig und aufmerksam zugehört.

»Sooo –! Jetzt verstehe ich vieles«, sagte er als ich geendet hatte. – – – »Also, Du bist es! Du warst es! O wenn Du wüßtest, wie grenzenlos eifersüchtig ich auf Dich war. Stets hat mir das Mädchen gesagt, daß sie nur einen liebt, und der wäre jetzt nicht hier, aber sie wisse es bestimmt, er würde noch einmal zu ihr zurückkommen. Alle anderen Männer würden ihr mehr oder weniger gleichgültig bleiben, und sie betrachte sie nur als Spielzeug. Ich sage Dir, Georg, fast zur Verzweiflung hat sie mich damit gebracht. – Na, die Sache ist ja vorbei. –

– – Also, Georg, wieviel brauchst Du für Lies? – Dreitausend für's erste?«

Ich sah ihn erstaunt an. »Aber, Walter, wo Du schon soviel durch das Mädchen verloren hast!«

»Also, wenn es nicht genug, dann viertausend. Wo soll sie denn hin? Nach Arco?«

»Nein, Walter! Ich kann es nicht von Dir annehmen, es geht nicht.«

»Papperlapapp, Quatschkopf!!«

»Aber, Walter, wo Dich das Mädchen schon soviel gekostet hat! Wo Du nichts wie Ungelegenheiten von ihr gehabt hast!« –

»Die Sache ist verschmerzt, habe ich Dir schon mal gesagt, Georg.« –

»Und, Walter, ich kann ja Lies auch nicht ins Herz gucken. Wer sagt denn, daß sie es wirklich so meint?«

»Ich!!« unterbrach mich Walter heftig, »denn ich kenne sie, *ich* weiß, wie sie an Dir gehangen hat, *ich* weiß, wie sie Nächte lang nach Dir geweint hat, wenn sie mit mir zusammen war. Später wurde sie gleichgültiger und gleichgültiger. Ich habe sie noch lange beobachtet, wie wir schon auseinander waren. Auf Schritt und Tritt bin ich ihr heimlich gefolgt, habe gesehen, wie sie von Stufe zu Stufe gesunken ist. Ich kenne sie – vielleicht besser als Du. Ich weiß, an dem Weib ist nichts Falsches. – Nicht freiwillig ist sie diesen Weg gegangen, da war ein anderer dran schuld.« –

»Wer?«

»Eugen Salle, der Lump!« –

»Weißt Du das gewiß?«

»Ja, denn glaubst Du, Du hast mir vorhin etwas Neues erzählt? Ich habe den Menschen ganz genau beobachtet. Ich weiß, wie es kam. Erst hatte er keine Stellung, er fand keine, und die Mutter gab ihm Geld, und dann wollte er keine finden, und die Mutter gab ihm nichts mehr; er hätte sogar ins Ausland gehen können, nach Odessa an eine Bank, aber er tat's nicht, und dann begann er sich von Lies, die einen reichen Freund hatte, Geld auszuborgen, und dann – Schritt für Schritt hat er sie gedrängt, der Lump!« –

»Ich habe Eugen bis heute nicht für schlecht, sondern für leichtsinnig gehalten. Er war doch eigentlich ein ganz begabter Mensch.«

»Da hast Du Dich vollkommen in ihm getäuscht. Er hat nur von jeher die Unverschämtheit gehabt, über alles das zu reden, von dem er nichts verstand. –

– – – Ja – alsooo – unter einer Bedingung: Du darfst Lies nicht sagen, daß es von mir kommt; willst Du das Geld für sie nehmen? – «

Ich schwieg.

»Ich bitt' Dich darum! – «

»Walter! Es wäre ein Unrecht. Du – – – «

Er schien meine Gedanken zu erraten.

»Nein, Georg, das ist vorbei: Tu's mir zur Liebe. Nimm das Geld! Es steht jeder Zeit zu Deiner Verfügung.« –

»Nun ja, Walter. Sowie es mir möglich ist, gebe ich

es Dir zurück. Aber ein paar Jahrzehnte wirst Du schon warten müssen.«

»Das eilt nicht«, und er lachte.

»Nein, Walter, Du bist doch ein Prachtkerl!«

»Und Du ein Quatschkopf!« Und er lachte ob dieser scharfsinnigen Beobachtung, daß ihm die Tränen über die Backen liefen.

»Ja, aber was soll nun werden? Walter, heiraten kann ich sie doch nicht? Das wäre ja ein Stück aus dem Tollhaus. Sie ist 'ne Dirne! Sie ist totkrank! Ach, weißt Du, ich glaube, ich werde noch verrückt. Ich habe nachgedacht, daß mir die Augen geträ̈nt haben, ich finde keinen Ausweg. Ja, Walter, ich hab sie von Kind an geliebt, ich liebe sie noch heute, genau so, wie früher. Aber ich darf's ihr doch nicht sagen. Heute, wo sie totkrank ist, wo sie ein Frauenzimmer ist; ich kann's nicht! Ich kann's nicht!! Ich kann mich nicht mit einem Schlag über all das hinwegsetzen. Und wenn sich auch noch alles zum Guten wenden sollte, ihre Vergangenheit wird stets zwischen mir und ihr liegen. Ich glaube, ich könnte sie nicht 'ne Minute vergessen. Weißt Du, ich hab solch grenzenloses Mitleid mit ihr, wie es eben nur Liebe haben kann. Ich bin mir heute so niedrig, so gemein vorgekommen, als ich ihr die Bitte abschlug; es war mir, als ob ich ihr das letzte Stückchen Boden unter den Füßen wegzog. Aber ich konnte nicht anders handeln. Ich habe ja auch Ehrgefühl! Ich habe doch auch Ehrgefühl!! Ich habe doch auch 'nen Funken Stolz in mir!! – «

»Still, Georg. Ein anderes Mal reden wir davon. Vielleicht kann es doch noch gut werden. Komm wir wollen fortgehen.« –

»Ich kann nicht, Walter, ich werde verrückt, wenn ich Lärm um mich höre. Ich kann nicht!!«

»Ach, – wir gehen ja nur in eine ganz ruhige Weinkneipe! – «

»Aber nicht lange, ich möchte heim.«

»Nein, nicht lange.« Und wir gingen. – – –

Als ich – in später Nacht – heim kam, war Mutter noch auf. Sie hatte die Zeitung vor sich und las.

»Rate mal, Georg, was da drin steht?« –

»Wie soll ich das raten!« –

»Na, es ist etwas über einen Freund von Dir.«

»Was Gutes?«

»Ja.«

»Ich weiß nicht, Mutter.« –

»Denk nur mal. Ernst Sauer hat in der kleinen akademischen Konkurrenz den ersten Staatspreis bekommen. Er ist außerdem auch schon in den acht kunstgewerblichen Ausschreibungen als erster Sieger hervorgegangen. Da hier stehts schwarz auf weiß! Wer hätte das je von ihm geglaubt?!«

»Gute Nacht, Mutter.«

»Was ist Dir denn, Georg?«

»Ich bin müde, gute Nacht!«

»Na, schlaf' Dich nur recht aus.«

Die ganze Nacht schloß ich kein Auge. Lies!! Ich dachte und dachte. Wie sollte das werden, wie sollte das enden? Jetzt stieß ich die Dirne von mir, und jetzt breitete ich sehnsüchtig die Arme aus, um sie zu umfangen. Fortwährend überraschte ich meine zügellose Phantasie auf irgend einem Seitensprung, von dem ich mir keine Rechenschaft geben konnte. Wüste, bedrückende Träume hielten mich umfangen, und doch träumte ich nicht, ich lag ja wach, mit offenen Augen. Ich kniff mich, um mich zu überzeugen, ob ich nicht schliefe. Nein! ich wachte; und im nächsten Augenblick dasselbe Spiel meines Hirns.

Endlich gegen Morgen war meine Widerstandskraft, mein Stolz gebrochen, jetzt mochte es kommen, wie es wollte. Es ergriff mich eine wilde Sehnsucht, ein wahnsinniges Begehren flammte in mir auf. Ich mußte sie wieder haben – es mußte zwischen uns werden – wie – ehemals und wenn wir auch beide darüber zu Grunde gingen. – Nein! Nein, jetzt nicht!! Aber ich wollte ihr wenigstens sagen, wie sehr ich sie liebte – ich – ich – ich wollte sie lieb haben, – wie – ehemals –, und wenn wir auch beide darüber zu Grunde gingen. Nein! Nein, es war ja nicht – – – – – – – – – – – – – – – –

Am Mittag des nächsten Tages ging ich zu Lies. Ich war ruhiger geworden. Fast fröhlich. Es mußte ja gut enden. Ich hatte mich schon nach einem saubern und luftigen Zimmer bei anständigen Leuten für sie umgetan. – In diesem menschenunwürdigen Loch mußte man ja krank werden! Den ganzen Weg über sprach ich zu mir selbst, wie ich mit ihr reden wollte, so gut, so liebevoll. Ich malte mir aus, wie sie in Dankbarkeit zu mir emporschauen würde, und wie ich sie dann in meine Arme schließen würde und auf die Stirn küssen. Ich stürmte die Treppen herauf. Oben hielt ich. Meine Pulse klopften vor Erregung. Ich wagte es kaum, an die Tür zu pochen.

Eine Minute banger Erwartung. – Endlich!!

»Ist Fräulein Lies zu Haus?«

»Fräulein Lieschen? Fräulein Lieschen wohnt nicht mehr hier.« –

Ich preßte einen Holzstab des Treppengeländers, als ob ich ihn zerbrechen wollte.

»Ja, jestern abend hat sie ihre Sachen jepackt. Na, wissen Sie, schöner Herr, ville hat ja so'n Mächen nich, hat mir allens bezahlt un is wegjegangen. Als ick ihr nu jefragt habe: ›Aber, Fräulein Lieschen, wo wollen Se denn hin? – Jetzt in de finstre Nacht?‹ Da hat se nur jemeint, se zieht weg. Nu hab ick ihr jesagt, halten könnt ich ihr ja nich, ich würde och schon wieder 'ne andere finden. Ob se vielleicht bei mir mit irgendwas unzufrieden jewesen wäre. Ne, hat se jesagt, durchaus nicht. Aber se müsse fort. Nu hab ick ihr denn wieder jefragt: Wo se denn hinzöge?! Ja, des wisse se selbst noch nich – un weg war se.« –

– –

Heutigen Tags weiß ich noch nicht, wie ich zu Walter kam.

Ach ja, ich erinnere mich sogar, daß ich an einem Spielplatz stehen blieb. Dienstmädchen – Soldaten – Nichtstuer – Spreewälder Ammen mit ihren kurzen, bauschigen Röcken, dicken Waden, Lackschuhen – Kinderwagen – ein ganzer Haufen sich hetzender, balgender Straßenjungen. – Im Sand spielende Kinder mit kleinen Schippen, Bechern und Löffeln; ach ja, eins von den Kindern hatte schwarze Locken und große, dunkle Augen, – große, dunkle Augen – grad wie Lies. Aber ich sah das alles nicht genau – doch – nein – aber es schien mir, als ob sich alles hinter einem Gazeschleier bewege.

Eine Droschke polterte über das holprige Pflaster, eine Lokomotive schrillte, aber das Lärmen störte mich nicht. Es kam mir vor, als ob die Laute aus weiter, weiter Ferne herüberklängen und nur wie Echos an mein Ohr schlügen.

Plötzlich hörte ich laut neben mir sprechen: »was nun? Was nun?« – Ich fuhr auf. Niemand, ich mußte es wohl selbst gewesen sein.

»Herrgott! Georg!! Was ist Dir?!! Wie siehst Du aus?!!« –

»Lies – ist – fort –, Walter!«

Eine Minute Schweigen. Im Nebenzimmer schlug ein Kanarienvogel; auf dem Hof brüllte jemand »kauft Bücklinge, Bückelinge, Bückelinge!« – – – – – – – – – –

*

– – – Als ich des Abends heim kam, fand ich einen Stellungsbefehl vom Regiment vor. Ich wurde zu einer Übung einberufen und hatte binnen sechs Wochen in meiner Garnison einzutreffen.

Diese sechs Wochen rasten, wie im Flug, an mir vorüber. Die ganze Zeit kam ich nicht einen Augenblick zur Ruhe. Ich wollte, ich mußte sie finden, ich wollte wenigstens Gewißheit haben, Gewißheit, nur nicht fortwährend diese peinigende Angst.

Den Tag über war ich im Geschäft. In den Mittagsstunden auf der Polizei – sie wurde dort als vermißt geführt. – Im Leichenschauhaus – umsonst, der Strom des Lebens schien sie auch hier noch nicht auswerfen zu wollen. – Die langen Abende und Nächte auf der Straße. Alle Stadtteile durchjagte ich; tausendmal wähnte ich, ich hätte sie gefunden. Das war ja ihr Gang, ihre Gestalt, genau so pflegte sie den Schirm zu tragen und wenn ich dann der Dirne ins Gesicht sah, blickten mich ein paar fremde Augen bittend an, flüsterte ängstlich eine widerliche Stimme: »Komm mit! Komm mit, Schatz! – «

Walter, welcher mich die ersten Abende auf meinen nächtlichen Irrfahrten treulich begleitet hatte, hatte es bald aufgegeben, da ich ihm zu schnell ging. Er bat mich oft zum Abendbrot und ich hätte gern seine Aufforderung angenommen, aber ich konnte nicht zu ihm gehen. Ich war fast menschenscheu geworden, ich konnte auch nicht die Abende ruhig sitzen und plaudern, während Lies vielleicht – o Gott, meine – – – – – – in einem schmutzigen Winkel verröchelte.

Ich drängte auch Walter zur Abreise. Er war zwar jetzt stets lustig und guter Dinge, aber sein bleiches, gedunsenes Aussehen gefiel mir nicht. Auch traten die Herzbeklemmungen bei ihm häufiger und heftiger auf als früher.

Ich sehe Walter noch, wie er an jenem Morgen im Zug saß. Die Reisemütze auf dem runden Kopf, das breite, blasse, gutmütige Gesicht mit den klugen Augen, wie er mir die Hand schüttelte. – »Wenn Du etwas für Lies brauchst, schreib mir nur sofort!« Wie er sich freute; wie seine Augen glänzten. Es war das erste Mal, daß er eine größere Reise unternahm. Hinaus! Hinaus in die schöne, weite Welt! Italien! Italien!!

Armer, braver Junge!

Wenn ich einmal nach Genua komme, will ich auch Dein Grab besuchen. Ich habe mir sagen lassen, daß der Kirchhof dort einer der schönsten der Welt ist, und man von ihm einen herrlichen Blick über die ganze Stadt, den Hafen und das endlose, blaue Meer hat.

– –

Nun sollte auch ich Berlin verlassen und noch keine Spur von Lies. Meine Angst steigerte sich zum Fieberwahn, ruhelos, wie ein böser Geist, irrte ich nachts durch die Straßen.

Der letzte Abend. Morgen früh mußte ich fort. Ob ich sie wohl noch jemals wiedersehen würde? Nach acht Wochen, wenn ich zurückkehrte, war sie ja längst tot, mußte sie ja tot sein.

Der Gedanke ergriff mich plötzlich mit seiner ganzen Wucht, er drückte mich zu Boden; schwer und willenlos ließ ich mich auf eine Bank fallen und preßte die Hände an die Stirn, der Kopf schmerzte mich zum Zerspringen.

»Bißte krank? Steh doch uf!« – Es rüttelte mich jemand.

Ich sprang auf. Eine kleine Dirne von vielleicht einundzwanzig Jahren stand vor mir.

»Du wirß Dich erkälten. Jeh nach Haußе.« –

Der Ton der Sprache, – die Kleine stieß auffallend mit der Zunge an, – kam mir bekannt vor. Irgendwo hatte ich ihn schon einmal gehört.

Ich sah der Dirne ins Gesicht. Sie war abschreckend häßlich. Krause, braune Zotteln hingen ihr über die niedrige Stirn und beinah bis auf die breite Stupsnase herab. Rotgeränderte, unendlich gutmütige Schlitzaugen. Dicke, aufgeworfene Lippen. Auch ihre Kleidung war recht ärmlich und schlumpig. Sie hatte nicht einmal einen Hut auf, sondern nur ein Tuch um den Kopf gebunden. Das Korsett stand an der Brust weit ab, und da ihr jeglicher Busen fehlte, hatte sich dahinter eine Mulde gebildet.

Plötzlich dämmerte es in mir auf. Auch das Gesicht

kannte ich, aber ich mußte es lange Jahren nicht mehr gesehn haben.

»Wie heißt Du? –«

»Grethe, mein Schatz.« – »Grethe Schramm?«

»Ja! – Woher kennßte mich denn?«

Ich antwortete nicht darauf.

»Sage einmal, Grethe, Du kennst doch auch Lies Weise?«

Sie wurde verlegen und stotterte. »Iiiich – neiein!«

Aber ich ließ mich nicht irre machen.

»Kannst Du mir sagen, wo sie jetzt ist?«

»Ne! Det derf ich nich!«

»Grethe! Du mußt es mir sagen. –« Ich drückte ihr eine Mark in die Hand.

»Ne, ne, ich kann es nich sagen. Ich hab se ja uf de Polizei nich anjemeldet. –«

»Sie – wohnt – bei – Dir – Grethe?!«

»Na ja, ich traf se, und da tat se mir so leid, det arme Mädchen. Kein Jeld hat se och nich jehabt, und kene Bleibe, und krank ist se doch man och, und da hab ich se mit zu mir jenommen. Nu schläft se eben in de Zimmer, un am Tage macht se mir en bißchen det Zimmer orndlich, un kocht mir was. Et jeht ihr man sehr schlecht, det wird woll bald mit ihr aus sind, verdienen kann se schon garnischt mehr –«

»Komm, Grethe!«

»Wohin willst Du denn?«

»Zu Lies!«

»Nee – nee, ich kann nich. Ich muß ja verdienen. Es sind ßu schlechte Szeiten. De Wirtin will och ihre fünf Mark for'n – Tag haben.« –

»Da!« Ich gab ihr noch etwas. »Komm Grethe!«

»Aber lauf doch nicht so, Schatz! da kann ja keen Mensch mitkommen, wie Du lofst.«

»– – – – Lies!! –«

Ich kniete vor dem Bett. Da lag sie bleich und hager wie der Tod, und doch so lieblich wie eine Maiblume. Sie konnte kaum noch sprechen. Mit ihren Händen fuhr sie mir liebkosend über Stirn und Augen.

»Mein Junge! Mein Georg! –«

Ein Hustenanfall warf sie vom Bett hoch. Blut quoll ihr aus Mund und Nase, und sie wurde besinnungslos; der Arzt ließ sie in die Charité bringen. –

* *
*

Als ich nach acht Wochen zurückkehrte, fuhr ich sofort vom Bahnhof zu ihr. Denn man hatte mir zwar Lies' Befinden mehrmals als gänzlich hoffnungslos dargestellt, mich aber bisher noch nicht von ihrem Ableben benachrichtigt.

Diese Angst und Ungewißheit während der langen Fahrt, ob ich sie noch lebend sehen würde!

Oh, vielleicht traf ich sie noch lebend, um ihr zu sagen, daß ich sie immer – – – – –

Ich stürmte die breite Treppe herauf. Eilte durch die langen, zugigen Gänge. Saal einundsiebenzig. Im Augenblick überflog ich die Reihen der Betten. Ja – dort – dort – dort hinten mußte es sein. Mehrere junge Ärzte drängten sich um ein Bett und lauschten aufmerksam den Worten des Abteilungschefs. Krankenpflegerinnen liefen geschäftig hin und her.

Lies! Eine Pflegerin rieb ihr die Schläfen. Der Arzt fühlte ihr den Puls.

Sie lag da mit großen offenen Augen und es schien, als ob ihre Blicke etwas suchten, denn sie irrten unstät von Gesicht zu Gesicht.

Plötzlich lief eine kaum merkliche Bewegung, ein ganz mattes Lächeln über ihre Züge – sie hatte mich erkannt.

Möglich auch, daß dieses Lächeln nur der Todeskampf in den Mundwinkeln war, und ihr überhaupt nicht mehr das zu Bewußtsein kam, was sie erblickte.

Der Abteilungschef ließ die Hand fallen, die schwer auf den Bettrand schlug.

»Der Exitus ist soeben eingetreten, meine Herren«, sagte er näselnd, indem er sich höflich zu seinen jüngeren Kollegen wandte. –

Und dann war plötzlich alles dunkel. –

– – – – Vorüber! – – – Weiter! – – –

NACHWORT

Ich lasse sie noch einmal an mir vorüberziehen, all diese kleinen und großen Spielkinder. –
Keiner, der die Kraft und den Mut hatte, trotzig und still seinen eigenen Weg zu gehen, unbekümmert um die große Menge; keiner, der sich zur Klarheit rang, keiner! – Alle nur Spielkinder, ihr Leben lang; Spielkinder, ohne Ernst, ohne Streben. –

Und nun verzeiht mir. Ich hätte diese Geschichte nicht erzählen sollen. Es verlohnte sich wirklich nicht.

Ihr Lebenden, ihr Schaffenden habt und behaltet recht! Nicht wir Toten!

Männern gehört das Jahrhundert – nicht Spielkindern!

ANHANG

VORWORT
ZUR ZWEITEN AUFLAGE

Mein Verleger – liebenswürdig wie stets – hat mir auf meinen Wunsch ein Buch der »Spielkinder« mit schönem, weißem Papier durchschießen lassen, weil ich sagte, ich wollte diese Erzählung ein wenig überarbeiten, hier ein Wort ausmerzen, dort eine Schilderung umformen ... diese Erzählung, die nunmehr nach fünfzehn Jahren neu gedruckt wird. Und nun, da das Buch jetzt vor mir liegt, – da merke ich erst: es ist stärker als ich. Ich kann das Buch nicht lesen, ohne ein seltsames Gefühl in der Kehle zu verspüren, ohne – wenn ich aufblicke – die Dinge um mich etwas verschwommen zu sehen. Und ich beeile mich darum, mein Buch schnell wieder aus der Hand zu legen. Ich vermag kaum ein Wort, geschweige denn eine Zeile daran ernstlich zu ändern; – nicht, weil ich es etwa für vollendet halte, sondern weil ich jetzt, nach langen Jahren, nicht mit Tinte in ein Buch hineinschreiben möchte, das mit Blut geschrieben wurde.

Ich muß daran denken, wie ich es damals schrieb. Im Herbst 1894 nahm ich den Anfang mit, als ich mit dreiundzwanzig Jahren nach München zum Militär kam, nahm ihn mit unter einem Haufen von Manuskripten, die sich im Laufe von Jahren angesammelt hatten. Denn damals war ich von des Morgens um acht bis des Abends um acht im Geschäft und hatte für mich, ganz für mich nur die Nächte, die so schön ruhig waren. Und dabei schrieb ich und schrieb ich, und wenn ich eine Arbeit, ein Stück, eine Skizze fertig hatte, fing ich etwas anderes an. Ich hatte nie den Versuch gemacht, etwas unterzubringen: denn endlich waren die Dinge doch für mich da, gingen mich an und niemand sonst. Und nun verfügte ich plötzlich beim Militär über so viel freie Zeit, über eine solche Unsumme von freien Tages- und Nachtstunden, wie ich vordem noch nie gehabt hatte; auch in der Schule nicht – trotzdem ich mir da – weiß Gott! – zu jeder Klasse die doppelte Zeit genommen hatte.

Aber vielleicht wäre die »große« Arbeit doch auch beim Militär nie fertig geworden, wenn ich nicht im rechten Moment eine Lungenentzündung bekommen hätte und dann nach Partenkirchen geschickt worden wäre, damit ich mich erhole. Durch eine seltsame Verkettung von Umständen, die zu erzählen – nicht wahr, lieber Freund Wetzlar? – zu weit führen würde, fand ich hier in Partenkirchen eine junge Dame vor, die so überaus liebenswürdig war, nach meinem Geschmiere ein anständiges Manuskript zu machen mit reizend gleichmäßigen, perlenden Buchstaben, und der ich auch einzelne Partien frei in die Feder diktierte. Da sie – diese junge Dame, die selbst schwer materiell zu kämpfen hatte – (sie ist mir längst als Frau so und so aus den Augen gekommen) – da sie für die Hundearbeit weder Lohn bezog – woher sollte ich es nehmen, ohne zu stehlen?! – noch sonst zu mir in irgendwelchen Beziehungen stand, die eine solche Aufopferung erklärlich scheinen lassen konnten, so möchte ich ihr hier einmal für diese Tat, die vielleicht die Lebensrettung eines Menschen war, und die mehr Energie verlangte, als wenn jemand in einem plötzlichen Impuls einen Ertrinkenden am Genick packt, – an öffentlicher Stelle meinen Dank sagen. – Vielleicht mag sie die Arbeit interessiert haben, weil sie selbst ein schweres und kümmerliches Leben hinter sich hatte, und weil sie empfand, daß es die Sache der Jugend, der niedergedrückten, dumpfen, tränenschweren Jugend war, die ich führte, – eben weil ich sie führen mußte, weil ich sonst daran erstickt und zugrunde gegangen wäre. Gewiß – das mag hinzukommen. Aber das macht das Verdienst nicht kleiner, dieser Arbeit und mir Wochen um Wochen in wundervoller Selbstlosigkeit gewidmet zu haben.

Jetzt, da ich die Zeilen schreibe – ganz allein in meiner Wohnung an einem Sonntagnachmittag, hinausblickend in den graugelben, gewittrigen Himmel, fort über die Kiefernkronen und das niedrige Grün, zwischen denen die roten Dächer der Landhäuser müde träumen … jetzt, da summen in mir, während meine Augen an der Unendlichkeit des trüben Horizontes hängen, die schönen Verse Momberts, die da ungefähr so schließen:

Wo du auch seist – hier oben ist einer von Deinen und sendet dir Grüße – Grüße!

Ja – und als ich nun wieder nach Berlin zurückkam, nahm ich das Manuskript unter den Arm und ging zu einem Verleger. Das heißt: ich hatte in der Lützowstraße den Namen Fontane & Co. gelesen, und da ich so unklar der Meinung war, der bekannte Schriftsteller wäre zugleich Verleger, oder er hätte zum mindesten mit diesem Verlage zu tun, so sagte ich mir: dieser Mann muß für mich Verständnis haben!

Und nach einiger Zeit hielt ich wirklich ein Schreiben in Händen: man würde mein Buch bringen. Vorher wollte man noch versuchen, einen Abdruck zu erzielen.

Und bald wurde ich zu einer damals sehr bekannten, ernsten Romanzeitschrift zitiert: Man hätte sich sehr interessiert, ja man hätte sogar ein seitenlanges Gutachten ausgearbeitet, während man sonst kaum Zeilen schriebe; man würde es nehmen ... aber, aber – ich sollte ändern, – das und jenes, – die Sache nur ein ganz klein wenig ad usum delphini umschreiben.

Ich war damals ein stellungsloser Kaufmann, lag meinen Angehörigen, mit denen ich mich außer einer verstorbenen Schwester und der Mutter nie recht zu stellen wußte, auf der Tasche; – ich hätte soviel Geld bekommen, wie ich bisher nie ... und lange Jahre später auch noch nicht ... auf einem Brett zusammengesehen – und – – ich tat es *nicht*. Es ging einfach nicht. Denn – zum Teufel! ich schreibe doch für mich und nicht für andere.

Und dann kam das Buch heraus. Es hat mir selten etwas so viele üble Stunden bereitet. Denn immerhin – es kann nicht geleugnet werden: es ist autobiographisch, dieses Buch. Autobiographisch, wie eigentlich all und jede Schriftstellerei mehr oder minder deutlich es ist und sein soll. Ja – und sofern man die literarische Arbeit deshalb für den Spiegel der Wirklichkeit hält, mag ich in manchem durchaus nicht im Recht sein und vieles schief, sehr schief gesehen haben. Das gebe ich heute unumwunden zu; – ach, ich hätte es vielleicht schon damals zugegeben. Aber Literatur ist nicht Historie. Und die Erlebnisse der Seele gleichen nicht den Geschehnissen, und sie erheben auch keine Anspruch darauf, es zu tun.

Die Kritik verhielt sich ziemlich ablehnend. Ich erinnere mich, daß eine sehr große Berliner Tageszeitung, die sich später meiner sehr angenommen hat, nachdem sie ein paar etwas drastische Vergleiche zitiert hatte, ihre Besprechung mit den Worten schloß: »Man sieht, der Schmutz der Darstellung ist des Stoffes würdig.« Einer sagte etwas ganz Treffendes, indem er meinte, daß der Roman zum Schluß die »feinere« Eigenart verlöre. Das machte mich aufhorchen.

Aber keiner sagte eigentlich, daß er etwas wie ein verhaltenes Schluchzen höre, wenn er das Buch läse. Und gar in meinem Hause, wo man doch zuerst etwas von diesem verhaltenen Schluchzen hätte vernehmen können – begannen recht üble Tage für mich. Denn ich konnte mich ja noch nicht selbst ernähren. Nur an eines denke ich heute noch nicht ohne Trauer und nicht ohne Beglückung zurück: Ich hatte eine ältere lungenkranke Schwester – sie hat sich gleichfalls schriftstellerisch betätigt – sie war eben aus einer Heilstätte gekommen und lag nun vorn im runden Zimmer im Winter bei offenen Fernstern dick verpackt auf dem Liegestuhl, und man hatte ihr wohl das Buch gegeben, damit sie sich pflichtgemäß entrüste. Als ich aber vorkam in das Zimmer – ich sehe es noch – da war meiner Schwester das Buch aus den Händen gesunken, und die Tränen liefen ihr unaufhaltsam über das Gesicht. Und sie hat von Stunde an – ohne doch noch irgendeinen Erfolg von mir zu erleben – an mich geglaubt und mich stets verteidigt, wenn andere mich ob der kümmerlichen Aussichtslosigkeit meiner Existenz oder wegen sonstiger Mängel angriffen ...

Ja, und dann erschien der Roman – als Abdruck noch nach der Buchausgabe – in der Beilage sozialdemokratischer Zeitungen, in der »Neuen Welt«; und dort fand er unter jungen Studenten, Kaufleuten, Kontoristinnen einen sehr willigen und stark mitgehenden Lesekreis. Als ich im Herbst 1896 zur Universität ging, war ich dort den Studenten kein völlig Fremder mehr.

Dem Buch selbst war ein sehr kleiner – euphemistisch gesagt – sehr kleiner Erfolg beschieden; denn vor fünfzehn Jahren kaufte man eben noch keine Romane. Zehn Jahre später hörte ich erst, daß sich der alte Fontane, der mir auch ein paar Worte unter sein Bild schrieb – die Liebermannsche Lithographie, die über meinem Schreibtisch hängt – daß sich der alte Herr keineswegs ungünstig über das Buch ausgesprochen haben soll.

Drei Leute haben – wenn man sich dieser etwas platten Phrase bedienen darf – an meiner literarischen Wiege gestanden. Der erste hat es hoffentlich vergessen – es liegt über zwanzig Jahre zurück, und es war ein sehr böses und konfuses Zeug, das er von mir zu lesen bekam. Er war so liebenswürdig, zu sagen, man könne nichts daran sehen, ich solle aber gute Bücher lesen, wie die Geschichte des kleinen Marius ... Gift – meine ich – hieß der Roman von Kielland. Es war ein junger Mann, der bei den Eltern eines Freundes verkehrte, und der eben vor seinem ersten Erfolg stand. trotzdem er nicht unbegabt war, konnte er sich doch später einiger Anerkennung rühmen. Es war Gerhard Hauptmann.

Und dann bin ich ein paar Jahre darauf mit einem Theaterstück in der Rocktasche – ich sagte im Geschäft, ich hätte Kopfschmerzen – nach der Wangenheimstraße in die Kolonie Grunewald gegangen und habe gesagt: »Hören Sie, Herr Doktor, ich habe da ein Drama geschrieben. Wollen Sie das lesen?« – »Nein,« sagte der Herr Doktor, »ich habe jetzt zu tun. Gehen Sie eine Stunde in den Garten und kommen Sie dann 'rauf, wenn ich Sie holen lasse; dann können Sie es mir selbst vorlesen.« Das fand ich schon sehr nett, denn der Herr kannte mich durchaus nicht, und er hätte doch schwer bei der Sache eingehen können, wenn's ein fünfaktiger jambenschwerer Konradin gewesen wäre. – Und als ich geendet hatte, da sagte mir der Doktor, daß er das Stück, wenn es theatertechnisch besser aufgebaut gewesen wäre, noch heute an die Freie Bühne weitergegeben hätte, und daß viele in ähnlicher Lage zu ihm kämen, und daß er vielen Unangenehmes sagen müsse. Erst von zweien hätte er sich Zukunft versprochen – der eine wäre nebenbei Sudermann gewesen – und ich wäre der dritte! (Ach Gott – da sieht man wieder, wie sehr doch selbst ein so sicherer Kritiker wie Mauthner manchmal vorbeischießen kann!)

Da hat Schlenther bei mir schon eher das Richtige getroffen. Er hat mir damals – vielleicht so 1892/93 – auf ein paar kleine Theaterstücke, von denen ich eines noch als nicht ohne Eigenart im Gedächtnis habe, geschrieben, es wäre natürlich schwer zu prophezeien, aber ich sollte lieber Kaufmann bleiben. Denn seines Erachtens würde ich in der Literatur mehr üble als angenehme Erfahrungen machen und ginge vielleicht einer ziemlich trüben Zukunft entgegen.

Nun – ich wäre ja wirklich endlich ganz gern Kaufmann geblieben – aber der Kaufmannsstand hat mich aufgegeben, nicht ich ihn. Und ganz so schlimm ist die Sache ja auch nicht geworden. Vielleicht weil ich in den ganzen Jahren bisher mich davor bewahrt habe, die Literatur als mein Handwerk aufzufassen. Ich bin mir bis zum heutigen Tage nicht bewußt, irgendwie zum deutschen Schrifttum in persönlichen Beziehungen zu stehen. Auch wenn es in Büchern und Kritiken anders behauptet wird. Was ich gegeben habe und geben will, sind Kristallisationsformen meines Ichs, bittere und süße Niederschläge, Selbstüberwindungen, schwermütige und heitere Exaltationen. Ich gab sie und will sie geben, um meinem Sein, das verrinnt, feste Formen zu verleihen ... gab sie, um den kurzen Schrei der Luft über die Schönheit der Sinneseindrücke nicht ganz verhallen zu lassen, und um mich über das geheime, nutzlose Schluchzen der Qual wegzutäuschen. Dem Kind gleich, das an der See aus Sand Figuren macht, forme ich mein Leben. Die Flut kommt und reißt es fort. Nun gut – so werde ich am nächsten Tag ein anderes Bild formen. Und wenn ich es nicht mehr tun kann? – Schön, dann habe ich wenigstens die Freude und Qual gehabt, zu gestalten, mich mitzuteilen ... und habe darüber für Augenblicke vergessen, dem Nichts in die leeren Augenhöhlen zu starren.

Ja – und daß ich unter dem Namen Georg Hermann schreibe, trotzdem ich doch keineswegs Georg Hermann, sondern Georg Borchardt heiße, auch das hängt mit diesem Buch zusammen. Denn der Name Georg Hermann ist ja nur die Aneinanderreihung von zwei Vornamen, dem meinigen und dem meines Vaters, dessen Leben und Sterben das harte Leben und das bittere Sterben des hoffnungslos Unterliegenden war. Man fragt mich oft, ob ich das Pseudonym nicht ablegen will, und ich antworte dann etwa, daß ich nun doch schon daran gewöhnt wäre, oder daß mir daran läge, gesellschaftlich die Vorteile des Privatmannes zu genießen. In Wahrheit aber ist es ein Wort meiner Mutter gewesen – auch sie ist nunmehr in das Jenseits alles Seins hinabgetaucht – das mich bestimmte und bestimmt, vor der Öffentlichkeit meinem Vornamen den meines Vaters beizugesellen. Sie sagte uns – kurz nachdem ihr Mann die Augen geschlossen hatte – wir Söhne sollten den Namen des Vaters wieder zu Ehren bringen. Und so habe ich ihn wie eine zweite Flagge, die man der seinigen zugesellt – damals brannte das alles ja auch heißer als heute – zwiefach mit an den meinen geheftet. Und, ich sehe nicht ein, warum ich ihn jetzt wieder abreißen soll.

* *
*

Spielkinder heißt das Buch. Dilettanten könnte man für das Wort sagen. Und der, der es schrieb, ist bis zum heutigen Tag ein Spielkind geblieben, und nichts wundert ihn mehr, als wenn man von ihm fordert, daß er irgendwelche Menschen, Zustände, Dinge oder gar sich selbst und die Literatur ernst nehmen soll. Er tut es ja auch nicht. Aber ab und zu gibt es doch einige Leute in der Welt, die meinen, er täte es. Und diese klopfen ihm dann auf die Schulter und sagen: – Naja, alter Junge, – es ist ganz nett, was du so in den letzten fünf bis sechs Jahren geschrieben hast, – und das bißchen armseligen Erfolg mißgönnen wir dir gewiß nicht. Aber – es bleibt unter uns – damals, als du noch Krawatten packtest und eben deine Spielkinder schriebst, da warst du begabter als heute – vielleicht weil du jünger warst. Am liebsten haben wir – das heißt *wir* – doch eigentlich deine vier ersten Bücher, die kein Aas kennt. –

Grunewald, Johanni 1911 *Georg Hermann*

NACHWORT

Literarische oder auch philosophische Erstlinge sind häufig wie offenbare Geheimnisse. Ihren Autoren unbewußt, enthalten sie schon den kompletten Satz an Informationen, die später als Anlagen wirksam werden. Sucht man nach Beispielen für diese gegenüber Frühwerken häufiger getroffene Feststellung, so wird man sie aber eher in der romantischen Tradition finden, die sich zwischen Goethes »Werther« und Nietzsches »Geburt der Tragödie« erstreckt, weniger bei den poetischen Realisten. Denn ist die literarische Präexistenz im Frühwerk nicht an künstlerische Temperamente gebunden, die sich lieber der Intuition und spontaner Erfindungskraft anvertrauen als langwierigem Beobachten, Sammeln und Anordnen? Gewiß ist es so, und Fontane, den man in vieler Hinsicht als den literarischen Paten Georg Hermanns ansehen kann, scheint dafür das beste Beispiel zu sein, indem er seinen ersten Roman in einer Lebenszeit vorlegt, die andere zur Niederschrift ihres Alterswerks nutzen.

Tatsächlich enthalten aber Georg Hermanns »Spielkinder« einen unsichtbaren Katalog von literarischen Verfahrensweisen, die man von nun an mühelos durch sein literarisches Œuvre bis in das Spätwerk hinein verfolgen kann. Da finden wir das Verflechten von gebundener und ungebundener Rede bis zum Experimentieren mit dem *monologue intérieur*, dessen weltliterarische Erfindung durch Édouard Dujardin gerade erst ein Jahrzehnt zurückliegt, als Hermanns Roman 1897 zunächst als Fortsetzungsroman in einer sozialistischen Zeitschrift erscheint; begegnen wir neben anderen Anleihen bei der Poetik des Naturalismus den Dialektzitaten zur milieuhaften Charakterisierung; stoßen wir auch auf die episodische Kleinteiligkeit, die literarisch am produktivsten wird, wenn der Erzähler sich wie selbstvergessen und absichtslos an sie verliert. Eine nächtliche Gruppe von Asphaltarbeitern oder die abendliche Promenade eines Stadtrandboulevards, der frische Maimorgen mit dem pfeifenden Bäckerjungen (während zu Hause der Vater stirbt) oder die Gestalten im verqualmten Licht einer Kneipe stellen die Erzählung der Ereignisse für lange Augenblicke still. Die Eindrücke, die dann Gestalt gewinnen, büßen ihre poetische Kraft keineswegs dadurch ein, daß sie zur Handlung kaum eine Beziehung haben, im Gegenteil. Hermann, dessen Inspiration am stärksten durch visuelle Wahrnehmungen angeregt wird, stattet sie durch geheimnisvolle Beleuchtungen und ein lyrisches Farbenspiel mit einer Aura aus, die wie von innen strahlt. Was man erzähltechnisch als ein Abirren vom zielstrebigen Entfalten einer Erzählung tadeln könnte und was auch in späteren Werken Hermanns oft genug als eine Schwäche kritisiert werden wird, gehört zu dessen Poetik so ursprünglich, daß man seine Eigenart mit dem Maßstab narrativer Ökonomie leicht verfehlt.

Noch ein weiteres Merkmal des Gesamtwerks tritt in den »Spielkindern« bereits voll zutage: die Neigung des Autors, sein bis zum Pointillismus episodisches und genrehaftes Erzählen auf philosophierende Reflexionen wie auf Flaschen *ad usum delphini* zu ziehen. Die resignative (und doch auch kokette) Schlußbetrachtung über das Recht »der Schaffenden« und die Ohnmacht der »Spielkinder« unterstellt dem Roman vom Ende her einen geradezu allegorischen Handlungssinn, auf den Hermann später ein ums andere Mal zurückkommt, indem er seinem Œuvre insgesamt die Form eines Denkmals für das »ungesicherte Leben« gibt. Wovon damit die Rede ist, soll gleich noch zu Wort kommen. Hier ist zunächst nur bemerkenswert, bis zu welchem Maß diese Poetik bereits durch gewisse Anschauungsformen festgelegt ist, ehe ihr durch Beobachtung und Erfahrung die Stoffe und Materialien des Lebens zuwachsen, für die – wiederum auch nicht nur in diesem Frühwerk – jene aus des Autors eigenem stehen.

In einem Aufsatz über »Weltliteratur oder Literatur für den Hausgebrauch?« (1915) schreibt Hermann provozierend genug: »Gute Literatur [...] hat alle Zeichen der Weltwirtschaft; und wenn sie die nicht hat, so hat sie eben nicht den Maßstab guter Literatur.« Gemeint ist Offenheit gegenüber dem Zeitgenössischen und Geistesgegenwart für dessen aktuelle Erschütterungen. Für das Temperament eines Autors, der den Büchern, Bildern und Interieurs mit ungleich größerer Spontaneität zugewandt ist als der Flottenpolitik des deutschen Kaisers, den Debatten im Preußischen Landtag oder dem Kapitalismus in seiner imperialistischen Phase, bedeutet diese selbstauferlegte Pflicht eine schwere Hypothek, die sein Werk nur mit Mühe abtragen kann. In den »Spielkindern« unternimmt Hermann den Versuch, indem er aus dem Nahen und Nächsten des eigenen Lebens die Bedeutungen des Zeitalters buchstabiert. In Dialekt und Genre, Dialogen und philosophierenden Raisonnements wird dergestalt die zeitgenössische Gesellschaft auf den tönernen Füßen des *booms* der Gründerzeit portraitiert. Das kleinteilige Erzählen Hermanns und die Bindung an die eigene Lebensgeschichte erzeugen dabei einen hohen Grad von Intimisierung. Die Geschichte einer der mißglückten Spekulationen und eines der katastrophischen Bankrotte samt ihrer sozialen Auswirkungen erhält hier ihr Gesicht von innen.

Es ist leicht zu bemerken, daß Hermanns Absicht zu einem Zeitbild aus dem Material des eigenen Lebens durch eine Liebesgeschichte konterkariert wird, die erzähltechnisch eher addiert als integriert erscheint. Lebensrohstoff scheint hier so übermächtig gewesen zu sein, daß er der Katastrophenhandlung gegenüber auch literarisch so aufgesetzt erscheint, wie er womöglich bereits im Leben des Autors gewirkt hat. Schnell läßt sich hier eine Schwäche feststellen. Vielleicht ist diese aber die Voraussetzung dafür, daß die Episode einer jungen Liebe einfließen kann, deren Stunde schließlich auf einer Parkbank im Tiergarten schlägt: von so starker lyrischer Intensität, daß sie das vermeintliche erzählerische Ungeschick vergessen macht.

Nie ist über Hermann geschrieben worden – der Autor vermerkt es im Vorwort zur späteren Neuauflage auch im Hinblick auf die »Spielkinder« und wird sich noch wieder daran erinnern, wenn er 1915 das eigene Leben »Im Spiegel« skizziert –, ohne über seine Schwächen zu sprechen. Man hat dabei stets übersehen, daß diese Schwächen hier Methode haben. Welche, bringt Hermann im Titelaufsatz seines Essaybandes »Vom gesicherten und ungesicherten Leben« (1915) zur Sprache.

Darin spricht er von Künsten und Religionen, Politiken und Parteien, ja Kulturen eines »ungesicherten Lebens«, das er der Repräsentationskultur der Herrschenden und Besitzenden gegenüberstellt. Das »ungesicherte Leben« sieht er zeichenlos, wogegen er das in Staaten und Kirchen, absteigend bis zu den Agenturen der unteren Ebenen, wie Militär und Bildungssystemen gesicherte in einer stabil funktionierenden Zeichenwelt verschanzt sieht. Hermann besteht darauf, daß dieses Widerspiel zweier Welten auch eine seelische Innenseite hat; in den »Spielkindern« eine durchaus private.

Im Schicksal Geigers, dem Bankrotteur seines Erstlings, hat er die Lebensgeschichte des eigenen Vaters dargestellt, eines »Schwächlings« in den Augen der Welt, für die der Sohn sich zu schämen hätte; um so mehr, wenn er erkennen muß, daß die Schwächen des Vaters die eigenen sind. Hermann reagiert auf das Dilemma literarisch. In einer symbolischen Aktion übernimmt er den Vornamen des Vaters und macht ihn zu seinem dichterischen Pseudonym: Hermann statt wie bis dahin Borchardt. Riskanter könnte keine Einschreibung sein als die in den Namen eines so Schwachen. Hermann verbindet sie daher mit einer Umwertung. Dem Vater, mit dem er sich identifiziert, setzt er ein literarisches Denkmal, das er vor Verletzung schützen will, indem er die Schwächen des Schwachen erzählerisch noch überbietet. Büßt der Vater sein Vermögen ein, indem er sich unter dem Einfluß von Alkohol und dem Eindruck von Zudringlichkeit überrumpeln läßt, so folgt ihm der Sohn, indem er erzählerisch nicht haushält und den Eindrücken nachgibt, wo immer sie ihn antreffen. Verläßt der Vater nach dem Bankrott aus undeutlichen Gründen und mit ungewissem Ziel die Familie, so überholt ihn der Sohn erzählerisch mit einer Liebesgeschichte, die den Ordnungserwartungen mindestens so sperrig entgegensteht. Verzichtet der Vater darauf, sein eigenes Versagen zu rechtfertigen, so überbietet ihn der Sohn, indem er den Roman in ein »Nachwort« münden läßt, das die Dilettanten des Lebens mit dem Realitätsprinzip konfrontiert: »Männern gehört das Leben – nicht Spielkindern.« Kokett bleibt diese Mahnung, indem der Erzähler der erste ist, der sie in den Wind geschlagen hat.

Wo in der Epoche des Wilhelminismus die Welt des Vaters durch die Embleme phallischer Macht und disziplinierender Strafgewalt markiert wird, bis der ödipale Haß der Expressionistengeneration über sie kommt, entsteht hier eine Gegenwelt schwacher Repräsentanten. Über Oscar Wilde sprechend hat Gustav Landauer gelegentlich die Wendung »Süßigkeit der Schwäche« geprägt. Das läßt sich auf Hermanns Lyrismus, seine assoziative Nachgiebigkeit und selbst seine Lässigkeit im Umgang mit Grammatik und Orthographie beziehen, die seine Editoren irritiert. Mit seiner Verweigerung der ödipalen Stereotypen gehört Hermann in der Tat in die Gesellschaft von Anarchisten wie Wilde und Landauer viel eher als die der organisiert disziplinierten Linken, bei der er sich nicht dauerhaft einrichten konnte.

In den »Spielkindern« geht es freilich noch nicht um derartige Optionen. Wohl aber ist Hermann von diesem Frühwerk an darauf aus, die Schwäche der Väterwelt zwar nicht zu rechtfertigen, aber doch zu akzeptieren und aus dieser Akzeptanz die eigenen literarischen Kräfte zu gewinnen.

Gert Mattenklott

EDITORISCHE NOTIZ

Hermanns Erstling »Spielkinder« erschien 1897 im angesehenen Berliner Fontane Verlag. Für eine 2. Auflage 1911 hält es der Autor zunächst für nötig, sein Buch aus dem Berliner Fin de siècle »ein wenig zu überarbeiten«, resigniert jedoch mit dieser Absicht, weil er »nicht mit Tinte in ein Buch hineinschreiben möchte, was mit Blut geschrieben ist«. So ein Vorwort, das den autobiographischen Charakter des Werks hervorhebt. Dessen Ausgabe durch die Deutsche Verlags Anstalt im Rahmen der »Gesammelten Werke« von 1922 bringt dementsprechend Text und Vorwort von 1911.

Der Neudruck der vorliegenden Ausgabe respektiert Hermanns Zurückhaltung, indem er dem Erstdruck folgt und das spätere Vorwort im Anhang mitteilt. Dennoch ist er mit den vorausgegangenen Auflagen nicht textidentisch. Ungeachtet seines grundsätzlichen Verzichts auf Bearbeitung hatte Hermann nämlich in den Drucken von 1911 und 1922 kleine Änderungen – stilistische Retuschen (u. a. Streichung von Attributen und attributiven Erweiterungen), orthographische Modernisierungen (»Plüschsofa« statt »Peluchesofa«) und eine konsequentere Umschrift des Berliner Idioms – vorgenommen, die für den vorstehenden Druck rückgängig gemacht worden sind. Von der Erstausgabe weicht dieser darin ab, daß er offenkundige Verschreibungen korrigiert und orthographische Varianten vereinheitlicht, auf die Hermann, der in solchen Dingen stets nachlässig war, und spätere Lektorate nicht aufmerksam geworden waren. Im übrigen wurde die Rechtschreibung behutsam modernisiert (»sowieso« statt »so wie so«, »mal« statt »'mal«). Da Hermann gelegentlich auch mit dem ästhetischen Reiz antiquierter Formen spielt, wurden ältere Formen, wo sie vielleicht solcher künstlichen Patina dienen sollten (z. B. c statt z), im Zweifelsfall belassen.

Gert Mattenklott

GEORG HERMANN

Werke und Briefe

Herausgegeben
von Gert und Gundel Mattenklott
im Auftrag des Fachbereichs Germanistik
der Freien Universität Berlin und
des Moses Mendelssohn Zentrums
für europäisch-jüdische Studien
an der Universität Potsdam

Mit Nachworten u. a. von Michael Glasmeier,
Peter Härtling, Gert Mattenklott, Gundel
Mattenklott, Thomas Medicus, Lothar Müller,
Julius Schoeps, Claudia Sonino,
Peter Sprengel …

Georg Hermann ist kein Vergessener der Literaturgeschichte, er ist sogar ein vielgelesener Autor, und doch ist er ein weitgehend Unbekannter, dessen Werk in seinem ganzen Facettenreichtum und seinen ästhetischen und zeitkritischen Dimensionen noch zu entdecken ist.

Die Ausgabe vereint die Romane und erzählerischen Arbeiten, bringt Reiseskizzen, kunsthistorische und -kritische Schriften, eine umfassende Auswahl aus dem feuilletonistischen und essayistischen Schaffen und den Briefen, darunter zum Teil Erstveröffentlichungen.

PRESSESTIMMEN

Geog Hermanns Werk aus der Vergessenheit zu holen ehrt einen Verlag, zumal in Berlin.

Tagesspiegel

Es ist schier unbegreiflich, wie man einen solchen Schriftsteller – die deutsche Literatur hat nicht viele seinesgleichen – bis heute hat übersehen können.

Neue Zürcher Zeitung

So ansehnlich wie diese Bände sind in neuer Zeit nur die von Zimmers Nabokov-Edition geraten.

Süddeutsche Zeitung

Man hat damals diesen wahrhaft großen Romancier nie recht begriffen. Liest man Hermannsche Prosa heute und vergleicht sie mit so mancherlei amerikanisierendem Realistischtun jener – für uns Europäer – gipsernen Götter des Tages –, dann strömt das, was wir wirklich empfinden wollen, uns aus jenen vergilbten Bänden entgegen: die Welt!

Badische Neueste Nachrichten

Hermanns Werke enthalten, verpackt in Plaudereien, einen Kanon der bürgerlichen Kultur.

Frankfurter Allgemeine Zeitung

ISBN 3-360-00910-X
(ISBN der Gesamtausgabe 3-360-00867-7)

1. Auflage

Rosa-Luxemburg-Str. 16, 10178 Berlin
Gestaltung und Typographie:
Peter Baarmann
Druck und Bindung:
Franz Spiegel Buch GmbH, Ulm

Gedruckt auf chlor- und säurefreiem Papier